JN092892

人物叢書

新装版

# 鶴屋南北

つるやなんぼく

古井戸秀夫

日本歴史学会編集

吉川弘文館

絵入根本『於染久松色読販（おそめひさまつうきなのよみうり）』口絵

（国立国会図書館『江戸後期歌舞伎資料展目録』より，本文224頁参照）

合巻『裙模様沖津白浪（つまもようおきつしらなみ）』口絵

（早稲田大学図書館蔵，本文221頁参照）

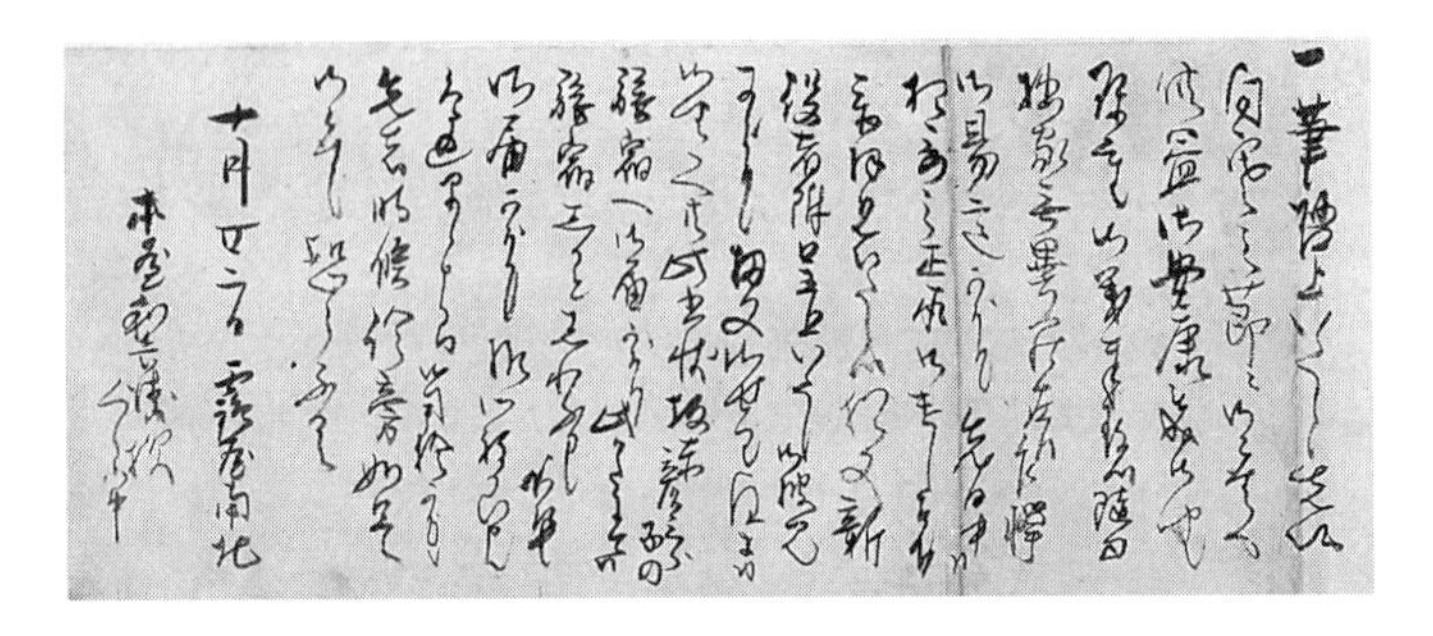

鶴屋南北書翰（文化９年10月22日，本屋利兵衛宛）

（早稲田大学演劇博物館蔵『西沢一鳳旧蔵貼込帖』三冊の内，本文230頁参照）

# はしがき

鶴屋南北（四世）が生まれたのは、江戸の中ごろ宝暦(ほうれき)五年（一七五五）のことであった。七十五歳の天寿を全うしたのは文政(ぶんせい)十二年（一八二九）。文化文政の江戸歌舞伎を支えた狂言作者であった。通称の「大南北(おおなんぼく)」は、もとは孫の「孫太郎南北」（五世鶴屋南北）と区別するための呼称であったが、のちには偉大な作者に捧げられる尊称になった。坪内逍遙(つぼうちしょうよう)は、わが国を代表する劇作家として、大南北をシェークスピアになぞらえたのである。

南北が生まれ育ったのは、江戸日本橋の「二丁町(にちょうまち)」であった。堺町(さかいちょう)の中村座、葺屋町(ふきやちょう)の市村座が軒を並べる芝居町である。二丁町の芝居は、日本橋の魚河岸、吉原の遊郭とともに「日千両(ひせんりょう)」と讃えられた。一日に千両の金が動く、江戸きっての繁華街であった。南北は櫓太鼓の音が響くその町で呱々(ここ)の声を挙げたのである。

中村座、市村座、それに日本橋木挽町(こびきちょう)の森田座を加えた「江戸三座」は、幕府公認の「大芝居(おおしばい)」であった。大芝居の確立は享保(きょうほう)年間、二代目團十郎の時代であった。大芝居には「定芝居」あるいは「常芝居」の特権が与えられた。常芝居は、いつでも興行をすることができる権利。「常打ち」と呼ばれるようになる、新しい興行形態であった。定芝居は、決められた場所のこと。芝居小屋はもちろん、役者もそこに住むことが義務づけられ、芝居町が形成されることになるのである。

南北の妻の祖父南北孫太郎は、経営側の人間として大芝居の確立前夜に立ち会った。大南北の孫の孫太郎南北のとき、日本橋の芝居町は浅草に強制移転させられる。享保の改革から天保の改革までの百有余年、江戸三座の大芝居がもっとも輝きを見せた黄金時代であった。大南北は、そのしんがりを務めたのである。

大南北は、文化文政の二十六年間に百数十種の台本を書いた。そのうちの六十二作品が翻刻紹介された。未翻刻のもの、立作者になる前の若書きを含めると、伝えられる作品の数は九十余篇に及ぶ。「合巻」の絵入り小説の翻刻も十七篇になる。近世の劇作で本格的な全集が二つ編まれたのは「大近松」と「大南北」の二人である。人形浄るりの作者近松門左衛門と並び称される文業であった。

大南北の本姓は「勝田」である。勝田の姓をちぢめて勝俵蔵を名乗ったのは天明二年（一七八二）、数え年で二十八歳のときであった。それから三十年間、勝俵蔵の名で立作者に出世して『天竺徳兵衛韓噺』『春商恋山崎』（引窓与兵衛）『彩入御伽艸』『時桔梗出世請状』『霊験曽我籬』『阿国御前化粧鏡』『貞操花鳥羽恋塚』『心謎解色糸』『勝相撲浮名花触』『絵本合邦衢』『當穐八幡祭』『謎帯一寸徳兵衛』と十指に余る名作を世に問うたのである。功成り名を遂げた勝俵蔵は、文化八年（一八一一）にその名を捨て、舅の名である鶴屋南北を復興した。ときに五十七歳。隠居名だったのであろう、五年後には住み慣れた芝居町を離れ、隅田川の向川岸、亀戸に転宅するのである。

鶴屋南北を襲名してからも、その筆力は衰えなかった。『色一座梅椿』『お染久松色読販』『隅田川花御所染』『杜若艶色紫』、亀戸に移ってからも『桜姫東文章』『菊宴月白浪』『霊験亀山鉾』『浮世柄比翼稲妻』『法懸松成田利剣』『東海道四谷怪談』『盟三五大切』『独道中五十三駅』と当たり狂言を書き続けた。文政十二年（一八二九）には、それまでの輝かしい実績から許されたのであろう、はじめて「狂言作者の一世一代」を標榜、『金幣猿島郡』を書き納めた。その初日から四日目に息を引き取るのである。

文政十四年（天保二年）正月に刊行された『役者大福帳』には、鶴屋南北の追善口上（追悼文）が載せられた。二丁近くに及ぶ長文は狂言作者としては例のないものであった。評判記では親しみを込めて「鶴屋南北翁」と呼び、これまでにも故人金井三笑をはじめ桜田治助、並木五瓶と名人の作者はいたが、子供にまでその名を知られて取り囃(はや)されたのは「この翁」だけであった、と述べた。そのような名声もときとともに色あせ忘れ去られる、それが狂言作者の宿命であった。

大南北の作品に光が当てられ、甦るのは大正の終わりであった。震災の直前に、埋もれていた台本『謎帯一寸徳兵衛』が翻刻紹介され、それを二世市川左団次が復活。震災後にはその動きが膨らんで、演劇界に「南北ブーム」が巻き起こった。火付け役になった渥美清太郎は、のちに「それ以前は「東海道四谷怪談」が南北の作である事すら碌に知られていなかった」と回顧する（岩波講座日本文学『鶴屋南北』）。すでに、没後百年が経過していたのである。「伝記」についても同様で、資料が残っていない。渥美清太郎は、わずかに伝えられた資料のことを「零砕(れいさい)な逸話」あるいは「零砕な種」と位置付けた。その「種」をもとに膨らませた「伝記」なので「記述が十分に至らぬ点は、前もってお詫びしておく」と述べたのである。

南北という人は忘れられても、作品は残った。舞台を彩った名優たち、「鼻高(はなたか)の幸四郎」「眼千両(めせんりょう)の半四郎」はじめ七代目(しちだいめ)團十郎、三代目菊五郎、役者たちの伝説は尽きない。南北はそれら個性的な俳優たちに直接、呼び掛けていたのである。活字ではなく「ナマ」の台本では、「せりふ」を言うのは「光秀」でも「お岩」でもない。「ト書き」で指示されたのも幸四郎であり、菊五郎であった。そこからは、南北の息遣いまで聞こえてくるのである。二つの全集に収められた戯曲ではなく、「ナマ」の台本に戻って、名優に託した南北の息遣いを検証してみたい、そのような思いから生まれたのが『評伝鶴屋南北』全二巻（二〇一八年、白水社刊）であった。

「評伝」では、名優だけではなく狂言作者、倅や孫や一族、ゆかりの人びと十人十組の「伝記」を描く、群像ドラマになった。曼荼羅（まんだら）図のように広がるそのなかから、南北の姿が立ち上がってくる、そのことを「評伝」と称したのである。

宿題として課せられたのは、南北自身の「伝記」であった。「評伝」によって浮かび上がった新たな知見、資料も少なくなかった。その資料を、知見を、南北自身の「伝記」に重ね合わせてみたい。言い換えるならば「列伝体」の「評伝」ではない、「編年体」の「伝記」を書く、本書はその試みである。

二〇二〇年二月

古井戸秀夫

# 目次

口絵



挿　図

本書では、台本等の表現を本文の叙述で使用する際、現在では不適切とみられる表現も、歴史的資料としてそのまま使用したことをおことわりしておく。

# 第一　おいたち

## 一　紺屋の源さん

南北の生家

鶴屋南北の生家は、日本橋の新乗物町にあった。堺町の中村座、葺屋町の市村座、二丁町と称された芝居町の裏、道を一本隔てると、そこは中村座、市村座の楽屋口であった。「楽屋新道」と呼ばれる通りには、白粉や鬢付け油を商う店、煎餅や餅を売る店、その中には人気役者の店もあった。二丁町の表通りには、中村座・市村座が軒を並べ、その向かいには人形芝居の小屋もあった。芝居町は表通りも、裏通りも芝居茶屋で埋め尽くされていたのである。

実家の家業は「紺屋（染物屋）」である。南北が生まれる五十数年前、元禄のころまでは、芝居町のすぐ横にある堀川で染めた布を晒し、晒した布を干した。「大芝居」が確立する享保年間（一七一六―三六）には、その干し場もなくなり、代わりに芝居茶屋が立ち並ぶようになるのである（加藤曳尾庵『我衣』）。

生れつき滑稽を好む

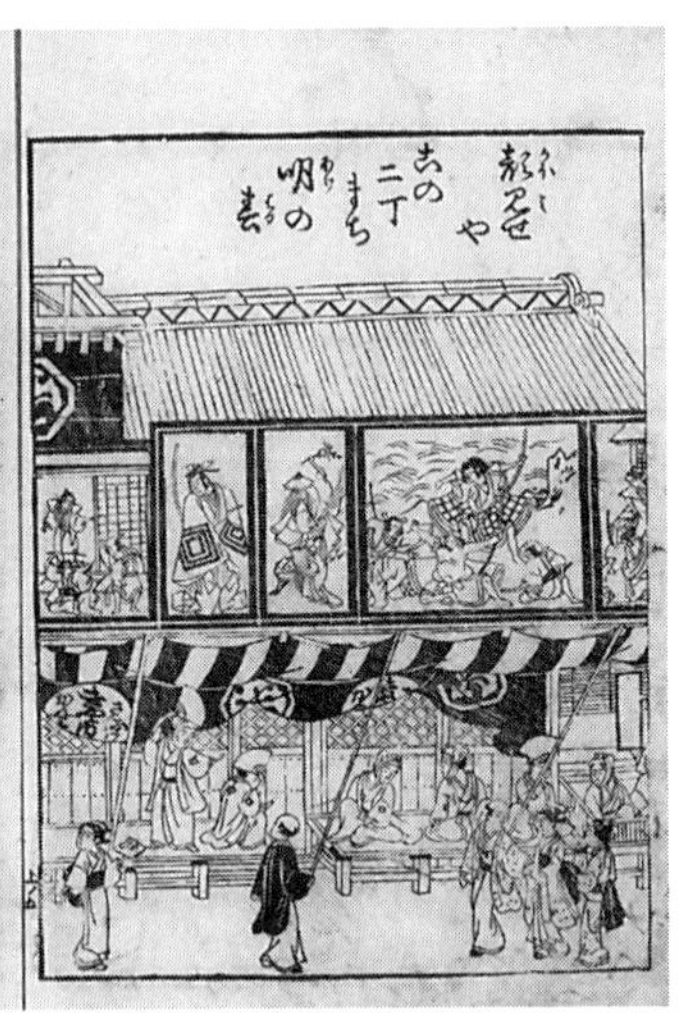
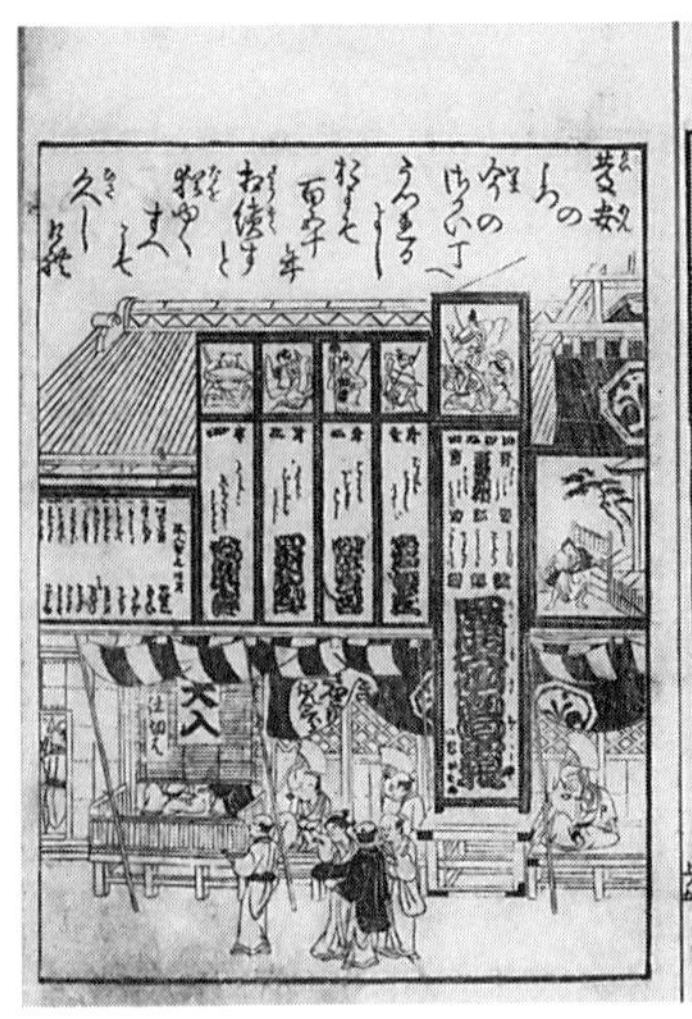

（『三家栄話』上，西尾市岩瀬文庫蔵）

実家の屋号は「海老屋」。幼いときには「紺屋の源さん」と呼ばれていた（三升屋二三治『作者店おろし』）。「紺屋の源さん」が十五歳のとき、新乗物町には中村座の稲荷町（大部屋）の頭、篠塚浦右衛門をはじめ、笛方の西村吉右衛門、木戸の小頭の風鈴五郎七、留場の若い衆から火縄売りまで、三十人を超える芝居者が住んでいた（『明和伎鑑』）。これらの人々から「紺屋の源さん」と親しく呼ばれて育ったのであろう。

菩提寺の春慶寺に建立された石碑には、「うまれつき滑稽をこのみて、人をわらわすことをわざとす、終に歌舞伎の作者」となった、と刻されていた（『戯作者撰集』）。子供のときから戯けた

紺屋の店先

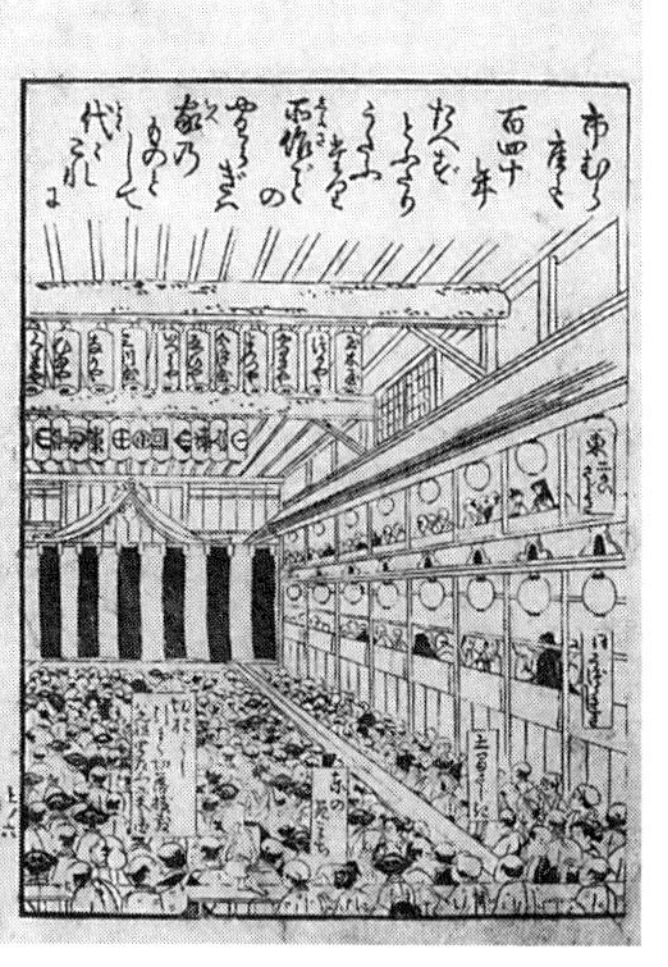
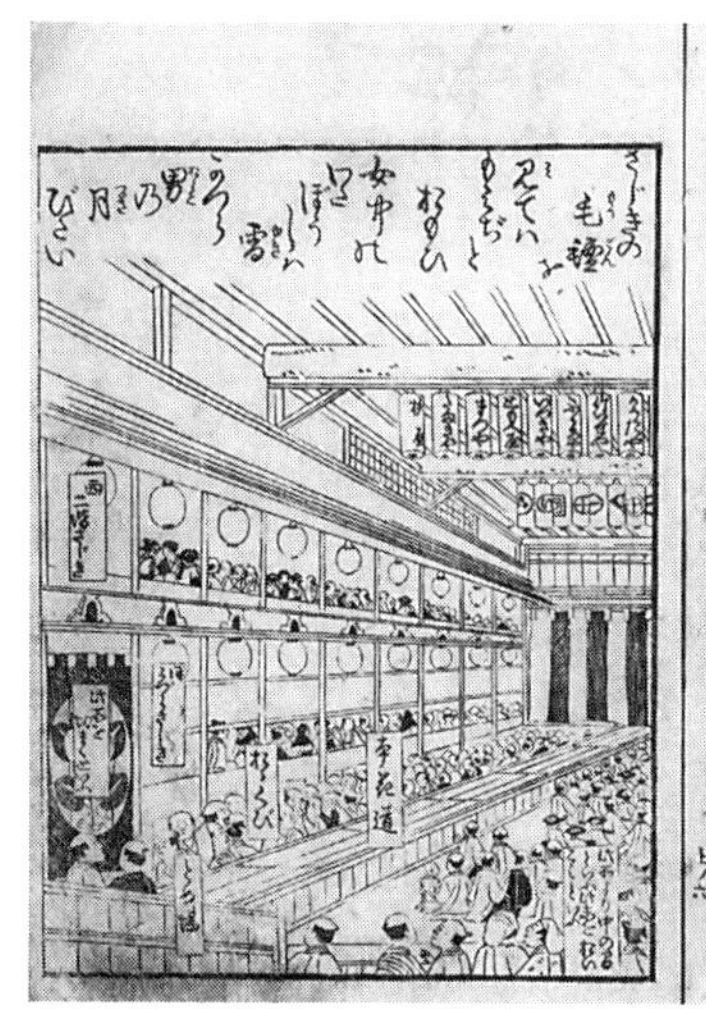

二丁町

ことをしては人を笑わせた。その結果、ついには歌舞伎の作者になったというのである。「紺屋の源さん」という呼称も、そのとき大笑いをした人たちの思い出だったのであろう。成長すると、そのまま作者部屋の人になっていた。

家業の紺屋は、もとは「紺搔き」と呼ばれる藍染めの職人であった。江戸時代に入って黒や茶、鼠などの色染めがはじまり、小紋などの染め模様が流行する。「紺屋の源さん」の海老屋も、そのような流行の模様を染めて商う「形付け紺屋」であった。大南北が二十七八のころの、紺屋の店先を描いた黄表紙『花が見たくば芳野の由来』（天明二年刊）の一コマを見てみよう。『新

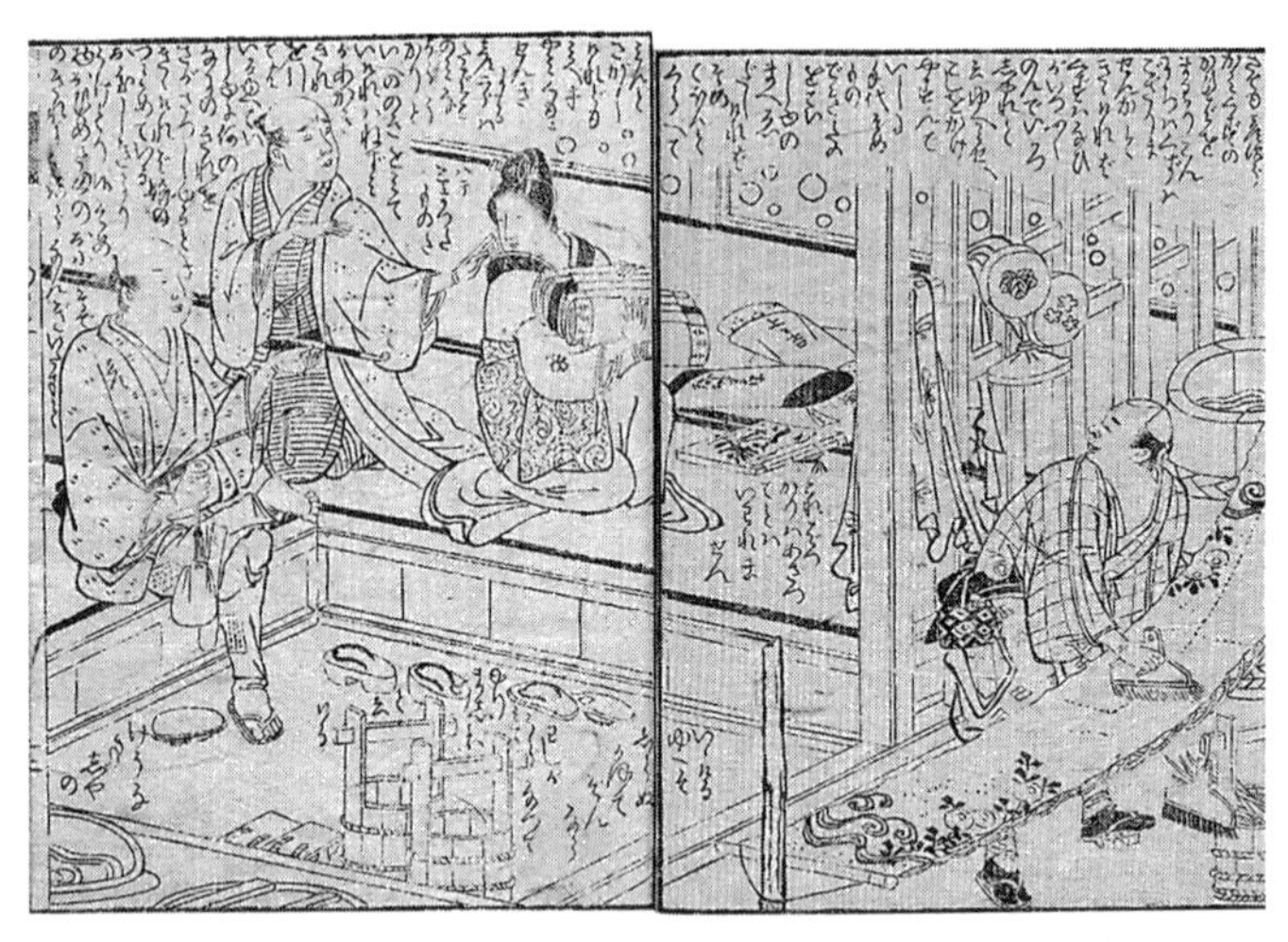

「紺屋（染物屋）の店先」
（黄表紙『花が見たくば芳野の由来』国立国会図書館蔵）

編江戸見世屋図聚』で三谷一馬が模写するのに用いた、原図である。店の前で布を染めているのは職人である。住み込みもいれば、通いの職人もいる。それらを束ねて、商いをするのが主人の役割であった。図では、座敷の中央に坐っているのが紺屋の亭主。右側で染め上がった品物を抱えているのは、その女房であった。紺屋の店先は、職人たちが立ち働く工場でもあり、主人やその手代が注文の受け渡しをする売り場でもあったのである。紺屋の夫婦は、娘を奉公に出した大名屋敷からの注文の「お姫さまのお小袖の布（きれ）」について相談をしているところであった。

江戸南町奉行大岡越前守の指導で問

屋仲間が結成されたのは享保六年（一七二一）である。南北が生まれる二十四年前であった。そのとき江戸の紺屋仲間十一組も組織された。天保の改革で解散を余儀なくされたものの嘉永七年（一八五四）に再興、『諸問屋名前帳』には約六百人の紺屋が名を連ねた。自前の「家持」は二十人ほどで、多くは「地借」（借地）「店借」（借家）であった。「家主（大家）」も八十数名にのぼるのである。代替わりは親から子へ、親の名を受け継ぐものも少なくなかった。紺屋はそれだけ安定した職業だったのである。

問屋仲間の特権は、家業の寡占ではなかった。新規開業の際には、仲間の同意が必要である、というものであった。南北が三十八歳のとき、寛政四年（一七九二）には新乗物町に開業した紺屋が近隣の紺屋仲間四人に訴えられ、引っ越しを余儀なくされた。訴えた側の主張は、同業者が増えると売り上げが減り、紺屋渡世が難儀至極になる、というものであった（『諸問屋再興調』）。訴えた四人の町名を見ると、田所町、富沢町、新大坂町、新材木町、みな二丁町を取り囲む芝居町であった。各町内に一軒。立て前は寡占でなくとも、事実上の寡占であった。

南北の生家の海老屋は、新乗物町から移転して、天保の改革のあとには新材木町に店を構えていたという（『作者店おろし』）。新乗物町と路地を挟んだ隣町であった。寛政四年以前に転居したとすると、阻止をした四人のうちのひとり、新材木町の源兵衛がその人になるのであろうか。

**菩提寺の春慶寺**

関東大震災の前には、春慶寺には石碑の他に普通の墓もあったという。台石には「丸（まる）に三つ引（みひき）」の紋、その両側に「勝田・直江」と刻してあった。「直江」は南北の倅直江重兵衛（二世勝俵蔵）のことである。住職の古満立秀師より話を聞いた河竹繁俊は「「勝田」の田をはぶいて「勝」を苗字」にしたと推測した（河竹繁俊『黙阿弥と南北』）。「勝田」が実家の本姓であった。

南北の孫、勝田亀岳（きがく）の日記『七艸庵記（しちそうあんき）』（東北大学「狩野文庫」蔵）には勝田長一郎、勝田の姉の名が出てくる。大和絵師であった亀岳は、勝田の人たちと祖父の年忌等の相談をしていただけではなく、料理屋に頼まれた絵画や身延山に奉納の鐘の相談も受けていたのである。

**夢跡集の墓石**

ごく最近、明治年間に山口豊山という人が模写した春慶寺の「鶴屋南北墓」の絵図を見ることができた（国立国会図書館蔵『夢跡集』「戯作者之部」所収）。拙著『評伝鶴屋南北』が角川源義賞の栄誉を受けた際に、国文学者の揖斐高先生よりご教示を受けたものである。「鶴屋南北墓」は、俗に「大名墓」の印とされる「笠」が付き、本体の「束（つか）」だけでも「六尺（約一八〇センチ）余り」もある、立派な墓であった。台座には「三つ引」の紋、その左右に「勝田・直江」と刻されていたのであろうか。墓石の正面には「先祖代々諸精霊」

とあり、正面だけではなく、右の側面にも「法号数多有」、そのなかに「四代目南北」の法名と忌日も誌されていたのである。左の側面には、日蓮宗なので「南無妙法蓮華経」と七字の題目。裏には施主であろうか、「新乗物町　桔梗屋権兵衛」の名が刻まれていた。南北が生まれ育った、芝居町の新乗物町に住む、本家の当主なのであろうか。その墓に、南北も埋葬されたのである。

大正十年に発表された坪内逍遙の「四世鶴屋南北の伝」（『歌舞伎脚本傑作集』第一巻）をはじめとする近代の伝記では、紺屋の親方ではなく手間賃を取って働く手間取りの職人とされてきた。訂正されるべきであろう。実家の紺屋は職人でも親方層で、海老屋という屋号を持つ店を構えていた。「勝田」の姓と「丸に三つ引」の紋を持つ、れっ

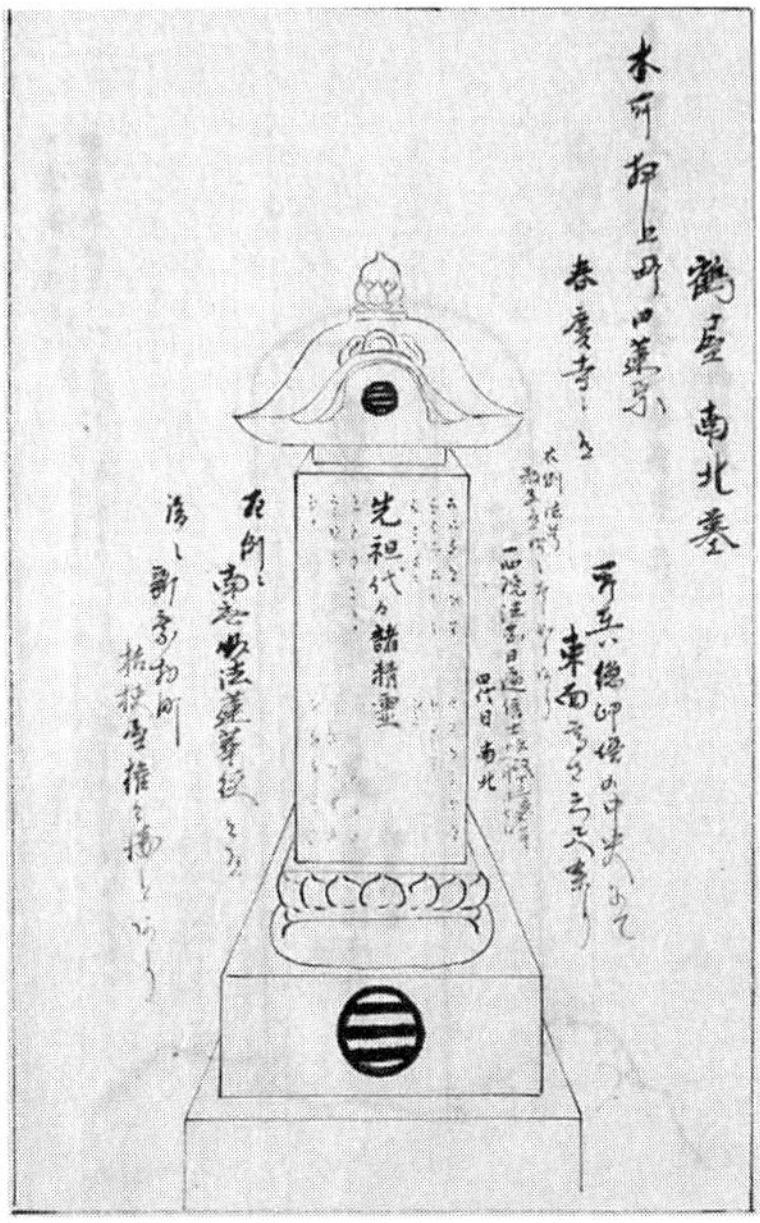

「鶴屋南北墓」
（国立国会図書館蔵『夢跡集』「戯作者之部」）

きとした旦那衆であった。

賤民説の誤り

江戸の紺屋は、京都の「青屋」のようにもと賤民で、南北は賤民出身ゆえに出世が遅れた、とする仮説もある（諏訪春雄『鶴屋南北』）。京の青屋の賦役は刑場の任務である。それに対して江戸の賦役は幕府の染物や畳蔵の御用であった。京江戸ともに賦役が課せられたのは古くからの藍染め業者で、形付け紺屋など新しく生まれた紺屋には適用されていなかったのである。賤民説は退けられるべきである。

なお、明治になって成立した著者不明の写本『狂言作者概略』（国立国会図書館蔵）には「南北幼名伊之助、のち源次郎」とある。関根只誠の『名人忌辰録』（明治二七年刊）では「幼名源蔵のち伊之助、父を伊三郎」とあった。「源蔵」は大南北の舅で道外役者の鶴屋南北の前名で、その父、南北孫太郎の前名は「源次郎」である。「南北」という名から混同した誤伝であろう。「伊三郎」「伊之助」もその典拠は不詳である。

## 二　もうひとつの家系

女房の家系

鶴屋南北の若き友人でもあり、弟子筋でもあった狂言作者三升屋二三治は、「宝暦年中鶴屋南北の娘、お吉という、初名勝俵蔵の時分より女房となる（中略）俵蔵、改名して女房お吉が親の名を起して、(大)鶴屋南北の家を立る」とした（『作者店おろし』）。女房お吉の祖父、南北孫太郎も役者であった。狂言作者の勝俵蔵は役者の名を復興したのである。

### 鶴屋氏を犯しぬ

襲名に先立つこと二十二年、勝俵蔵は長男を役者にした。子役のときの名は坂東鯛蔵。「海老で鯛」の洒落で付けられた名だとすると、実家の海老屋に因む名であった。元服して立役になると名を鶴十郎と改め、俳名は道外役者鶴屋南北の魯風（ろふう）を名乗った。こちらは母方の鶴屋家に因む名乗りであった。さらに娘に孫が生まれると道外形の子役にした。その名は南北丑左衛門（うしざえもん）。義理の祖父、南北孫太郎の南北家の復興をはかったものであった。倅は道外形ではなく立役・敵役になり、孫も役者を廃業したので、勝俵蔵は自身で道外役者の名を名乗ることになったのであろう。

南北の没後、菩提寺の春慶寺に石碑が建った。碑文は「鶴屋南北はじめの名は勝俵蔵、故ありて鶴屋氏を犯しぬ」ではじまり「ただし南北という名は、おのれ一代なのりて、亡き後にて譲り与えず、となり」で締め括られていた。「鶴屋氏を犯しぬ」というのは、役者の名を作者が名乗ったことを指すのであろうか、子供までが持て囃すようになった、その名を自分かぎりにして誰にも譲り与えることはない、という決意を示していたのである。倅の直江重兵衛は父の遺志にしたがい、二代目勝俵蔵になった。孫の孫太郎は周囲の要請があったからであろう、鶴屋南北になる。祖父の没後、八年目のことであった。

女房お吉の祖父南北孫太郎と父鶴屋南北は、ともに宮地（みやち）芝居の出であった。祖父のはじめの名は村山源次郎である。元禄十一年（一六九八）に南北孫太郎と改名、このときから「(大)（丸大（まるだい））」の紋になった。お吉の父も、はじめの名は鶴屋源蔵であった。鶴屋南北となって紋も「丸大」になる。「丸大」の紋は南北家のものだったのであろう。勝俵蔵は義理の父の姓を襲い、義理の祖父以来の南北の名とその家紋を受け継いだのである。

(大)の紋

勝俵蔵の襲名で「南北」と「鶴屋」はひとつの家になったものの、ほんらいは別家であった。南北孫太郎の没後の役者名鑑には、今は絶えた「名字（苗字）」として「南北」があった（『古今役者大全』）。そのときは現役であった鶴屋南北も、亡くなったあとには「鶴屋」も「南北」とともに絶えた「苗字」に入れられたのである（『増補戯場一覧』）。

南北直江類属之墓

鶴屋家と南北家は別家でも、菩提所は一緒であった。親子は深川雲光院中の照光院に葬られた（『役者名取草』）。のちに大南北の遺言だったのであろう、勝田家の春慶寺の石碑に続いて、照光院にも「南北直江類属之墓」が建立された（巻末「南北家の系図」参照）。「浄誉道生」こと南北孫太郎は「元祖」ではなく、家系では「五世」であった。「六世」には正嫡と傍系の二人の法名が刻された。落剝の激しい傍系が「性岸禅門」こと鶴屋南北なのであろう、「南北」の正嫡ではなかった。「七世」の「一心院」は大南北の戒名、

「真女院」と刻された女房がお吉なのであろう。「八世」は「実夢院」こと直江重兵衛（二代目勝俵蔵）である。元祖・二世の没年には貞享（じょうきょう）・天和（てんな）とあり、「南北」家は元禄以前にまでさかのぼる古い家系であった。

## 鶴屋南北の代々

大南北が遺言として遺した小冊子『寂光門松後万歳（しでのかどまつごまんざい）』の表紙に誌されたのも、鶴屋南北の名であった。「もと鶴屋南北は歌舞伎役者を勤ること三代」ではじまり「下拙、その名を継で四代、作者を業とす」と続く。「直江南北類属之墓」とは異なる立場がそこにはあった。「鶴屋南北」を名乗ったのは大南北とその義父の二人だけであった。義理の祖父を加えても「南北」は三人である。大南北の墓を守った孫の勝田亀岳も、そのように考えたひとりであったのであろう。同じ孫の孫太郎南北の死を日記『七艸庵記』に「四世南北死去」と誌した。のちに貼紙で「五世南北」と訂正してはいるものの、祖父は三世、孫太郎は四世と受け止めていたのである。もうひとりの「南北」とは誰か、そのことが「南北伝」の課題になった。

関根黙庵（もくあん）は『早稲田文学』（明治二六年七月号）に掲載した「狂言作者大熊手（おおくまで）」で「初代南北孫太郎、二世鶴屋南北（魯風）、三世南北とも道化形の俳優」とした。狂言作者の四世南北は二世魯風の娘婿である。その四世と二世とのあいだにもうひとり「三世南北」という役者がいた、という立場であった。坪内逍遙の「四世鶴屋南北の伝」（大正一二年刊『歌舞伎脚本傑作集』第一巻）では黙庵説に準拠しながらも、女房のお吉を「二代の魯風」ではなく「三代の鶴屋南北」の娘とした。さらに、三升屋二三治の『作者店おろし』に「女房お吉は南北より年嵩」とある記述を踏まえ、舅南北を後ろ楯に出世をするための「一種の政略結婚であったと疑われる」としたのである。そもそも、「鶴屋南北」と「魯風」は同じ人物で、大南北が子供のときに亡くなっている。では、もうひとりの南北は誰なのか。大南北は、三代としたその真意を明かすことなく亡くなった。

　この問題をさらに混乱させたのは、平凡社『大百科事典』（昭和八年刊）で秋葉芳美が提示した「三代」は「二代の子というが不詳。わずかに明和二年（一七六五）七月市村座の番付にその名のみ見える」という新説であった。根拠となったのは関根只誠旧蔵『芝居年浪草』（東京芸術大学蔵）所収の番付だったのであろう。その番付は明和二年の役割番付に宝暦九年（一七五九）の「紋付」が誤って綴じ込まれたものであった。「鶴屋南北」の名は「紋付」の方には見えても「役割」にはなかったのである。すぐに気が付いた秋葉芳美は平凡社『日本人名大事典』（昭和一二年刊）では訂正をしたものの、この新説はひとり歩きをして、「政略結婚」説を補強することになったのである。

## 三　元祖南北孫太郎

市村座の頭取

義理の祖父南北孫太郎は、役者よりも市村座の頭取として名をはせた。亡くなる前の年、享保二十年（一七三五）十一月京の顔見世狂言では、京と大坂の人気役者が江戸の楽屋で喧嘩をする。それを裁く楽屋頭取の役名が南北孫太郎であった。劇界から身を引いて七年目、それでも頭取としてその名は京坂にまで聞こえていたのである。

南北孫太郎が村山源次郎の名で二丁町の中村座に出勤したのは元禄十年（一六九七）である。二年後には南北孫太郎と名を改めて道外形になった。さらに四年後、元禄十六年には市村座に移り、享保十二年まで二十四年間、市村座に重年した。正徳（しようとく）四年（一七一四）からは頭取を兼ねて「内証のお世話」（『役者略請状』）、すなわち財政を含めた経営面の切り盛りもした。頭取としての最初の仕事は「江島生島（えじまいくしま）事件」のあおりを受けて取り潰された、湯島天神の芝居から役者を受け入れたことであった。そのうちのひとりが鶴屋源蔵こと倅の鶴屋南北だったのである。

森田座の再興

晩年、隠居格となって市村座を退いた孫太郎は、姓を「鶴屋」に改めて森田座の頭取となって、役者が集まらずに休業を余儀なくされていた森田座を再興させた。ここでも

「内外（うちと）のお世話」（『役者色紙子』）をした孫太郎は、江島生島事件で取り潰された芝神明前の芝居の太夫元、江戸七太夫（しちだゆう）を起用したのである。このとき森田座には千三百余両の借財があった。再興は果たしたものの、地主の訴えにより敗訴となり、三十歳になるやならずの座元勘弥は隠居となった。それを機に孫太郎は劇界の表面から姿を消すのである。

森田座は四年後に復興したものの、興行はままならず、芝居町の住人の訴えにより、河原崎権之助（ごんのすけ）の仮芝居が認められた。訴えの理由は、木挽町の森田座は一軒芝居なので人が集まらない、というものであった。享保二十年、それに便乗して江戸七太夫も木挽町での興行を願い出たものの、却下された。以後、宮地の芝居は「晴天百日（せいてんひやくにち）」を限りに興行が許される「百日芝居」となったのである（『戯場年表』）。それは同時に「常芝居」が許された大芝居の権威の確立でもあった。

## 四　舅鶴屋南北とその後継者たち

旅芝居の座元

道外役者として活躍した倅の鶴屋南北も親の南北孫太郎が他界すると、江戸の近郷近在を廻る旅芝居の座元になった（『役者大峰入』）。鶴屋南北の鶴屋家も、堺町に「南京操り」（糸操り）の株を持つ、鶴屋源太郎の流れを汲む一族であったのであろうか。旅を廻るにも興行の名代が必要だったのである。大芝居を休んでは旅を廻り、旅から帰っては大芝居に戻るそのなかで、延享三年（一七四六）十一月からの六年間は古巣の市村座に重年した。その間に市村座の頭取、南北孫太郎の名跡が復活されたのである。菩提寺の「直江南北類族之墓」に刻まれた六世の正嫡であろうか。南北孫太郎の二代目も旅芝居や宮地の芝居が本拠だったのであろう、大芝居に名が出るのはこのときだけであった。

**南北家の子供たち**

宝暦十二年（一七六二）に他界した鶴屋南北には、生前につるや寿助、坂東宇十郎、没後に坂東うね次と、後継者とおぼしき道外形の子役が三人いた。寿助は二年間、宇十郎は四年間、うね次は十年間、大芝居に出て姿を消した。この子供たちの家業も旅芝居だったのであろう。市村座の子役、坂東うね次の師匠は座元九代目羽左衛門で、定紋の「鶴の丸」は羽左衛門の替え紋、替え紋「橘」はその定紋であった。屋号は「鶴屋」、俳名は「東鶴」（『役者全書』）、「鶴屋」の家の将来を託された子供だったのであろう。初舞台は宝暦十四年（明和元年）春であった。幼なじみでもあったのであろうか、このとき「紺屋の源さん」は数え年十歳の春を迎えていた。

**お浚い会の流行**

初舞台の年の秋であろうか、うね次は市村座の振付西川千蔵（扇蔵）が主催する踊りの「お浚い会」にも出ていた。市村座の若太夫吉五郎、座頭の二代目沢村宗十郎の御曹司、金平と田之助、この三人を除くと男の子は、うね次ひとりであった。残り三十六人は女性、二十年ほど前から「千蔵組」と持て囃された踊り子であった（『当世武野俗談』）。柳島の万八楼や上野山下の蓬萊屋など料理茶屋で催される「お浚い会」は安永天明に流行（『明和誌』）する。西川千蔵の会はそのはしりであった。のちに作者になった勝俵蔵はその流行を自作に取り組む。天明七年（一七八七）四月中村座『けいせい井出蒲』の三建目（序幕）がそのはじめであった。舞台は「祇園の社内、貸座敷」、その奥からお浚い会の長唄『吉原雀』が聞こえてくる、それを利用した「よそ事」と呼ばれる所作ダテであった。勝俵蔵は『江戸花五つ雁金』（寛政六年都座）でも三味線の杵屋弥十の会、『江の島奉納見台』（享和元年河原崎座）では藤間の踊りの会を「よそ事」として取り組むのであった。

江戸の祭礼に「付け祭」が出るようになるのも宝暦年間であった（岸川雅範『江戸天下祭の研究』岩田書院、二〇一七）。神社から出る神輿に対し、各町内からは「山車」が出た。付け祭の主役も娘や子供たちであった。「踊り台」で踊るのは二人の子供。地方には大芝居の囃子方が出た。「地走り」と呼ばれる練り物で踊るのは娘たち。こちらの地方は氏子たち、師匠がそれを助けたのである。祭礼のなかでも山王祭と神田祭は将軍の上覧が許された天下祭であった。隔年に執行される山王祭と神田祭、芝居町からはその両方に山車が出た。「梃子前」と呼ばれる警護の鳶の先導で、氏子連中は趣向をこらした染め模様の浴衣や手拭い、法被を着て練り歩く。紺屋のかき入れどきの忙しいさなかに若旦那は地走りの稽古にかり出され、踊り子の芸者衆と戯れる。文化三年（一八〇六）、五十二歳になった勝俵蔵が描いた天下祭の宵宮の風景であった（『波枕韓聞書』）。「紺屋の源さん」も、坂東うね次ら芝居の子供たちと一緒にお浚い会や祭の練り物で大人たちを笑わせていたのであろうか。あるいは踊り子に混じって御屋敷や料理茶屋のお座敷にも出ていたのであろうか。「人を笑わすことをわざとす」とある春慶寺の石碑からは、そのような少年の姿が想像されるのである。

## 大谷徳次の初出勤

　坂東うね次の七年目、のちに勝俵蔵と提携することになる道外役者大谷徳次がはじめて大芝居に姿を現した。数え年で十五、子役としては遅い初出勤であった。うね次と徳次は二人一対の御神酒徳利（おみきどつくり）で人気を呼び、翌年には二人のために「若奴」という役柄が用意された。若奴で二年、安永二年（一七七三）九月市村座の『忠臣蔵』「茶屋場」の太鼓持ち喜作がうね次の見納めになった。その二年後、うね次とすれ違うように紺屋の源さんは作者部屋に飛び込む。春慶寺の石碑には「安永四年はじめて堺町に出勤す」と誌されたのである。遺言とした小冊子に「もと鶴屋南北は歌舞伎役者を勤ること、三代」と誌すとき、老人の脳裏に浮かんだのは、このような子供たちの記憶だったのではないだろうか。

# 五　そのころの歌舞伎

團十郎と宗十郎

大南北が生まれる前の年、宝暦四年（一七五四）十一月中村座の顔見世で市川團十郎の四代目が誕生した。十二年間空白であった團十郎の名跡の復活であった。四年後には海老蔵こと二代目團十郎栢莚（はくえん）が亡くなり、その二年前に元祖沢村宗十郎訥子（とっし）が他界していた。大芝居の確立した享保期の歌舞伎を支え、「栢莚訥子」と並び賞された時代の終焉であった。四代目團十郎とともに新しい江戸の歌舞伎を担ったのは、元祖尾上菊五郎であった。團十郎の俳名は三升（さんしょう）、菊五郎は梅幸（ばいこう）。栢莚訥子になぞらえて「三升梅幸」と謳われた。宝暦の後半から明和年間、「紺屋の源さん」はその芝居を見て育ったのである。

三千両の顔見世

二代目團十郎栢莚は江戸生まれの江戸育ちで江戸の「根生（ねお）い」であった。宗十郎訥子は京生まれの大坂育ちで「下り役者」である。江戸と京坂。根生いと下り。その対比が人気を呼んだ。栢莚は年間に千両の給金を取る「千両役者」のはじめになった。訥子もそれに続いた。京下りの女形、元祖瀬川菊之丞を加えた三人の顔合わせは「三千両の顔見世」と讃えられたのである（延享四年〈一七四七〉十一月中村座『伊豆軍勢相撲錦』）。その八年後に大南北は生まれる。語り継がれた伝説の大舞台であった。

年中行事の確立

栢莚が團十郎になったのは数え年で十七歳、舞台の上で刺殺された元祖團十郎の喪明けであった。形見の衣裳を着たその姿は「今團十郎」と讃えられた。まるで團十郎が甦ったようだというのである。二代目になって「荒事」の「元祖」、二代目團十郎はその「開山」になった。二代目になって「荒事」は、山が開いたように新しくなったのである。荒事を代表する役は「暫」と曽我五郎であった。元祖の「暫」(『参会名護屋』)は正月狂言であった。その「暫」を顔見世の吉例にしたのは二代目であった。元祖の「竹抜き五郎」(『兵根元曽我』)も五月狂言である。「曽我狂言」も二代目によって正月の吉例になった。二代目團十郎により、十一月の顔見世にはじまり正月の「初曽我」に続く、江戸の大芝居の年中行事の骨格が確立されたのである。

顔見世の世界定

「世界定」の式法も江戸の大芝居で生まれた。「世界定」の「世界」とは「将門純友」「四天王」「平家物語」「太平記」などの歴史物語である。顔見世の初日は十一月一日、それに先立って九月十二日に顔見世の「世界」と主な配役を決める儀式、それが世界定であった。台本の執筆はそのあとにはじまる。初春の曽我狂言の「世界定」は、工藤祐経、曽我十郎祐成、五郎時致など主な配役の披露であった。毎年、江戸三座で繰り返されるので、主役から端役までそれぞれの役に吉例の扮装やせりふが生まれた。贔屓連中はそれを心待ちにしたのである。

### 曽我狂言と曽我祭

初春の曽我が当たると、二月の初午に新しい狂言が増補された。題材は江戸の話でも、それを曽我の世界に組み込む。弥生の節句に出る『助六』では、江戸の男伊達の助六は実は曽我五郎になった。曽我狂言が当たり続けると、五月二十八日には「曽我祭」が執行された。曽我兄弟が仇を討った日に曽我両社の霊を勧請、惣役者が練り歩き歌い囃して踊った。大南北が生まれる前の年、中村座の楽屋ではじまり、三つの年には市村座で舞台に移し、公開されるようになった。揃いの染め浴衣と手拭い、曽我祭は紺屋のかき入れどきでもあったのである。

### 四代目團十郎の実悪

四代目團十郎の襲名は、四十四歳と遅かった。それ以前の名は二代目松本幸四郎、すでに「実悪」の座頭であった。「実悪」は実（善）と悪を兼ねる。悪人だと思ったら善人、善人がひょう変して悪人になった。前者の当たり役は『寺子屋』（『菅原伝授手習鑑』）の松王丸である。後者は六十六部の廻国修行者のちの景清、普段、見慣れぬ不気味なその姿に子供たちは怖れおののいたのである（『後はむかし物語』）。幸四郎は「実悪」に「濡れ事」を加えた「色悪」の元祖でもあった。実直な若僧が自分の指を喰いちぎって惚れた女に迫る。もの凄い形相は見る子供たちを怖がらせた。もと女形の出身なので女の亡霊にも扮した。のちに歌舞伎十八番に数え上げられる『解脱』と『蛇柳』では、男女の亡霊が合体した。男かとみれば女、女かとみれば男、『双面』（法界坊）の原型であった。團

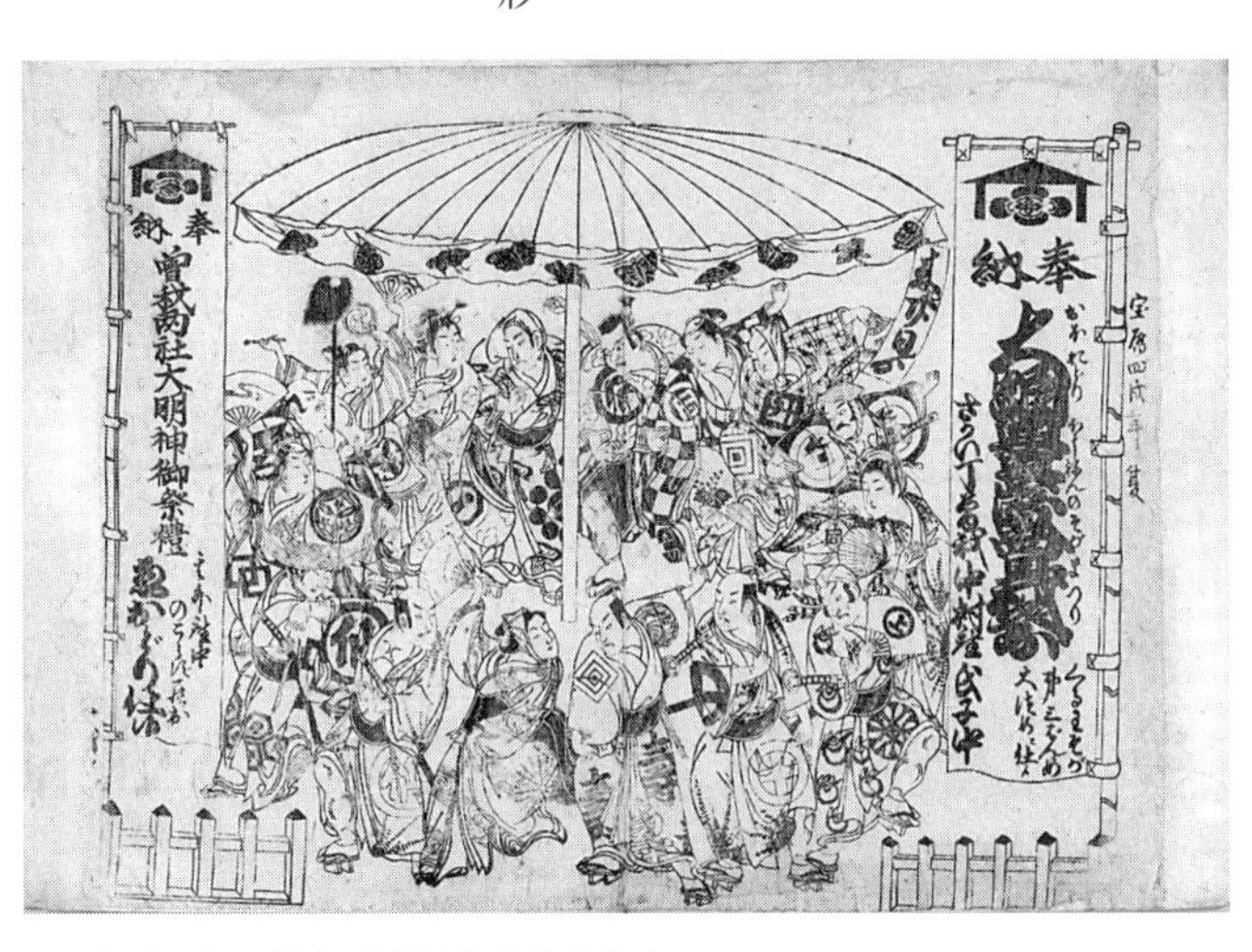


宝暦四年中村座「大踊豊歳曽我祭」（『寛延宝暦番附』国立国会図書館蔵）

十郎を襲名したあと、宝暦十一年（一七六一）から安永三年（一七七四）までの十三年間は中村座に君臨する。その前半は、御家の荒事・実事も兼ね、ひとりで七役に扮して獅子奮迅の活躍を見せた。多くの門弟を育て上げた後半には「市川揃え」と讃えられた大一座を誇ったのである。「紺屋の源さん」七歳から二十歳まで、四代目團十郎はその原点になった。

梅幸こと元祖尾上菊五郎も、はじめは女形であった。立役に転向して「和事」と「実事」を兼ねる。「和実」が表芸になった。代表作は『忠臣蔵』の由良之助、「下り」の先輩、宗十郎訥子の当たり役であった。酒を呑んで遊びほうける「和事」、敵討ちの本心を見せる「実事」。

「和実」の由良之助に加え、二役早替りで女形の戸無瀬にも扮した。梅幸も「紺屋の源さん」の原点であった。

女形では二代目瀬川菊之丞。江戸郊外の王子出身ゆえ「王子路考」と呼ばれた。江戸生まれで江戸育ち、江戸根生いではじめて立女形になった。養父の元祖路考菊之丞は、女形の「形」のいらない、ほんものの「女」と賞された。二代目は「娘形」の「形」のいらない、ほんものの娘になった。茶店の看板娘や町内で評判の美人は「路考娘」と呼ばれた。王子路考はそのような「路考娘」の役で舞台に立ち、「娘形」という役柄を確立したものの、安永二年、わずか三十三歳で花の姿を散らした女形であった。後ろ楯になったのは、四代目團十郎であった。市川流の荒事のできる女形の芸は、弟分の四代目岩井半四郎から、その倅五代目半四郎に受け継がれた。大南北の「悪婆」はその延長線上に生まれるのであった。

# 第二　修業時代

## 一　作者部屋の人となる

### 堺町へ出勤

春慶寺の碑文には「安永四年はじめて堺町へ出勤」とあった。堺町の中村座では前の年の五月に海老蔵こと四代目團十郎一門が退座する騒動が勃発していた。安永七年（一七七八）二月に海老蔵が他界すると、閏七月には二人の後継者の争いが顕在化した。中村座の舞台で実子五代目團十郎が高弟四代目幸四郎を面罵、退座を余儀なくされたのである。騒動は隣町の市村座に飛び火、安永九年五月には座頭の菊五郎が真剣を抜いて幸四郎を斬り殺そうとする事件が起こった。南北が作者部屋に飛び込んだのは、このような擾乱の時代であった。

安永四年の初出勤は見習いだったのであろう、役割番付の狂言作者連名に名を連ねるのは二年後、安永六年十一月中村座の顔見世であった。立作者は桜田治助、その姓を貰って桜田兵蔵と名乗ったものの、二年目の夏には姿を消し、ふたたび現れたのは一年後、安永九年五月の市村座であった。名を改めて沢兵蔵となったものの一年で消え、一年の空白を経て天明二年（一七八二）四月に森田座に現れた。このときから勝俵蔵を名乗るのである。

### 牛の華鬘の見世物

ちょうどそのころ、桜田兵蔵から沢兵蔵になる前、安永七年六月に回向院で信濃の善光寺の開帳があり、それを当て込んで東両国の広小路に「牛の華鬘」の見世物が出た。黒牛の背中に六字の名号を浮き上がらせたのは平賀源内である。烏亭焉馬が戯文をしたため、若き日の南北も加わった。長雨で見世物を休んでいる間、餌を充分に与えられなかった牛が暴れて大損をした、という笑い話であった（三升屋二三次『三升屋随筆』）。このころにはもう、女房お吉を娶っていたのであろうか。長男の直江重兵衛の誕生は三年後の天明元年だが、姉もいた。さらに「直江南北類族之墓」には幼くして死んだ子供の戒名が二つある。この二人も重兵衛の兄または姉だとすると、お吉との結びつきは安永七年にさかのぼるのであった。

作者部屋の人となった桜田（沢）兵蔵も、かつての舅のように旅の芝居を廻っていたのであろうか。同じころに同じような空白を繰り返した作者は四人いた。そのうちの山田平三は「品川八つ山新芝居」、市塚菜次は「会津若松の芝居」に出勤していた。天明二年七月に甲府の亀谷座の狂言作者「沢藤蔵」が沢兵蔵の誤写だとすると、江戸の大芝居では勝俵蔵、甲府では前名の沢兵蔵を名乗ったことになる（山梨県立博物館蔵『峡中戯場記録』）。大芝居に出ては休み、休んでは戻ることを繰り返し、ようやく落ち着くのは天明六年（一七八六）十一月中村座の顔見世であった。勝俵蔵三十二歳。以後、鶴屋南北と改名して一世一代を勤め上げるまで四十三年間、一度も休むことなく作者道を全うすることになるのである。

## 二　二人の師匠

### 金井三笑

石碑に刻まれた初出勤、安永四年十一月中村座の立作者は、金井三笑（かないさんしょう）であった。節目となった天明六年十一月中村座の立作者も金井三笑であった。金井三笑は安永五年に失脚、天明六年まで雌伏する。その十年間を除くと、寛政三年に退隠するまで脇作者として仕えた。三升屋二三治（みますやにそうじ）はそれを「勝俵蔵、見習に出たはじめより追立つに随い金井三笑を師と頼み、三笑風（さんしょうふう）をもっぱらにして出世、立身して大作者となる。高名もまったく三笑が影なり」（『作者店おろし』）とまとめた。「三笑風」というのは緻密な筋立てのことで、大南北はそれを会得して一家をなした、というのである。人情本作家の為永（ためなが）春水（しゅんすい）も「近来の上手、鶴屋南北は中興の名誉金井三笑の門人なり」として、その遺訓

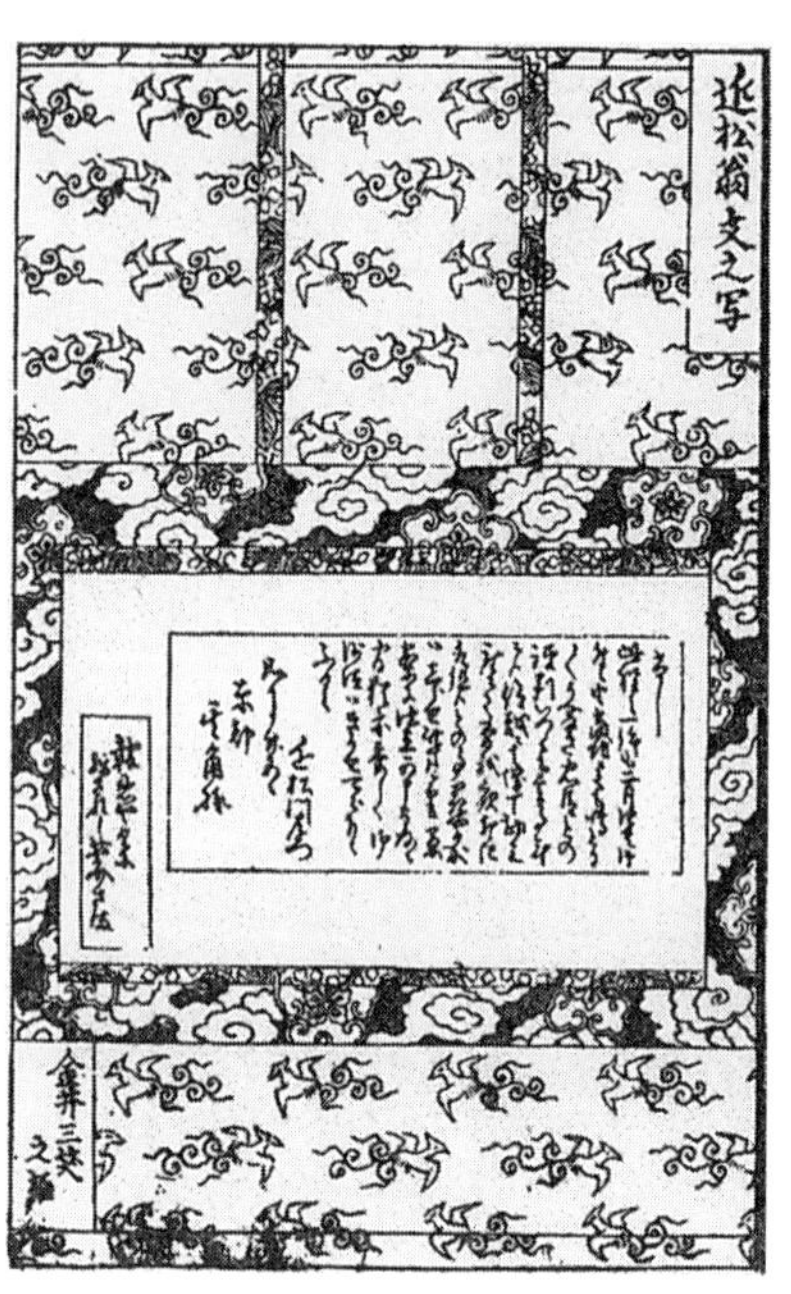


「金井三笑の極」
（合巻『いろは演義』早稲田大学図書館蔵）

を紹介した（人情本『祝井風呂時雨傘』）。春水は楚満人（二世）の筆名で『東海道四谷怪談』の初演を評価した評判記の作者でもあった（『役者珠玉尽』）。

南北の家宝に、近松門左衛門の書翰があった。その当時、評判になっていた赤穂浪士の討ち入りを芝居に仕組む相談の手紙で、宛先は江戸の俳諧師其角であった。大南北はこの書翰を自作の合巻『いろは演義』（文政十年刊）の口絵に掲載。「忠臣蔵」を題材にした合巻だったからである。当時、近松門左衛門は作者の氏神と讃えられ、作者道を志すものはその画像を飾り、昼夜に拝むべきであるとされた（『役者一番鶏』）。画像の代りに南北が得たその書翰には「報恩やげに残されし、お文さま」という発句が添えられ、軸装には「金井三笑之極」とある、師匠譲りの家宝であった。翌春の合巻『裾模様沖津白浪』の口絵に描かれたのは大南北の亀戸の自宅で、人気役者や浮世絵師ら年始客を迎える床の間に掛けられたのもこの軸であった。この年の春は、親南北の影の作者に徹していた倅直江重兵衛が金井三暁の名で表に出た、目出度い春であった。その記念に師匠金井三笑の極めの軸を飾ったのである。

のちに、この書翰の軸に讃を需められた曲亭馬琴の記録では、「近松先生七十回忌、与鳳斎述」として「古来稀れ七十路としも去ほどに扨もその後あるべくもなし」という和歌も添えられていたという（『異聞雑稿』）。「与鳳斎」というのは金井三笑のことであった。

## 桜田治助

江戸時代には知られていなかったもうひとりの師匠、桜田治助との関係を明らかにしたのは秋葉芳美であった。「鶴屋南北伝の再吟味」と題された論文が発表されたのは昭和八年五月の『演劇学』誌上であった。秋葉芳美が紹介した新資料は『劇代集』という写本であった。著者は二代目桜田治助だという。発見されたその著書により、大南北が見習いから番付に名の出るまでの経緯が明らかになったのである。元祖桜田の門人になったのは安永五年（一七七六）、翌年五月に見習いとして市村座に出た。その年の十一月の顔見世で中村座に移り、そのときはじめて番付に名を連ねたというのである。番付に刻まれた初名は桜田兵蔵であった。桜田治助の門弟であったという事実が実証されるとともに、従来の金井三笑門下とする説は誤りで根拠のない憶説である、と切り捨てられたのである。これは明らかな勇み足であった。師匠は前後、二人いても構わない。むしろ問題なのは、どのような師弟関係であったのか、その内容である。

桜田兵蔵が桜田治助のもとで出勤したのは二年間。二年目の後半は芝居を休んだ。沢兵蔵でも二年間で、はじめの半年は休んだ。都合四年、でも実際は三年であった。この師弟が再び同座するのは十四年後、寛政(かんせい)七年(一七九五)のことであった。勝俵蔵こと南北は不惑をこえ、治助は隠居格になっていた。元祖治助の墓石に刻まれた、門弟の連名のなかにも勝俵蔵の名はなかったのである。

元祖治助の晩年に入門を許された三升屋二三治は、狂言作者は自分の苗字をみだりに譲るべきではないとしたうえで、元祖桜田は誰にも苗字を譲らなかった、と証言した(『作者年中行事』)。桜田の姓を名乗ったのは兵蔵のあとにもうひとり、桜田文平しかいない。文平は顔見世のひと興行かぎりの桜田であった。結局、桜田姓は足かけ三年に二人、作者ではなく狂言方の姓であった。このような姓は「もらい苗字」という、身元保証人のことであった。

二代目治助も桜田を名乗るのは師の没後、未亡人に許された。二代目は蒐集した役割番付を合綴して『劇代集』(東京大学秋葉文庫蔵)と名付けた。そのなかに桜田兵蔵の名を発見、驚いてその経緯を調べたのであろう。その写本も『劇代集』と名付けられたのである。秋葉芳美が紹介した写本の所在が不明のため、これは推測である。

## 三　金井三笑

帳元金井半九郎

金井三笑は「腹の内から芝居で育った三笑殿」と評された（『役者手はじめ』）。父は中村座の帳元（ちょうもと）（総支配人）金井半九郎である。その名を継いで帳元になった、中村座二代の「家の子」であった。二十二歳の若さで帳元になり、手掛けたのは世代交代であった。二年後、宝暦（ほうれき）四年（一七五四）十一月の顔見世で四代目團十郎の襲名を実現、そのとき金井三笑の名で狂言作者を兼ねたのである。帳元の職を辞し、五年後、宝暦九年の春に森田座の狂言作者になると、瞬く間に狂言作者の頂点に立った。寛政三年（一七九一）還暦の年に身を引くまで三十六年間、狂言作者としての仕事は四期に分けられる。宝暦年間、明和年間、安永天明の雌伏期、復帰後の五年間。雌伏期をはじめ空白の期間があるのは、自分の倅を中村座の跡目に据えようとして失敗したからであった。それでも不死鳥のごとく甦ったのである。

團十郎との提携

宝暦年間は、市村座で二年、中村座で二年、都合四年間、四代目團十郎のために筆を執った。團十郎の他に重立った役者のいない「無人芝居」であった。中村座の顔見世では團十郎ひとりに七役を振り、公家悪、幽霊、婆ア、時代と世話、荒事から実悪・実事まで、様々に姿を替えて見物の目を楽しませた。その一方で、伊達騒動物の渡辺民部には團十郎の家の芸の不破伴左衛門の仕打ちを当て嵌め、曽我狂言では八幡三郎に工藤祐経、京の次郎には鬼王の役どころを重ねた。目先を変えてマンネリを防ぐ手法であった。代表作は、のちに歌舞伎十八番になる長唄『鐘入解脱衣』（『解脱』）、河東節『助六所縁江戸桜』（『助六』）、大薩摩浄るり『夏柳烏玉川』（『蛇柳』）。浄るり所作事の常磐津『垣衣艸千鳥紋日』（「葱売り」）。團十郎一途に随身したものの、倅を中村座の跡目に立てる計画を團十郎に密告され、中村座を去ることになった。

明和年間は、主として市村座に立て籠もった。市村座も「役者少な」の無人芝居であった。「市川揃え」の大一座の中村座に対抗する、その活躍は軍師諸葛孔明に譬えられた（『役者党紫選』）。初年度の初春狂言『色上戸三組曽我』は「曽我」の時代に「梅若」の御家、「小栗」の世話を組み合わせた「三つ組曽我」。「三つ組曽我」でも次から次へと展開する複雑な筋立てが評判になった。「三つ組曽我」は八年間で三度出され、金井三笑の看板になった。市村座の立女形は二代目瀬川菊之丞こと王子路考であった。王子路考のために書き下ろした「田舎娘」は團十郎の当たり役、小山判官の書き替えであった。

男勝りの大胆な行動は、「悪婆」の原型となる「三日月おせん」の原点になるのである。

明和年間、市村座に重年した金井三笑は、「三笑どの、家橘（羽左衛門）と一家なれば」（天明五年正月刊『役者初艶貌』）とされる、市村座の親戚筋になった。安永四年十一月、中村座の代替わりに際し、金井三笑は市村座のドル箱、二代目嵐三五郎と王子路考を引き連れて復帰を果たした。顔見世狂言『花相撲源氏張膽』の一番目の呼び物となったのは、江戸根生いの実悪、中村仲蔵と京下りの和事師、嵐三五郎の出会いであった。首のない死体、その衣類を見て夫（仲蔵）だと思った女。敵と疑われた男（三五郎）は女を騙して仮の女房にした。死体の衣類を見て夫だと思う女、その女が敵を討つまで仮の夫婦になろうと騙す男。死体を使ったトリックは五十年後に書き下ろされる『東海道四谷怪談』に応用されることになった。大南北にとって忘れられない記憶だったのであろう、菩提寺の碑文に「安永四年はじめて堺町へ出勤」と刻印されることになった。

顔見世の二番目は、富本の浄るり所作事『四十八手恋所訳』であった。上の巻の通称は「相撲」、下の巻は「鴛鴦」。三五郎・菊之丞の市村座コンビに仲蔵が割って入る、新しい時代の「三千両の顔見世」になった。二番目の口幕では、道外役者の嵐音八が評判を取った。ぶち猫に間違われた女郎が猫の真似をするドタバタ喜劇であった。二十六年後、享和元年（一八〇一）三月の河原崎座『的当歳初寅曽我』の二番目新狂言『江の島奉納見台』では女郎は芸者になり、ぶち猫に間違えられた芸者が「猫じゃ猫じゃ」の流行り唄を歌いながら猫の物真似をする。大南北はこのように、昔の芝居をよく覚えていて、巧みに利用した。五十余年、活躍し続けた秘訣のひとつはそこにあった。

### 金井三笑の復帰

雌伏のあいだも金井三笑は、門下の増山金八、伜の筒井半二の名を立てて影響を及ぼした。それは三笑が私淑した藤本斗文の晩年にならったものであった。中村座二度目の復帰は天明六年（一七八六）十一月、金井三笑の膝下に集ったのは、座頭の三代目大谷広次をはじめ、三代目沢村宗十郎、三代目市川八百蔵、尾上松助と、みな三笑の子飼いの役者であった。初日に先立って売り出される新役者付（顔見世番付）では、座頭の位置に据えられたのは金井三笑であった。しばらく休んでいた勝俵蔵も駆けつけて、引退までの五年間、金井三笑のもとで脇作者を勤めることになったのである。

### 世界綱目と「付け帳」

寛政三年（一七九一）、引退に際して金井三笑は『世界綱目』を整理している。もとになったのは長年、使ってきた手控えの写本だったのであろう。そこには、顔見世の世界定で使う「時代」の「世界」だけではなく、「三つ組曽我」の「御家」「世話」の「世界」まで百三十余種が部立てされた。それぞれの世界には「役名」「引書」「義太夫」が列挙された。「役名」は主役だけでなく脇役、端役まで。「平家物語」の世界には清盛を筆頭に約七十の役名が挙げられた。「引書（引用書）」には『王代一覧』『吾妻鏡』などの史書、物語では『平家物語』の古典から江戸の『義経勲功記』までが並べられた。「義太夫」に挙げられた丸本は五百種にちかい。狂言作者必携の字引であった。勝俵蔵など門弟はもちろん、松島半二（のちの二代目桜田治助）なども許されて転写、三升屋二三治から黙阿弥に至るまで伝えられることになった。

小道具から衣裳、下座の鳴物まで、必要なものをまとめる「付け帳」も金井三笑の工夫により、はじまった（『絵本戯場年中鑑』）。「三つ組曽我」をはじめ複数の世界にまたがる筋立てを繋ぐのは、御家の重宝などの小道具、死体の衣裳など。「付け帳」は舞台を滞りなく進行するための必需品になった。これも金井三笑の訓育であろうか、南北は狂言方に任せず、自分で台本から必要な衣裳、小道具を抜き出したと伝えられる（『作者年中行事』）。

## 四　桜田治助

町人出身の作者

桜田治助は、日本橋の本石町の薪炭商の倅、素人の若旦那であった。二丁町の芝居に入り浸り、勘当され上州佐野に預けられた。寺子屋の師匠をさせられても、芝居のまね事ばかり。しびりを切らして荷船に隠れ、江戸に忍び帰って、そのまま作者部屋に飛び込んだ（国立国会図書館蔵『狂言作者左交一代浄瑠理記』）。見習いを終え、番付にその名が出るのは宝暦七年（一七五七）五月、市村座の「曽我祭」であった。摺り物の発句に「狂言作者橘に皐月の宮居祀るかな　左交」とあるのが治助であった。一年半ばかりの間に、田川治助、津村治助、堀越治助を経て、桜田治助になる。桜田は、桜田門から江戸城を仰ぎ見て育った、それに因んだ姓であった。宝暦十一年三月には市村座で金井三笑と同座、抜擢されて市村亀蔵（のちの九代目羽左衛門）の河東節『助六所縁江戸桜』では「町尽くし」のせりふ、四代目團十郎の白酒売りでは「謎かけ」の「掛合せりふ」を合作した。それを名残りに上京、三年ほど四条の芝居で修業。江戸に戻って森田座の作者連名の筆頭に据えられたものの、立作者の実権は二代目中村伝九郎に握られていた（『役者久意物』）。名実ともに立作者になるのは三年後、明和四年（一七六七）。初出勤から丸十年、三十四歳になっていた。芝居者でもなく、武家や僧侶でもない、町人出身の立作者の誕生であった。その門下からは福森久助、二代目桜田治助など町人出身の狂言作者が輩出されるのである。

日本橋でも本石町は二丁町から離れていた。馴染みが薄かったのであろう、市村座の座元羽左衛門は若き日の桜田を誤って「桃の木、桃の木」と呼んだ、という話が伝えられた（森島中良『反古籠』）。紺屋の若旦那でも南北は「紺屋の源さん」。はんぶん芝居町の人間だったのである。文人気質の桜田治助。それに対して南北は職人気質であった。

花の桜田

立作者になって三年目、明和七年六月中村座『敵討忠孝鑑』の「三ケ津の趣向」は「近年の奇作」と評された（『役者全書』）。上の巻に「浪花の女相撲」、中の巻に「洛陽の神輿洗」、下の巻に「吾妻の夕納涼」を仕組む上方式の「三番続」であった。桜田治助畢生の当たり狂言となった、安永十年（一七八一）三月市村座『劇場花万代曽我』二番目の三日替わりの浄るり所作事も「三ケ津の趣向」であった。初日は江戸の「お夏清十郎」、二日目は大坂の「お千代半兵衛」、三日目は京の「お半長右衛門」。三つの世界を用いて、広く取り仕組む手法は金井三笑の「三つ組曽我」に倣ったものであった。金井三笑のようにそれを連続した物語にするのではなく、並列的に並べたところに桜田治助の特色が生まれた。それぞれの話が独立しているので、金井三笑のように「無人の芝居」ではなく、人気役者が並ぶ「大一座」で輝きを見せたのである。「花の桜田」と讃えられた、その代表作は安永二年十一月中村座の『御摂勧進帳』。十三年続いた「市川揃え」の大一座の掉尾を飾る顔見世狂言であった。

三笑風と桜田風

金井三笑の作風は「三笑風」。それに対して桜田治助は「桜田風」と呼ばれた。桜田風の魅力は狂言より「浄るり所作事」で発揮された。とくに、顔見世の「御目見得浄るり」では、浄るりほんらいの物語より、見た目の面白さを重視。長唄のように、短い浄るりを組み合わせて、曲ごとに役者がひとり、あるいは二人、交互に出て踊る仕方を

「仕抜（しぬ）き」と呼ぶ。最後に全員揃って踊る「総踊り」も、賑やかな鳴物が入る長唄風の「音頭」になった。各曲が独立しているので、抜き差しが簡単。それも、桜田風が流行した大きな要素であった。のちに三升屋二三治は、狂言は「三笑風」から「南北風」に替わった。それでも浄るり所作事だけは「桜田風」でなければならなかった、と整理している（『作者年中行事』）。

晩年、隠居格になった桜田治助は、顔見世の御目見得浄るりや二番目の「雪降りの世話場」など得意の幕だけを担当するようになり、残りの幕は、それぞれの作者に任せた。細かな指図をしなくても大丈夫だったのは、それだけ各幕の独立性が高かったからである。最晩年に何度か同座をした勝俵蔵こと南北も、重要な幕を任された。文化（ぶんか）三年（一八〇六）三月中村座『館結（やのじむすび）花行列』（『鏡山』）は桜田治助の代表作のひとつ『春錦（はるのにしき）伊達染曽我』の改訂版であった。桜田は二ヵ月後に往生、行年七十三歳であった。南北（勝俵蔵）と合作した、この作品が絶筆になった。

## 五　二つの習作

### 「だんまり」と拍子幕

南北が入門した安永五年、桜田治助は江戸三座に住み口を失い、上京の噂が立った

(『役者通利句』)。結局、江戸にとどまって市村座に出勤、顔見世の『姿花雪黒主』では「だんまり」と「拍子幕」が評判になった。「だんまり」は暗闇、無言で宝物を枷に奪い合う。クライマックスでいったん幕を閉めるのが「拍子幕」。どちらも、これからどうなるのか、物語の展開に期待を抱かせる。桜田治助にはじまり、南北が確立する江戸の新演出であった。翌年、市村座の見習いになった南北は、顔見世で中村座に移り、桜田兵蔵の名で番付に名を連ねた。立作者は桜田治助であった。五代目團十郎と四代目幸四郎が共演する「市川揃えの大一座」であったが、二月に先代團十郎が逝去すると、閏七月には團十郎と幸四郎の確執が表面化、大騒動になった。騒動のさなかに若き日の南北が平賀源内や烏亭焉馬とつるんで「牛の華鬘」の見世物で大損をしたことはすでに誌した。幸四郎と桜田治助は中村座に重年したものの、江戸っ子は團十郎贔屓であった。平賀源内は『飛だ噂の評』を書いてその鬱憤を晴らしたのである。中村座は不入りとなり、翌年五月には桜田兵蔵の姿も消えた。

### 沢兵蔵と改姓

　桜田兵蔵は一年間の空白ののち、沢兵蔵と改姓して市村座に現れた。立作者は桜田治助でも金井三笑の倅、筒井半二も出勤していた。前年の顔見世では「趣向は桜田でも、狂言は皆ほかの者が書き直した」(『役者紫郎鼡』)と、半二の関与が暗示された。二年目に半二が上京、その顔見世でも「桜田殿に書かせてみたいて、残念」(『役者三ケの角文字』)

という評判が出た。安永十年四月、不況のなかで起死回生の大当たりとなったのは、三日替りの浄るり所作事であった。初日は「お夏清十郎」、二日目は「お千代半兵衛」、三日目は「お半長右衛門」。江戸、大坂、京、三ケ津（さんがつ）の道行（みちゆき）揃えで、主人公のお夏、お千代、お半の三役は三代目瀬川菊之丞であった。相手役は三人の立役が日替わりで勤めた。なかでも評判を取ったのは富本浄るり『瀬川の仇浪（あだなみ）』であった。四月末から六月三日まで七十余日の大入りで、「百四十余年来の大繁盛」と書かれた看板まで出た（『役者白虎（びゃっこ）通（つう）』）。久しぶりで「曽我祭」も執行、その摺り物に沢兵蔵も発句を披露した。「不二の日にあたるや曽我の田植笠　蚊子」。蚊子は「蚊の子」、「孑孑（ぼうふら）」のことであった。細くて、ひょろっとした風貌から付けられたものだったのであろう。南北はのちに「大眉」あるいは「眉毛」という俳名も使った。太くて大きな眉毛も、南北のトレードマークであった。

## 寿大社

このころのことだったのであろう、『寿大社（ことぶきおおやしろ）』という南北の「序びらき」（習作）が伝えられている（人情本『祝井風呂時雨傘』）。語り伝えたのは森田座の芝居茶屋の亭主で勘亭流の達人、高麗屋錦三（こうらいやきんぞう）こと源右衛門である。筆録したのは人情本の作者為永春水であった。縁結びで知られる出雲大社を舞台に、諸国から八百万（やおよろず）の神々が集って縁結びをした。結ばれた男女の名を記した帳面、それを大荒神が奪い取り、「この帳面が手に入

### 勝俵蔵になる

るからは、夫婦喧嘩も和合（なかよし）も、俺を粗略にせぬ家に、縁を繋がす我が神力」という。たわいのない一幕であったが、のちにこれが都座の仮芝居の「寿狂言（ワキ狂言）」になった。「ワキ狂言」は夜明け前に大部屋の若い衆が演じる稽古芝居であった。中村座では『酒呑童子』だが、本狂言が『前（ぜん）太平記』のときなど、差し障りがあるので『焙烙聟（ほうろくむこ）』に差し替えることになっていた。『寿大社』は、お半長右衛門、お染久松、三勝半七、どんな道行にも適応するので「ワキ狂言」に選ばれた、というのが為永春水の見解であった。

『瀬川の仇浪』を最後に沢兵蔵は市村座を抜け、勝俵蔵と名を改めて森田座に現れるのは一年後、天明二年（一七八二）四月であった。盆の休みを利用したのであろう、七月には沢兵蔵の名で甲府の芝居に出勤した。頭取は坂東善次、のちに勝俵蔵の狂言には欠くことのできないワキ役になる、盟友であった。木挽町の森田座は二丁町から離れた、一軒芝居であった。このときも不況が続き、天明四年の暮に類焼すると、復興はままならず、ようやく天明六年八月に再興を果たしたものの、わずか七日で潰れた。森田座には五年といっても、実質は二年半の出勤であった。役者も狂言作者も寄せ集めで、立作者のなかには「近並門輔」「津打英子」と名乗るものもいた。前者は浄るり作者近松門左衛門と並木宗輔の取り合わせ。後者は二十六年前に他界した、江戸作者中興の祖であった。突然現れては消えた、うさん臭い名前の作者たちであった。

### 鯨のだんまり

「鯨のだんまり」（人情本刊行会発行『祝井風呂時雨傘』）

作者部屋の序列は役割番付の連名に現れ、身分は顔見世の新役者付（顔見世番付）の箱の大きさで決まった。森田座の三年目、天明三年十一月、勝俵蔵は狂言方を卒業、出世して作者分になった。三年後には、さらに出世して三枚目格の脇作者になる。その間に執筆されたと思われる大南北のもうひとつの習作（「二つ目」）を自作の人情本『祝井風呂時雨傘』に記録したのも、為永春水であった。ところは豊後国、早鞆の浦、鯨に呑み込まれた海賊の話であった。波打ち際に打ち寄せられた大鯨。鯨の腹の中にあったのは、壇ノ浦で入水した安徳天皇の御衣と平家の白旗であった。鯨の腹を切りやぶって出た海賊は白旗を枷に蜑の女と立ち回りになる。「鯨のだんまり」と呼ばれることになった一幕であった。

### 森羅万象こと森島中良

その影響であろう、天明七年正月刊の黄表紙『面向不背御年玉』の主人公は、鯨に替わって鰐鮫に呑み込まれた英雄であった。腹を切りやぶって出ようとする英雄、それを止めたのは先に呑み込まれた人たち。振り切ろうとして大暴れをすると鰐鮫の腹が痛くなり、潮を吹く。その潮から英雄が吹き出す。「鰐鮫に潮吹きの穴なし（中略）潮吹きの穴、珍しく」と茶化す、大人の漫画であった。黄表紙の作者、森羅万象こと森島中良は平賀源内の弟子で蘭学者桂川甫周の弟。五年前には桜田治助の「三日替りの所作事」を人形芝居の台本に仕立て、その丸本を上梓していた。平賀源内とともに森島中良も尾上松助のブレーンであった（花笠文京『後夜の夢』）。松助と提携した南北も交流があり、伊達騒動にまつわる下馬将軍酒井忠清の記録を桂川家から入手している（鶴屋南北随筆『吹よせ艸紙』）。天明七年、同じ年に森島中良は『紅毛雑話』を出版した。そのなかには江戸参府のオランダ人から聞いた、南海に棲む「カイマン（鰐）」という人を呑み込んだ鰐の話もあった。中良はカイマンから『出雲風土記』の鰐に喰われた娘の話を連想するのであった。天明の飢饉のさなか、ひとつ年下の中良は戯作で夢を見、勝俵蔵はその夢を舞台に託したのである。

# 六　金井三笑の脇作者

三枚目格に出世する

天明六年十一月に中村座に復帰した金井三笑は、翌年、天明七年十一月には森田座に移った。二年とも、十月上旬の新役者付では大立者の狂言作者は金井三笑ひとりであった。初日が出てから売り出される役割番付では中村重助が加わった。狂言作者の連名の筆頭は中村重助。金井三笑は筆留めでも、ひとまわり太く書かれた。十年間雌伏した金井三笑は五十六歳、立作者でも隠居格であった。それを見習ったのであろうか、晩年、大南北も筆頭を若手に譲り筆留めに廻るようになった。三笑の膝下で勝俵蔵は出世して、三枚目格になった。以後五年間、金井三笑の脇作者として「三笑風」を習得するのであった。

けいせい井出蘭

一年目、中村座の顔見世狂言は『雲井花芳野壮士（くもいのはなよしののそうし）』（「女夫狐（みょうときつね）」）、題材は『吉野拾遺』であった。馴染みの薄い勤王の物語は、江戸では時期尚早であったが、大坂では『同計略（とばかり）花芳野山』と改題、人気狂言となった。改訂版の作者並木五瓶（ごへい）は、金井三笑の倅筒井半二の師匠筋でもあった。翌年の四月狂言『けいせい井出蘭（いでのやまぶき）』は大坂の並木正三（しょうざ）作『大和国井出下紐』の改作、題材は同じく歌物語の古典『大和物語』である。

金井三笑が大名題の角書きに掲げたのは『新古今集』『玉葉』の俊成の和歌二首であった。金井三笑は全五幕のうち二幕を削除、新たに常磐津浄るりの道行を増補し、さらに本狂言の前の「二建目」（二つ目）「三建目」（三つ目）を勝俵蔵に担当させたのである。「二建目」とは「中通り」（脇役）の稽古芝居である。「三建目」もこのときは「立者」の出ない「駄三建目」と呼ばれる稽古芝居であった。「抱谷文庫（大久保忠国旧蔵）」のフィルムに遺されたこの二幕が現在、確認しうる大南北のもっとも古い台本である（光延真哉『江戸歌舞伎作者の研究』）。「二建目」で枷になる小道具は小田家の系図であった。立役三人、敵役二人、都合五人、系図が手から手へ渡って物語が展開する仕組みを「三笑風」と呼ぶ。「三建目」には、立役九人に女形二人、子役の若太夫、伝九郎も加わる。「古金買い」「馬子」「女馬子」など馴染みの役のほかに「願人坊主」「琴の師匠」「女髪結」「蚊帳の荷持ち」など当世風の役もあった。そのうちの四人には隠された実名がある。殺しの詮議に使われる小道具は「鞘の血汐」「馬方の鞭」「商人のひと腰」と三つ。より複雑な仕組みになった。すでに述べた通り、踊りのお浚い会の長唄『吉原雀』を「よそ事」に使う所作ダテは、勝俵蔵のはじめた工夫であった。

姿伊達契情容儀

　天明八年十一月には市村座が再興する。それを祝して五代目團十郎、三代目宗十郎、大坂下りの浅尾為十郎と座頭役者三人、三代目菊之丞、四代目半四郎と立女形二人の大一座になった。立作者も瀬川如皐、増山金八、笠縫専助と三人であった。三枚目格の作者も三人、そのうちのひとりが勝俵蔵であった。翌年の秋狂言『姿伊達契情容儀』の三建目「神事の場」はその作風から勝俵蔵の担当と推定される一幕である。大立者の実悪三代目大谷広右衛門に、道外形の人気役者大谷徳次が絡む、本格的な台本であった。広右衛門が扮したのは応仁の乱の山名宗全、「伊達騒動物」では江戸幕府の大老酒井忠清に相当する悪人である。平安朝の貴族、融の大臣こと源融が陸奥の按察使に任ぜられた故事に因み、衣冠束帯の公家装束で登場する。昔の融が京の自邸に再現した「千賀の塩竈」の替わりに、仙台藩の江戸屋敷に分霊された千賀の塩竈明神の神事を検分にくる、江戸の話になった。仙台藩医工藤平助がロシアの脅威に警鐘を鳴らしたのは六年前（『赤蝦夷風説考』）。その三年後には、同じく仙台藩士林子平が外国に日本の領土が切り取られる脅威を警告した（『海国兵談』）。その風説を取り込んだのであろう、山名宗全は「異国の賊徒」が日本を切り取ろうとする虚に乗じ、王位簒奪を狙う悪人に仕立てられた。「伊達騒動物」につきものの毒薬も漢方ではなく、「天竺のアギ薬」。西域から中国に渡った舶来の薬草であった。毒薬をはじめ薬にこだわるのも南北の特色であった。

広右衛門の扮した山名宗全は公家の「色悪」でもあった。家中の妻女を見初め、「面に似合わぬ、嫌な奴さ」と口説く。その背景には、『今昔物語集』などで伝えられる

「鬼の吸い殺し」など、融の大臣にまつわる、もうひとつの説話があった。山名の暴挙を止めたのは大谷徳次の荒獅子男之助であった。團十郎の荒事「太鼓割り」の見立てで「塩竈」のなかから登場する。男之助の「赤っ面」には、塩竈明神の神竈の水が赤く濁ると凶事が起こる、とされた仙台藩の伝承も反映されていたのであろう。男之助の赤い顔、赤い手、赤い足は、赤い西瓜の化け損ないに見立てられるのである。女の姿にさせられた男之助は「無間の鐘」の傾城梅が枝の見立てになった。柄杓で手水鉢を打つと失われた名笛が吹き上がるのである。その段取りは、まず廓の借金の形に大小の刀を取られ、丸腰になった男之助は裲襠を着せられて給仕役になる。その姿はまるで猿廻しの「お染猿」のようだと馬鹿にされ、赤い顔から「おやま若女形」を捩って「おやま、赤おんながた」と居直った。裲襠の紋は瀬川家の「結綿」である。それを見て瀬川菊之丞の当たり役「無間の鐘」を思い付く。連鎖するうちに思いも付かぬことになる、緻密な段取りは金井三笑譲りであった。のちに「南北風」と称されることになった。

### 長男の初出勤

勝俵蔵の長男が坂東鯛蔵の名で初舞台を踏んだのは、この年の夏の土用芝居、九歳であった。引き続き秋狂言にも出勤、三建目の幕開けに子供相撲を取る、幼君鶴千代君の近習の役であった。三年前に十四歳で将軍になった、豊千代君こと徳川家斉が当時評判の子供相撲を上覧した、そのことを当て込んだのである。この一幕が勝俵蔵の担当だとするると、親子の共演であった。

金井三笑の引退

勝俵蔵は市村座に重年、その翌年の寛政二年（一七九〇）正月には、久しぶりで金井三笑が復帰した。このときも連名の筆頭は門下の増山金八で、金井三笑は筆留めに太く書かれた。初春狂言の『うれしく存曽我』には、特別に庵看板が掲げられ「作者御馴染の増山金八に御存じの金井三笑、愚作の加案仕候」（辻番付）という口上が載せられた。驚くのは口上のなかで「曽我に外の御家狂言を交え」ることはもう珍しくない、と自作の「三つ組曽我」を否定したことであった。替わりに「曽我ひとすじの狂言」を謳って幕ごとに配役を替え、曽我兄弟が子供から大人に成長する過程を見せる、「年々曽我」の構想になった。

「比丘尼の狂言」と呼ばれる二番目の世話狂言も金井三笑の作で「古今の妙作、大評判大当」（『歌舞伎年代記』）と記録された。金井三笑はこの作品を限りに作者部屋から退くのであった。天明六年の復帰から五年間、付き従った作者は勝俵蔵ひとりであった。

勝俵蔵は、寛政二年十一月の顔見世で河原崎座に出勤したものの、翌春は中村座に移った。名目上の立作者、桜田治助は役割番付には名前が載ったものの、その実、盟友である四代目幸四郎とともに河原崎座に飛び入り加入していた（辻番付）。中村座に残ったのは三笑門下の増山金八であった。名前を出さずに陰で金井三笑も係わっていたのであろうか、初春狂言『春世界艶麗曽我』は「これは三笑作にて大当り」（『歌舞伎年表』）と記録されたのである。勝俵蔵の移動もそれに連動したものだったのであろう。金井三笑は寛政三年十一月市村座でも、市川鰕蔵と名を改めた五代目團十郎を祝して「しばらくのつらね」（『歌舞伎年代記』）を書き、寛政四年八月市村座『むかし〳〵掌白猿』の看板も「如皐、三笑妙作」（『江戸芝居年代記』）と誉められた。引退はしても、気ままに筆を執り続けていたのであろうか。そのときも膝下には勝俵蔵が控えていた。

# 第三　仮芝居都座の四年間

## 一　仮芝居

都座の仮芝居

寛政五年（一七九三）に中村座が退転すると、十一月の顔見世で堺町の芝居は都座の仮芝居になった。中村座が復興するまでの四年間、勝俵蔵はこの仮芝居に重年することになる。身分は三枚目格のままでも、二年目の顔見世の一幕が評判を呼び、この幕の作者は「俵蔵殿と見へます」（『役者恵宝参』）と指摘された。役者評判記で三枚目格の作者が名指しで褒められるのは極めて異例。後にも先にもないことであった。評判記で話題になったのは坂東善次の扮する、あざらし入道であった。牛に引かれて出てきて、毒を呑まされたのであろうか、あるいは水に溺れたのであろうか、あひるの血汐（脳血）を呑まされた。脳血には解毒作用や水死体を蘇生させる効能があったからである（『和漢三才図会』）。生き返った、あざらし入道が滑稽だったのであろう。その「おかしみ」が評価されたのである。勝俵蔵四十歳、不惑の年であった。

おかしみの狂言

三升屋二三治が「俵蔵の昔は、おかしみの狂言書き」（『作者店おろし』）であったとするのも、都座の四年間を指すのであろう。二三治は十歳から十五歳、蔵前の札差伊勢屋宗三郎の跡取り息子の宗蔵であった。宗蔵少年をおかしがらせたのは、大谷徳次であった。勝俵蔵は徳次と善次を使って「おかしみ」の狂言を書いたのである。のちに狂言作者となった三升屋二三治は、「作者でも三枚目といえば楽屋の内ばかりで、見物は誰が三枚目だか知れない、知っているのは高名な立作者だけである」と指摘した（『作者年中行事』）。都座の「おかしみの狂言」で、勝俵蔵は芝居の幕内だけでなく、外でも噂される作者になったのである。

谷素外の落款

玉巻久次（のちの福森久助）も同じように注目された作者であった。年齢は勝俵蔵よりひとまわり下でも桜田治助のもとで、とんとん拍子に出世して三枚目格になった。見習いのときに舞台で拍子木を打つ、その姿を三升屋二三治は記憶していた（『作者年中行事』）。幕の陰で拍子木を打つのではなく、粋な小紋の着物に唐桟の帯を締めた着流し姿を見せる「出打ち」。その姿と澄み切った柝の音に、二三治少年は胸を轟かせたのであろう。のちには桜田治助の門下から、清水正七という拍子幕の名人も出るのである。「玉池」こと江戸談林派の俳諧師、谷素外も拍子幕の柝の音に魅惑された、そのひとりであった。拍子木の形をした落款を、転写した台本の幕開けと幕切れに押した。幕切れには「カチカチカチ」という拍子幕の擬音も書き込む。落款の片方の柝には「玉池」、もう片方には「戯蔵」、二つの柝は紐で結ばれた。「戯蔵」とされた台本には立作者だけではなく、勝俵蔵、玉巻久次、武井藤吉（のちの本屋宗七）など見習いの幕もあった。『姿伊達契情容儀』の三建目も玉池の写本により伝えられたのである。

### 仮芝居のはじまり

「仮芝居」は「仮櫓」ともいった。「櫓」は興行のシンボルであった。仮櫓のはじまりは享保二十年（一七三五）である。河原崎権之助が桐大蔵、都伝内とくじ引きをし、くじに当たって森田座の仮櫓が認められた。町奉行に訴えたのは、木挽町の芝居茶屋など「芝居に懸り候者」たちであった。森田座が休座しているので自分たちの渡世も難儀である。休みの間だけもう一軒芝居を認めて欲しい、という訴えであった。認める代わりに森田座が復興したときには止める、という付帯事項も付いた（『東都劇場沿革誌料』）。

二丁町に仮芝居が立ち上がったのは四十九年後、天明四年（一七八四）であった。ことの発端は市村座の地代の滞りで、地主らの訴えは安永二年（一七七三）にまでさかのぼる。十一年間の係争の後、結局、葺屋町の茶屋など「芝居懸」のものたちの訴えで、桐長桐の仮芝居が認められた（『天明撰要類集』）。森田座のときと異なるのは、五年間の期限が付いたことであった。その背景には、森田座の復興まで丸十年がかかったこともあったのであろう。江戸三座の特権である「常芝居」に対し、あくまでも「仮芝居」という認可であった。市村座が興行するときには止める、という付帯事項も付いていて、実際には四年で復興を果たした。

桐座の仮芝居

桐座が奉行所に提出した「桐氏家譜」(『天明撰要類集』所収)によると、先祖は幸若舞(こうわかまい)の幸岩(こういわ)与太夫、室町時代にまでさかのぼる。六代目から「女名代(おんななだい)」になり、寛文(かんぶん)年中、九代目桐大蔵(おおくら)(大内蔵)のときに江戸の木挽町で芝居を興行したものの、そののち十代目大蔵のときから旅芝居になった。本拠は武州熊谷の西新堀(にししんしろ)、中山道の深谷から熊谷に行く途中の立場で、そこを根城に江戸や他国を廻る、旅の一座であった。移動の際には伝馬が許され、舞女は青漆の乗物に乗り、蒔絵(まきえ)の油単(ゆたん)を掛けた長刀を先頭に、鎗持ちも付く。その姿は大家の婦人のようであったという(天野信景(さだかげ)『塩尻』)。養女が江戸に出て橘町に住んだ。踊り子の師匠をしていたのであろうか、その縁もあって仮芝居の名代に選ばれたのであろう。森田座のときと違い、くじ取りではなく、はじめから桐座に決まっていたのである。

## 二　都座の仮芝居

都伝内の由緒

都座の座元伝内は、森田座のくじ取りに負けたあと、しばらく興行から手を引いていた。南本所番場町に住む子孫を探し出して跡目に据えたものの、由緒書きも系図も火事で焼けてなかった（『寛政撰要類集』）。そのためであろう、仮芝居が決まったあと、市ヶ谷八幡の宮地芝居の座元伝次郎という、もうひとりの子孫が現れて訴訟になった。伝次郎が先祖の墓を守ってきたということで勝訴となったものの、示談金五十両、興行ごとに五両の養育料を払うことで和解になった。宮地の座元という立場に差し障りがあったのであろう。しかも、ほんとうの子孫は伝次郎ではなく、その子分の伊助であった、という裏話も伝わる（『東都劇場沿革誌料』所収『劇場内証咄』）。

### 勝俵蔵と都座

女房の縁で、都伝内の後ろ楯になったのは、女形の三代目瀬川菊之丞であった。菊之丞の贔屓が金主（きんしゅ）となり、芝居の普請まで引き受けた。表向きの座頭（ざがしら）は三代目大谷広次だが、立女形（たておやま）の菊之丞が「太夫」の肩書きで、実質的な座頭も兼ねた。顔見世狂言『優美軍配都陣取（やさぐんばいみやこのじんとり）』は七年前の森田座『女武者菊千余騎』の再演である。菊之丞は、森田座では「女座頭（おんなざがしら）」であった。このときも人形芝居肥前座の豊竹越後太夫を出演させ、無人の芝居で大当たりを取った。都座も大当たりで、翌春には三代目沢村宗十郎、三代目市川八百蔵の兄弟を迎え、大一座になった。立作者は菊之丞の実兄、瀬川如皐（じょこう）。立作者格の二枚目の松井由輔は、金井三笑の倅であった。正月に如皐が急逝、五月からは由輔が立作者になった。二年目には大坂から並木五瓶を招聘したが、三年目には五瓶と由輔が抜け、桜田治助と増山金八が入る。その桜田治助も一年限りで抜けた。重立った役者も年ごとに入れ替わるなかで四年間、作者として重年したのは勝俵蔵ひとりであった。なにか縁故でもあったのであろうか、旧作『寿大社』が都座の寿狂言（ワキ狂言）になるのであった。

並木五兵衛が五瓶と名を改めて江戸に下る前、剃髪して五盛と名を改めていた金井三笑が上京していた（宮木慧太「江戸歌舞伎と不夜庵—市川栢莚・金井三笑を中心に」、『東京大学国文学論集』第四号）。三笑は倅筒井半二を並木五瓶に託し、五瓶は三笑の旧作「女夫狐」を改訂。五瓶の江戸下りには三笑の仲介があった、と考えるのが自然であろう。江戸の作者部屋で五瓶を迎えたのは、三笑の倅松井由輔と門弟勝俵蔵であった。

### 並木五瓶の江戸下り

並木五瓶と金井三笑の交流は江戸座の誹諧を介したものだったのであろう。江戸の御目見得狂言『花都廓縄張』の番付では「顔見勢の列座に出けり狩衣　作者下り土産狂言　並木五瓶」と挨拶の発句が掲げられた。翌春「五大力」で大当たりを取ると「雪月花」の句碑が建立されるのである。句碑の詞書きは晋子堂大帍、揮毫は庭柏子こと酒井抱一（俳号屠竜）。大帍は並木五瓶著『誹諧通言』にも序を寄せた。

### 土産狂言の失敗

五瓶の土産狂言は、大坂での当たり作『けいせい飛馬始』の再演だが、江戸の顔見世にしては寂しい、と不評であった。その原因は、京大坂の惣役者は三十名ほど、江戸は五十人余り。それをそのまま当て嵌めると、役が足らなくなるからであった（『絵本戯場(しばい)年中鑑』）。加えて江戸には「下立役(したたちやく)」あるいは「稲荷町(いなりまち)」「若い衆(わかいしゅ)」と呼ばれる座付きの大部屋役者もいた。京坂の倍の数の役者がずらりと並ぶ、賑やかさが顔見世の身上であった。初春狂言の「五大力」も旧作の再演であったが、それが大当たりを取ったのは「曽我狂言」を江戸の作者に任せ、人気役者をずらりと並べたからであった。二番目に曽我とは関係のない世話狂言を出したことも好評で、これを機に曽我狂言とは別に二番目にも独立した狂言名題を立てる慣習が生まれるのである。

### 五大力と五人切

「五大力」の題材は「五人切」、女の首を切り落とした、猟奇事件であった。一方、「五大力」は大坂の島の内の風俗で、遊女が客に送る手紙に書いた封じ目であった。主人公の芸者が三味線に「五大力」を書いて誓う、そのとき奥から地歌の「五大力」が聞こえてくる、「よそ事」の演出であった。五瓶は、その歌の三味線を浮き立つような「二上り(にあがり)」から、しっとりとした「三下り(さんさがり)」に替えた。それが大坂に逆輸入されて、江戸の長唄が大流行するきっかけになるのである。大坂式の「廻り舞台」がはじめて紹介されたのも「五大力」であった。料理茶屋の入り口から、舞台が廻ると中の間（台所）、さらに廻ると奥座敷。登場人物をハンディカメラで追うような、スピーディな展開が可能になったのである。大坂の「五大力」では主人公ひとりの首を切った。江戸では「五人切」に戻し、五人を斬る。そのところは江戸風の「だんまり」になった。大詰には金井三笑の旧作も填め込まれて、大谷徳次の「おかしみ」も加わった。勝俵蔵はこのような協力をしながら、並木五瓶がもたらした新しい手法を自分のものにしていったのであろう。

## 三　大谷徳次

出世役、越前太郎面長

大谷徳次は人形芝居の浄るり語りの倅であった。子役としての出勤は遅く、十五歳であった。ひとつ年上の南北と同じように、生まれつき滑稽を好み、人を笑わすことを「わざ」とした子供だったのであろう。道外形(どうけ)になって五年目、安永六年（一七七七）十一月中村座『将門冠(かむりの)初雪』の越前太郎面長(おもなが)という公家侍が出世役になった。馬方に衣類を剝がれ裸で寝ているところに、一日に三百里を走る摩利支天(まりしてん)の守りを掛けられると、上半身は寝たままなのに足だけが動いて走り去る。この滑稽な演技が注目された。大谷徳次、二十二歳であった。このとき、大南北も桜田兵蔵の名で狂言方の末席に名を連ねていた。浮世絵師の見習いであった北尾政演(まさのぶ)（のちの山東京伝）は、十七歳であった。よほど面白かったのであろう、のちに自作の黄表紙『早道節用守(はやみちせつようのまもり)』と読本(よみほん)『忠臣水滸伝』

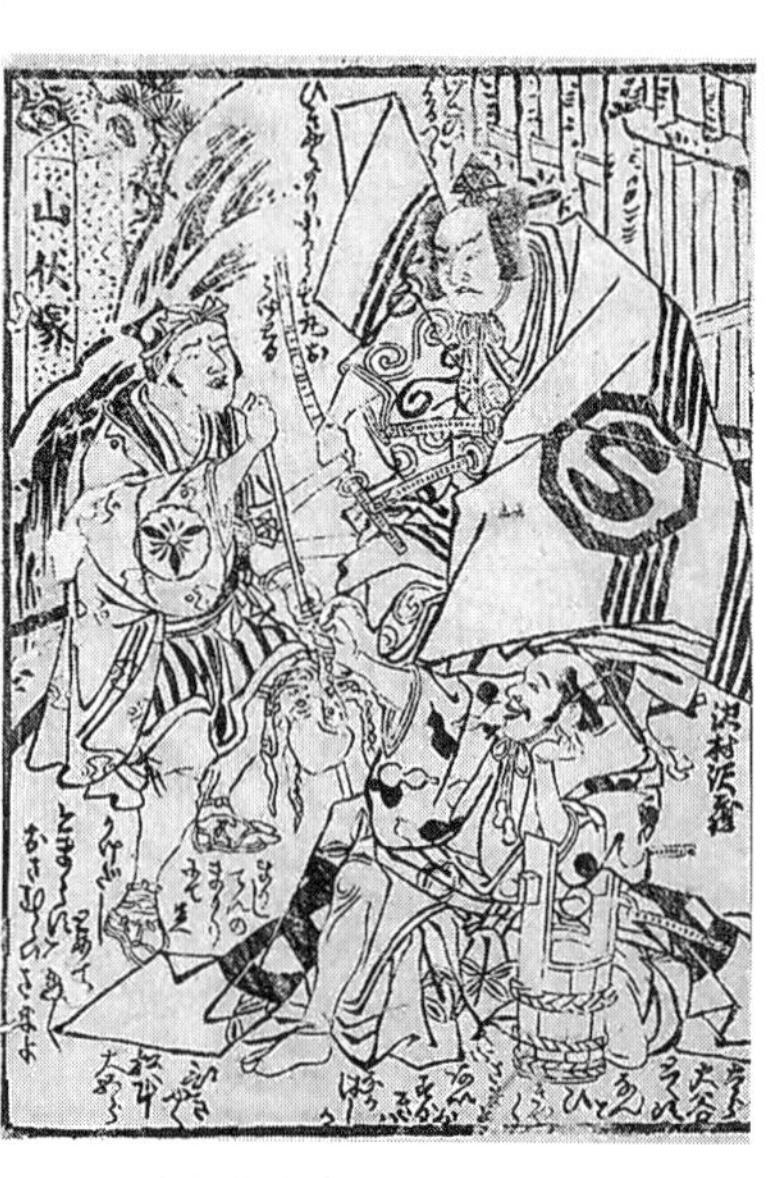

大谷徳次「越前太郎面長」
（芝居絵本『将門冠初雪』，国立国会図書館蔵）

と、二度にわたってこの趣向を取り込んだ。大谷徳次は順調に出世して、寛政五年には、江戸の道外形のトップになり、『大谷徳次どうけ百人一首』とその名を取り込んだ黄表紙も出版された。大谷徳次も勝俵蔵とともに、都座の仮芝居に四年間、重年するのであった。

都座の初年度には、曽我狂言布袋市右衛門の後日『江戸花五つ雁金』序幕で、大谷徳次は「雁金五人男」のひとり布袋市右衛門に扮した。立作者の瀬川如皐が急逝したあとなので、三枚目格の河竹文次と勝俵蔵が抜擢されたのであろう、「五人男のつらね」（東京都立図書館蔵『浄瑠璃せりふ』所収）を河竹文次が書き、台本を勝俵蔵が執筆したと推定される。舞台は深川、洲崎（すざき）の料理茶屋であった。長唄三味線の杵屋弥十のお浚い会の長唄『菊慈童』『面かぶり』を「よそ事」に使う、勝俵蔵得意の場面であった。徳次の布袋が孕ませた後家を洲崎名物の鮟鱇に見立て、妊婦の腹を柄杓で叩くと腹の子「おぎゃア」と泣く、ドタバタの喜劇であった。きっかけは、お浚い会の歌の「無間(むけん)の鐘(かね)」であった。それを聞いた徳次は、同じ大谷家の二代目広次の当たり役「鮟鱇無間(あんこうむけん)」を思い出す。鮟鱇の腹を叩くと、中から三百両の金が出てくる狂言であった。徳次が欲しかったのは、堕胎のための薬代、三分。「金ならたった三分」と「無間の鐘」のお決まりのせりふを捩(もじ)り、腹を叩くのであった。

　序幕の返しは深川大和橋の袂、夜の景色になった。人をあやめて腹を切って死のうとする雁金文七を止め、このことを知っているのは布袋ひとり、いったんは逃げ延びて、失った宝の詮議をするのがほんとうの男だ、という理屈で雁金を翻意させる。この理屈は、秋狂言の『けいせい三本傘(さんぼんからかさ)』でも繰り返された。暗闇の中で死ぬのを止められたのは、刀屋の若旦那。止めたのは悪者、高慢寺の隠居坊主、実は乞食坊主の願山であった。悪人になっても一緒で、知っているのは「アノ女中と高慢寺、ふたり」だけ、という理屈であった。大南北の代表作のひとつ『隅田川花御所染』（「女清玄」）では、五代目幸四郎扮する猿島惣太が主君と知らずに梅若丸を殺し、腹を切ろうとしたところで、月が出た。我に返った惣太は、「この様子を知ったものは、広い世界に、アノ、お月様とおればかり」と翻意する。黙阿弥の「十六夜清心(いざよいせいしん)」の原型になる場面であった。

　大谷徳次は、二年目の顔見世狂言『閏訥子名歌誉(うるおうとしめいかのほまれ)』で藪医者真加晶庵(まかしょうあん)、閏月の顔見世『花都廓縄張』では赤堀典膳、と裸にされる役に扮した。藪医者は美人局で裸にされた。役名の「まかしょうあん」は、当時評判の寒垢離の行者「まかしょ」の当て込みであった。赤星典膳は湯屋泥坊で裸にされた。美人局とともに湯屋泥坊も繰り返し使われ、女の湯屋泥坊は岩井半四郎の御家の芸になった。閏月の顔見世では、銭湯の洗い場で中通りの役者が裸になり、これも話題になったのである。

棺桶から生き返る死体

三年目の初春狂言『振分髪青柳曽我』三建目では、棺桶から生き返る死体の役になった。大谷徳次の役は浄土真宗の順礼「二十四輩」であった。行き倒れになって墓場に埋葬され、額に「シ」(死)と書かれた三角の帽子を付けた死装束の姿で棺桶から飛び出すのである。四年目の盆狂言『出世握虎軍配鑑』では、死体の役から他人を死体に仕立てて棺桶に入れる役に廻った。のちには、立女形の五代目半四郎や座頭の七代目團十郎も、棺桶に入る死体の役になり、棺桶さえ見ると南北の作品だと言われるようになるのであった。

## 四 「三芝居狂言座取締方議定証文」

積銭の願書

寛政五年(一七九三)、堺町に都座の仮芝居が認められるとともに、葺屋町にも桐座の仮芝居が認められた。その三年前、寛政二年正月には河原崎座も復興していて、江戸三座すべてが仮芝居になった。その直前、中村勘三郎は市村座の座元羽左衛門の同意を得て、奉行所に「寛政五年九月より五ヵ年間、芝居関係の者、積銭の事情」という願書を提出していた。借金が増え興行を続けることが難しくなった、そのための打開策であった。「役者、長唄、浄瑠璃、鼓、太鼓、笛、踊り子、振り付、狂言作り」など「芝居渡世」のものだけではなく、町の稽古所の師匠のことを指すのであろう「表札かけ家業」するものまで、「芝居関係の者」から五年間、一日一銭を徴収。それで借金等を済まし、危機を乗り切る。興行を続けることを「相続」と称した。「相続」は「由緒」を持つ自分たちの権利だというのである。奉行所からの回答は、内容の是非ではなかった。自分たちで解決すべき「相対(あいたい)の儀」であるから、口を挟むべきではない、と突き戻された。相対では同意を得ることができないまま、二丁町の芝居も仮芝居になった(『東都劇場沿革誌料』)。

仮芝居の議定証文

翌年、寛政六年十月には、今度は堺町、葺屋町、木挽町の名主の連名で奉行所に「三芝居狂言座取締方議定(ぎじょう)証文」(『寛政享和撰要類集』)が提出された。願書ではなく、自分たちで合議して決めた「議定」で、自分たちの「自法」(証文)である。自分たちの判断だけでは取り締りが不充分になるので、提出させていただいた、というものであった。前年の「積銭」が「相対の儀」と退けられたことを踏まえた、対処であった。きっかけとなったのは、五月の「曽我祭」であった。派手な練り物が公儀の目に触れ、お咎めを受けた。その際、寛政の改革で新しく設けられた肝いり名主に命じられたのが「永続の儀」であった。取り締まりが不充分で役者の給金も高すぎる、「永続の儀」を考えなさい、という申し渡しになった。「三芝居狂言座取締方議定証文」の「永続の仕法」はその回答でもあったのである。

「永続の仕法」は全部で十八条にのぼる。そのうち、すぐに影響を与えることになったのは第四条、役者の「助勤（じょきん）」であった。「助勤」とは他の一座に出勤することで、金主が付かずに興行ができないときの処置であった。京坂と違い、江戸では「一年契約」の原則が守られていた。「助勤」はその原則に反する取り決めであった。十年前、桐座の仮芝居になるときであった。市村座の座頭であった中村仲蔵が森田座を「スケ」た。評判記ではそれを、「近年スケが流行、一年極めた役者が三、四月ころから、あっちに入り、こっちに入り、自由自在なこと」と揶揄した（『役者初艶只』）。「助勤」はその「スケ」をオーソライズしたものであった。寛政二年十一月の顔見世では、中村座の立女形の三代目菊之丞が市村座をスケた。市村座の名目上の立女形「瀬川菊次郎」は、この当時は、実在しない過去の名跡であった。事実上は菊之丞が二座兼帯で立女形になり「女形の座頭」と讃えられ、立女形二人分の給金千八百両を取ったのである。十五年後、文化二年（一八〇五）十一月の顔見世でも路考こと菊之丞は中村座・市村座二座兼帯になったが、このときは名目上の立女形を立てる必要がなかった。困ったときには「助勤」が認められていたからである。

第四条には具体的な提案もあった。昼までは座付きの役者、昼からは助勤、二部制にすれば上がり高も二倍になる。この提案は、絵に描いた餅に終った。

第三条は「役者極時、ならびに抱方の儀」であった。それまでは人気役者を奪い合い、そのために給金が高騰した。その弊害を除く提案であった。「極時」は毎年四月中旬ころ、三座の座元、支配人らが集まって、座頭はじめ主な役者を決める、それが「抱方」。この提案は「振り割り」と呼ばれ天保の改革で猿若町に移転後、実現することになった。それまでは、二丁町と木挽町の立地条件に越えがたい違いがあったのである。

「助勤」は役者だけではなく、豊後節の浄るりや狂言作者にも及んだ。常磐津・富本・清元が二座、三座に出勤するようになり、文政五年（一八二二）十一月の顔見世では江戸三座すべてに常磐津・富本・清元が並んだ。長唄を含めた掛け合いは、文化文政期の変化舞踊の流行を後押しすることになった。

### 南北の二座兼帯

狂言作者ではじめて本格的な二座兼帯をしたのは鶴屋南北で、文化十年（一八一三）十一月の顔見世であった。市村座の顔見世狂言は『戻橋背御摂（せなにごひいき）』、森田座は『御贔屓繋馬』、どちらも「前太平記」の世界だが森田座の主人公は将門、市村座は良門（よしかど）であった。役者無人の森田座には、大一座の市村座から二人の役者が「スケ」に入った。十一月の末に市村座が類焼すると、閏十一月には一座ごと森田座に移って、二座合同の公演になった。「永続の仕法」の提案が実現し得たのは、越前屋茂兵衛という人が市村・森田、両座の金主をひとりで引き受けていたからであった。

　市村座が三度目の退転をしたのは、文化十二年であった。これまでの仮芝居と違い、桐座・都座・玉川座と櫓が替わった。桐座の株を買ったのは女形の市川団之助であった。玉川座の座元は日本橋本町四丁目の薬屋三臓円（さんぞうえん）こと酢屋平兵衛だが、実質的なオーナーは中村座の金主、大久保今助であった。二丁町の芝居の退転は、これが最後になった。天保の改革で猿若町を下賜、地代が無くなったことも影響していたのであろう。森田座だけは例外で、それゆえ河原崎座の仮芝居は、「控（ひか）え櫓（やぐら）」と呼ばれるようになるのであった。

# 第四　坂東彦三郎の付き作者

## 一　付き作者

桐座の仮芝居が立ち上がったのは天明四年（一七八四）であった。その年の春に女形の瀬川七蔵が狂言作者に転向、瀬川如皐を名乗った。後ろ楯になったのは実弟の三代目瀬川菊之丞、これが「付き作者」のはじめであった。相前後して笠縫専助が五代目團十郎の付き作者になる。如皐と違い専助は立作者の実績を持っていた。寛政に入るとベテランの増山金八が四代目半四郎の付き作者になり、続いて勝俵蔵、木村園次と二枚目の作者も付き作者になった。園次が付いたのは座頭の四代目市川團蔵、後ろ楯を得た園次は立作者に出世、紅粉助と名を改めた。勝俵蔵が付いた三代目坂東彦三郎は三年目に座頭、勝俵蔵もその二年後に立作者になった。

「付き作者」の前には、作者部屋に立作者が二人いる「立て分かれ」が起こっていた。顔見世狂言や曽我狂言で、一番目と二番目を分担する、その背景には役者たちの確執があった。一年契約の途中で他座に出る「スケ」や二座兼帯なども付き作者を生む要因になったのである。

彦三郎との提携

勝俵蔵が付いた彦三郎の実父は市村座の座元八代目羽左衛門であった。二代目彦三郎が急逝したため、尾上菊五郎の養子となって彦三郎を襲名した。菊五郎は初代彦三郎の女婿で市村座の親戚筋でもあったのである。実父と養父のもとで訓育を受けた彦三郎は、座頭になるべくしてなった人であった。付き作者になったとき、勝俵蔵四十三歳。彦三郎は表向き四十四歳、実年齢は四十二歳であった。寛政九年(一七九七)十一月の中村座を皮切りに、森田座、市村座、河原崎座、中村座、河原崎座と一年ごとに移り、六年目に彦三郎が上坂、付き作者は終わった。

初年度は中村座の櫓再興であった。河原崎座から座頭の四代目幸四郎とその一座、狂言作者は桜田治助とその一門が出勤した。中村座に櫓を戻した都座からは立女形の四代目半四郎に女形二枚目の中村のしほ、大谷徳次と勝俵蔵も堺町に残った。彦三郎は桐座の仮芝居からの帰り新参であった。出勤が決まるのが遅かったのであろう、顔見世狂言『会稽櫓錦木(こきようの)』五幕の書き割り(作者の分担)には、勝俵蔵の幕はなく、桜田治助とその一門の分担であった。作者自筆の台本(早稲田大学演劇博物館所蔵)の書き割りは、以下の通りである。

第一番目三建目　常磐津浄るり『五人一座花の盃』　桜田治助
第一番目四建目　外ヶ浜の段・実方塚の段　福森久助
第一番目五建目　義家館の段　村岡幸治
第一番目六建目　義家館奥庭の場　村岡幸治
第二番目序幕　安達が原一つ家の段　（桜田治助）

高齢の座頭幸四郎は顔見世二番目の「雪降りの世話場」とその発端になる三建目の「だんまり」、この二幕に出勤した。幸四郎の盟友、桜田治助も隠居格でこの二幕を担当したのである。一番目のクライマックスになる「狂言場」の二幕を立作者格の村岡幸治、四建目を二枚目格の福森久助と、二人の門弟に任せた。一番目の大詰（六建目）で彦三郎は、座頭に替わって「これより二番目はじまり、左様に」と「二番目の口上」を述べた。立役二枚目でも座頭格であった。付き作者の勝俵蔵は彦三郎のために、村岡幸治に補筆、福森久助の台本に改訂の筆を入れたのである。

### 大詰の補筆

村岡幸治の担当した「義家館」で彦三郎が扮したのは八幡太郎義家であった。自分の館に潜入した安倍貞任（さだとう）・宗任（むねとう）兄弟を見顕（みあらわ）すところに必要な「鎮守府将軍の官符」のことが抜け落ちていたのである。漁師の浪太郎が破り捨てたのは贋の官符、ほんものは義家の手にあった。勝俵蔵は、村岡幸治が書き落としたその部分を補筆したのである。

南北自筆の改訂台本
（『会稽櫓錦木』「四建目　外が浜の段」，早稲田大学演劇博物館蔵）

二枚目格の福森久助の幕に施したのは補筆ではなく、改訂であった。彦三郎の役は漁師浪太郎、実は文治安方（ぶんじやすかた）であった。「おこぜ」という醜女を騙して証文を取り返す、そこに大蛸が絡んで所作ダテになる、これが福森久助の原案であった。人間と蛸が踊る、滑稽な色模様はのちに清元浄るり『再爰歌舞妓花轢（またここにかぶきのはなだし）』（「網打」）という舞踊曲になった。改訂に際し勝俵蔵は、小道具に「芋の煮ころがし」の弁当を使った。弁当の芋に惹かれて蛸が現われ、その蛸を浪太郎と間違って、おこぜが抱きつく。その隙に浪太郎は証文を取り、逃げる。彦三郎が縫いぐるみの蛸と踊るのを嫌がった、そのための改訂だったのであろう。勝俵蔵は、蛸は芋が好きで田圃の芋を掘って食べる、そのとき目を怒らし八本の足で立って歩くとされる（『和漢三才図会』）、その滑稽さとすり替えた。ドタバタの喜劇でも筋道を付ける勝俵蔵は「三笑風」。人間が蛸と踊る面白さをそのまま見せる福森久助は「桜田風」である。両者の骨法の違いが現われた改訂であった。

### 惣稽古のパロディ

　翌寛政十年（一七九八）の春狂言は三月になった。その間に普請をして、ひとまわり大きな舞台になった。落成記念の『若駒驩（わかごまのりぞめ）曽我』二番目序幕では、広くなった舞台を利用して、道頓堀の大芝居の「足揃え（あしぞろ）」と呼ばれる惣稽古を再現して見せた。大坂は江戸より規制が緩く、広く大きな舞台を誇っていた。広い間口の舞台には九人の女形がずらりと並んだ。絵本番付を見ると、土間には赤い頭巾を被り、拍子木を打ち囃す、笹瀬連中（手打ち連中）がいる。これも道頓堀の芝居風俗であった。出し物は『国性爺合戦』。作者の近松門左衛門に扮したのは座頭の幸四郎であった。手に台本を持ち、首から拍子木を提げている。立女形の半四郎は錦祥女（きんしょうじょ）。衣裳を着けない「素（す）」の姿も「足揃え」の特色であった。虎の縫いぐるみに入っていたのは女かぶきの頭取と「いろは茶屋」の仲居である。前足は大谷徳次、後足は坂東善次であった。滑稽なこのひと幕も勝俵蔵の担当だったのであろう。評判は良かったものの、役者から口跡が届きにくいというクレームが付き、広くなった舞台はもとに戻った。

## 二 立作者格の二枚目

木村紅粉助との合作

二年目の森田座の座頭は、七月に大坂から下った團蔵であった。立女形の小佐川常世も重年で、二人の付き作者、木村園次改め紅粉助も立作者として重年した。森田座でも彦三郎は座頭格の二枚目で、勝俵蔵も立作者格の二枚目になった。顔見世狂言『太平記御貢船諷』四建目の御目見得浄るりの跡には「小幕」が付いた。彦三郎の役は仙台の百姓太次兵衛である。奥州訛りと滑稽なドタバタ喜劇は、前年中村座の浪太郎と同じで、蛸の代わりに使われたのは松前の「おっとせい（膃肭臍）」であった。それを苞に入れて因果物の太左衛門という見世物師に売る（『役者三升顔見世』）。絵本番付を見ると、その足もとには鯨の縫いぐるみに入った鯰坊主もいる。五月に話題になった品川沖の鯨を当て込んだものであった。贋物のこの鯨も見世物になるのであろう。見世物も勝俵蔵が都座で使った得意の趣向であった。「小幕」には「首なしの死体」もあった。勝俵蔵がはじめて出勤したときに見た金井三笑の当たり作『花相撲源氏張膽』の転用、五建目（狂言場）はそのリメイクでもあった。「大詰（おおづめ）」には座頭の團蔵の「篠塚のいかり引（びき）」が出た。通常、立作者が自分で書くこのひと幕も勝俵蔵が担当、ここでも立作者に代わる働きをしていたのである。のちに三升屋二三治は、作者たるもの勝俵蔵が書いた「いかり引」を読んで、昔の狂言のほんらいの形を学ぶべきだと諭した（『作者年中行事』）。

三升屋二三治がもうひとつ、読むべきだとしたのは福森久助の「卒塔婆引（そとばびき）」の浄るりであった。同じ年の中村座の顔見世狂言『花三升吉野深雪（はなとみますよしののみゆき）』の二番目の「大詰」に出たもので、二三治はそれを「いかにも古風なせりふ、面白し」と賞美した。桜田治助が休んだ中村座では、二枚目作者の福森久助がその穴を埋めていたのである。ここでも二枚目が立作者に勝る活躍をしていた。そのころのことなのであろう、同じ随筆で二三治は、当時は今と違い作者も腕くらべ、立作者に勝るものはそれなりの金を取った、と誌していた。

寛政十一年（一七九九）十一月には市村座の櫓も復興された。松井由輔は金井由輔に改めて立作者になった。前々年の六月、金井三笑没。改姓はそのことに関連していたのであろう。復興を果たしたものの座元羽左衛門も翌年二月に他界。新しく襲名した羽左衛門はわずか十歳の少年であった。その年の顔見世で彦三郎は市村座に復帰し、大叔父として座元に代わり『式三番（しきさんばん）』の翁を舞った。彦三郎の初座頭だが実権は立女形の菊之丞に

近松門喬との合作

あった。金井姓になった由輔は一年で姿を消し、二枚目の近松門喬が立作者に出世する。勝俵蔵も二枚目として、それを助けたのである。近松門喬は、もとは大坂の三枚目格の作者であった。京で立作者に抜擢、そのまま江戸に下った。顔見世狂言『婧矔雪世界』では門喬は富本の御目見得浄るりと二番目の長唄二曲を作詞。勝俵蔵は彦三郎「初暫」の「せりふ」を書いた。彦三郎の実兄、九代目羽左衛門は海老蔵こと二代目團十郎直伝の荒事役者でもあった。「暫」では素襖の袖に定紋の「うずまき」を團十郎の「三升」に見立てた「角うずまき」の「大紋」を用いた。弟の彦三郎もそれを踏襲したのである。「しばらく」のツラネの「東夷南蛮、北狄西戎」を勝俵蔵は「東夷なんざんすは、北狄青楼のおいらん詞」と洒落のめした。最後には隈取を落し、衣裳刀を担いで

正本「暫のつらね」(『浄瑠璃せりふ』東京都立中央図書館特別文庫室〈加賀文庫〉蔵)

はいる、茶番の「暫」であった。荒事師ではない彦三郎を女形の「女暫」に見立てた、勝俵蔵の趣向であった。

顔見世の前、五月から八月にかけて堺町で子供芝居があった。大坂の子供芝居に倣ったもので、大坂下りの市川団三郎が人気を博し、江戸では尾上栄三郎（のちの三代目菊五郎）が評判を呼んだ。勝俵蔵の長男、坂東鯛蔵十九歳は子供芝居の兄貴分であった。顔見世で子供芝居を卒業、坂東鶴十郎と名を改めた。改名披露の摺り物に贈った師匠彦三郎薪水の発句は評判記で披露された（『役者年中行事』）。これも付き作者勝俵蔵の余光だったのであろう。

## 男券盟立願

翌年、寛政十二年閏四月の『男券盟立願（おとこむすびちかいのりゅうがん）』の原作は『浅草霊験記』である。門喬の師、近松徳三（ちかまつとくそう）が三年前に大坂で書き下ろした狂言であった。そのとき門喬は三枚目格であった。自作を土産狂言にした並木五瓶とは立場の違う、立作者であった。題材は武士の衆道（しゅどう）を描く実録「大川友右衛門」である。奴姿の武士が美少年の部屋に忍ぶ、そのときに使われる「めりやす」の長唄は門喬の新作であった。「大川友右衛門」は別名「細川の血達磨（ちだるま）」という、火の中に飛び込む火事の話でもあった。芝居では火を忌むからであろう、大坂では脚色されなかった「血達磨」を、勝俵蔵は火ではなく、水の中に飛び込む形で取り込むのであった。実録で使われたのは細川家の家宝「達磨の一軸」で、火事の中に飛び込んで腹を切り、臓腑に納めて守った。勝俵蔵が使ったのは「雲龍の一軸」で、追い詰められた忠臣が切腹して腹中に納めて、川に飛び込む。死骸から一軸を取り出す、さばき役は彦三郎の執権仁木多門正であった。茶の湯、俳諧にことよせて悪人の素性を暴くのである。彦三郎は舞台の上で薄茶のお手前を見せた。俳諧も茶の湯も、幼いときから躾けられた、彦三郎の教養であった。「小幕」での棺桶から転がり出て蘇生する死体も手慣れたもので、評判記では「作り方」（作者）の働きが評価された（『役者年中行事』）。見巧者にはもう、棺桶が出ると俵蔵だ、という認識が生まれていたのであろう。

## 三 『江の島奉納見台』

桜田治助の復帰

四年目、寛政十二年（一八〇〇）十一月には木挽町に河原崎座が再興した。市村座から座頭に乞われた彦三郎が面倒を見た芝居であった。立作者には二年間、休んでいた桜田治助が復帰した。書き場は三年前の顔見世と同じく、御目見得浄るりと二番目の「雪降りの世話場」であった。評判記では、桜田治助の大名題は褒められたものの、勝俵蔵の狂言の評判には「わる口」のクレームが付いたのである（八文字屋版『役者太功記』）。狂言場の彦三郎の役は渡辺綱。盗賊の袴垂保輔（はかまだれやすすけ）を見顕すだけの「さばき役」でしどころが少ない、という非難であった。代わりに活躍するのは、大谷徳次と坂東善次であった。茶番じみて、おかしくても、狂言場としては喰いたりない、という評価だったのであろう。

### 江の島奉納見台

　年が改まって、河原崎座の初春狂言『的当歳初寅曽我（あたりどし）』の二番目は二日替りの世話狂言であった。初日の主人公は彦三郎、後日は嵐雛助（ひなすけ）。その雛助が急逝して、急遽、彦三郎のための新狂言『江の島奉納見台』が書き下ろされたのである。彦三郎の役は金簪（きんかんざし）の甚五郎と渾名で呼ばれる髪結であった。床店（とこみせ）を構えることなく、組合にも入らずに得意場を廻る、渡りの髪結であった。甚五郎には、子までなした芸者と転び合の女房と、二人の女房がいる。「二人女房（ににん）」と呼ばれるこの設定は、以降、南北の得意とするところになるのであった。場面は鯉料理で有名な料理茶屋、桜井。「巳待（みま）ち」に因み江の島の弁天に奉納の義太夫の会が催されていた。そこで演奏される義太夫「三勝（さんかつ）縁切の段」「三勝書置の段」を「よそ事」に使った。「三勝半七」にも子までなした三勝と女房お園と二人の女房がいる。その境遇を重ねたのである。

### 娘浄るり芝枡小伝

　浄るりを奉納したのは女浄るりの芝枡（しばます）お伝（でん）である。諸侯にも召された三味線の名手で、江戸はおろか大坂から津々浦々まで持て囃された名人であった。「三勝縁切の段」を語ったのは芝枡の娘、小伝（こでん）。十二歳の少女であった。「書置の段」の芝吉はその姉、おみねであろう。姉妹ともに器量よしで、姉は中津侯の留守居の妾になり、妹は「かわらけ小伝」の異名で浮名を流すことになる。「よそ事」の演奏は「御簾内（みすうち）」ではなく、御簾を上げて顔を見せる「出語り（でがたり）」であった。四年後には女浄るりの禁令が出ることになった。娘たちが芸だけではなく「売女同様」の所業をするとの風聞が立ったからであった。勝俵蔵はそのような娘たちを流行に先駆けて舞台に出したのである。

　大谷徳次の役は彦三郎の甚五郎に岡惚れをする芸者、枡重（ますしげ）。太鼓医者、森月（しんげつ）先生に扮したのは坂東善次であった。甚五郎に振られた枡重が自害しようとして振り回した剃刀で、森月先生の鼻を切った。「ずぼうとう」（オランダ痰切り）の膏薬を塗ると鼻から抜けた声が「ピイピイ」と高くなり、按摩の笛に間違われるのである。甚五郎が墨で枡重の喉に剃刀の切りどころの印を付けると、誤って鼻にも墨が付いた。「ぶち猫」のようになった顔を見た男が「化け猫だ、猫だ、猫だ」と騒ぐと下座では、〽猫じゃ猫じゃとおしゃますが」の流行り唄になり、〽猫が傘（かさ）さいて、木履（ぼつくり）はいて、絞（しぼり）の浴衣で来るものか」と歌の通りの姿になって花道を引っ込む。「二人女房」の愁嘆場とドタバタの喜劇。バランスの取れた一幕になった。

## 四　立作者になる

二人の立作者

五年目、享和元年（一八〇一）十一月に彦三郎は中村座に移って座頭になった。付き作者の勝俵蔵も立作者に出世、四十七歳であった。のちに大南北が亡くなったときの追善口上でも「享和元酉年より立作者となられ」（『役者大福帳』）と回顧された、記念の年であった。このとき同時に河竹文次も二世瀬川如皐を襲名して立作者に昇進した、立作者二人の「立て分かれ」の一座であった。顔見世狂言『伊達餝対鶴』で「対鶴」に見立てられたのは彦三郎と三代目市川八百蔵。勝俵蔵はその八百蔵のためにも「奴しばらくのつらね」を執筆する。役名の伊勢海老あかん平と、奴姿の「暫」は海老蔵こと二代目團十郎が還暦のときに勤めた、市川流の家の芸であった。二年前の彦三郎の「茶番の暫」と違い、荒事師の正統の八百蔵には「吉例は市川流の車海老」と謳う、本式のツラネを書いたのである。

諵競艶仲町

翌年、享和二年正月『初舞台陽向曽我』の二番目『諵競艶仲町』には台本の転写本が二種伝わる。大惣文庫本（東京大学国語研究室蔵）は大坂下りの狂言作者奈河七五三助の写本。関西松竹蔵本は大坂の興行師三栄旧蔵の写本である。大きな違いは立女形の役、

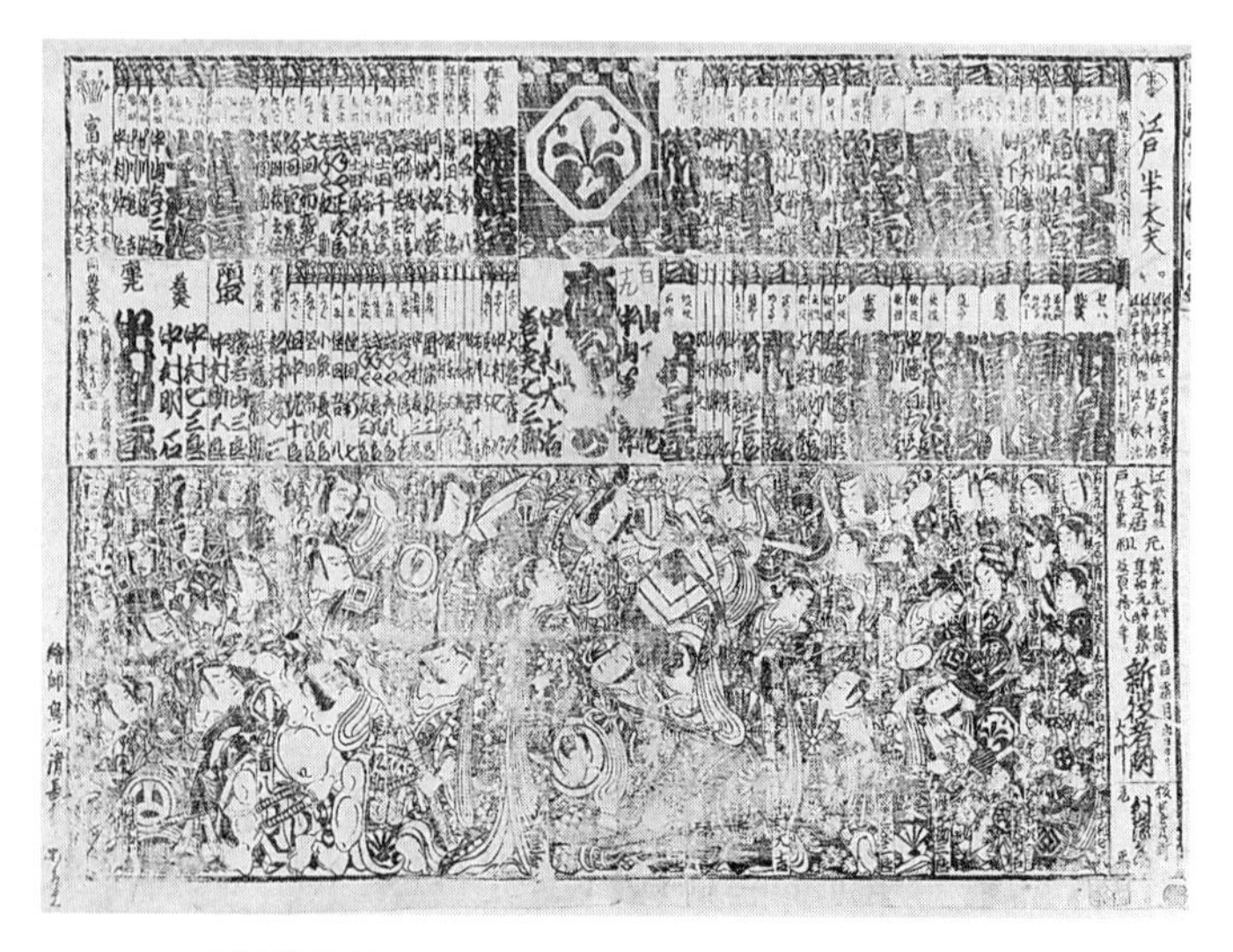


顔見世番付（享和元年11月中村座，早稲田大学演劇博物館蔵）

「深川の都」の配役であった。三栄旧蔵本は中山富三郎で、七五三助本は瀬川路考こと三代目菊之丞であった。富三郎は中村座の立女形で、路考は隣町市村座の立女形であった。「七五三助本」はその路考を飛び入りで出演させるための台本だったのであろう。このときは、この構想が日の目を見ることはなかったが、三年後、文化二年（一八〇五）十一月の顔見世では現実のものになった。中村座の立女形、路考が市村座にも「スケ」で出勤。そのため、市村座の台本『けいせい吉野鐘』に改訂が施されたのであろう、立女形の富三郎だけではなく座頭の幸四郎ら重立った役者の配役も変更になった。それ

彦三郎の南方与兵衛

だけ菊之丞の実力は際立っていたのである（叢書江戸文庫『江戸三芝居顔見世狂言集』）。

『誧競艶仲町』は義太夫『双蝶々曲輪日記（ふたつちょうちょうくるわにっき）』の「書き替え狂言」であった。原作では主人公は京の郊外、八幡の郷代官で、南方（なんぽう）十次兵衛という郷士の名と南（なん）与兵衛という町人と、二つ名を持つ男であった。勝俵蔵は二つの名を「南方与兵衛」とひとつにして、ところを江戸郊外、下総国八幡村に移した。京の郷士は町人の性格を持つ。勝俵蔵はそれを「お百姓の頭」として、ほんとうの武士になり切れない、江戸の郷士の悲哀を描いた。そこには、十年前に失脚した「関東郡代」伊奈（いな）半左衛門の姿も投映されていたのであろう。八幡村は幕府の天領だが隣村は駿河国の田中藩の飛び地であった。勝俵蔵は現実の田中藩を中世の「千葉氏」に仮託した。南方与兵衛は千葉の殿様から御扶持を頂戴、家来分となって朋友の交わりを持つことになった。与兵衛は江戸の深川で都という女郎を見初め、そのことを殿様に話すと、酒興の戯れで腕に「都命（みやこいのち）」の入（い）れ黒子（ほくろ）を入れられた。都には子までなした鳶頭、与五郎がいる。与兵衛は腕の入れ黒子を刀で突き破り、自分の妻は「腕の都」、これより他に妻を持たねば「殿の上意に背かぬ道理」だとするのである。都から見ると「二人（ふたり）の亭主」になる、「二人女房」の変奏であった。

配役は座頭彦三郎の南方与兵衛、座頭格の八百蔵の鳶頭与五郎、立女形富三郎（路考）の都。作者の分担は、彦三郎と八百蔵の「誧（いきじ）」くらべを勝俵蔵。「誧」は「大言（大きなことを言う）」の意味であった。都の持ち場、四幕目は如皐。序幕も如皐の担当だが、その内容から彦三郎付きの作者、勝俵蔵の大幅な添削が推定されるのである。

助六のパロディ

四月には曽我の三番目に『想妻（おもいづま）袷小袖』二幕が増補された。この世話狂言も義太夫『心中重井筒（かさねいづつ）』（「お房徳兵衛」）の書き替え狂言であった。早稲田大学演劇博物館所蔵の作者自筆の台本によると、作者の分担は「大切（おおぎり）」の狂言場は瀬川如皐。筋売りの序幕を担当した勝俵蔵は坂東彦左衛門こと善次の「助六おこしの六助」のドタバタ喜劇を軸に様々な伏線を張った。「誧競」の四幕目と同様、伏線のほとんどは如皐の幕には活かされず、立ち消えになった。伏線のうち主人公、八百蔵の徳兵衛が親の位牌の前で腕に小柄を突き立てて誓う件は、如皐の台本ではたんに「序幕の戒名」とされた。それでは筋が通らないからであろう、墨で消されその脇に「序幕に突いた腕を思い」と墨書で訂正されたのである。

彦三郎の江戸名残

この年、享和二年は菅原道真の九百年忌に相当する。彦三郎の天神信仰は養父菊五郎譲りであった。太宰府の参詣を志し、顔見世を休んだものの、懇請されて河原崎座に出勤した。役者無人ゆえ義太夫狂言『義経千本桜』で主要な立役五役をひとりで勤める奮闘を見せた。興行は日数十五日限りであった。翌春、享和三年閏正月には『世響（よにひびけ）音羽桜』で清玄に扮し、「娘道成寺」の所作を踊った。立作者は勝俵蔵。作者連名には狂歌師であろう、千歳軒鶴姿の名が添えられた。二年後には、同じ狂歌師の烏亭焉馬を招く。勝俵蔵は、作者部屋に新しい風を吹き込もうとしていたのであろう。

彦三郎は、九月には古巣の市村座に戻り、江戸名残り狂言を出し、太宰府参詣のため上坂。「暇乞い」の狂言『忠臣蔵』は養父菊五郎の古例に倣ったものであった。彦三郎五十歳（実年齢四十八歳）、勝俵蔵四十九歳の秋であった。

# 第五　尾上松助と夏芝居

## 一　尾上松助との提携

勝俵蔵と尾上松助

享和三年（一八〇三）八月、座頭の坂東彦三郎、立女形の中村大吉が抜けた河原崎座では、市村座より尾上松助、中村座より松助の倅栄三郎ら四人の「スケ役者」を招いて無人芝居が計画された。大名題『花櫓助飛入相撲』の「助飛入」はそのことを示していた。出し物は義太夫狂言の『関取千両幟』である。松助がひとりで「相撲場」の岩川、「吉兵衛住家」の千羽川、「足代屋」の藤江、と三人の主人公を勤める奮闘公演であった。栄三郎には原作にはない「昼稼ぎ（スリのこと）関東小僧定」という役が用意された。それゆえ大名題には「増補千両幟」と謳われたのである。台本ができて本読まで済んだところで内輪もめになり、興行は頓挫してしまった。松助の無人芝居が実現するのは翌年、元号が替わって文化元年七月、河原崎座の夏狂言『天竺徳兵衛韓噺』であった。大名題の角書に「操の時代世話」「歌舞妓の増補」とあるように、この狂言も「義太夫の増補」であった。「天竺徳兵衛」は松助畢生の当たり役になるとともに、勝俵蔵の出世作になった。松助は還暦の六十一歳。勝俵蔵は知命、五十歳であった。以降、文化十二年に松緑こと松助が亡くなるまでに、このコンビの夏芝居は計七回、上演されることになった。二度目、市村座の『波枕韓聞書』では勝俵蔵が「スケ」。五度目『阿国御前化粧鏡』では二人揃って「スケ」。森田座と市村座で夏芝居の「一世一代」を出したあとも二度、そのときは『尾上松緑洗濯話』『復再松緑刑部話』と「洗濯話」「復再」と謳った。晩年の松助は顔見世や曽我など本興行を休んでも夏芝居に出たのである。

尾上松助はもと座敷にも出る「色子」であった。金井三笑に見出され、順調に出世して立女形になったものの、すぐに実悪に転向した。身体が大きくなりすぎたからであった。松助は実悪でも「色悪」、色気のある敵役であった。天明六年（一七八六）十一月、中村座に金井三笑が復帰したとき、松助も参加していて、勝俵蔵とも三年間、行動を共にしたものの、これといった成果はなかった。松助との提携は勝俵蔵が立作者になる前後で、その早いものは、享和元年三月河原崎座『江の島奉納見台』の小山丈左衛門と、享和二年正月中村座『誧競艶仲町』の濡れ髪お関であった。小山丈左衛門は大名家の重役で、主君の名代にのみ許される権門駕籠に乗り、熊の皮の鞘の付いた十文字鑓の鑓持ち、飾りの打ち紐の付いた挟み箱持ちを従え、他藩を訪れた帰路そのまま深川で遊ぶ姿を写

### 小山丈左衛門の実悪

生した。芸者衆には絞りの浴衣を振る舞い、落ちぶれて廻りの髪結になった同僚、金簪（きんかんざし）の甚五郎にも親切な言葉を掛ける。善良に見えても、実は悪人。これまでの松助には見られなかった、世話の実悪であった。一方、濡れ髪のお関は悪者に加担して騙（かた）りの片棒を担ぐ姉御、のちに「悪婆（あくば）」と呼ばれるようになる年増であった。彦三郎が上坂したのち、二人の提携も本格的になった。

## 奈河七五三助との合作

享和三年十一月、八月にスケに入る予定だった松助が河原崎座に残り、重年の勝俵蔵と同座することになった。二代目荻野伊三郎の初座頭であったが、実権は岩井粂三郎（のちの五代目半四郎）と中山富三郎、二人の女形にあった。とくに粂三郎は中村座と二座兼帯の立女形であった。顔見世では中村座の桜田治助が河原崎座に「スケ」に入り、粂三郎のために常磐津の御目見得浄るりを提供した。大坂からも奈河七五三助（ながわしめすけ）を迎え、勝俵蔵と東西の立作者が二人になった。七五三助は俵蔵よりひとつ上の五十歳。作者部屋に入って三十年、二十年にわたり立作者を勤めてきたベテランであった。旧作の添削や塡め込みも多く「洗濯物の七五三助」と揶揄もされたが、その一方で「七五三助本」と呼ばれる転写本を数多く持ち、大坂の狂言を紹介した。江戸でも勝俵蔵や福森久助の台本を写して持ち帰り、江戸の狂言が大坂で上演される端緒を開くことになるのである。

翌年、文化元年（一八〇四）四月河原崎座の『おやま紅対艶姿（べにつついのはでもの）』も七五三助が転写した

### 松助の音羽婆ア

「七五三助本」（東京大学国語研究室所蔵）のひとつである。二人の立女形、中山富三郎は京の伏見の京橋の被衣の小万、岩井粂三郎は江戸の中橋の奴の小万。思う男のために、被衣の小万は盗賊になり、奴の小万は親を殺した。お尋ね者になった二人の小万は東海道の藤沢宿で出会い、互いの凶状を誌した御触書を読む。眼目のこの趣向は十二年後、鶴屋南北作『染替蝶桔梗』に役名を替えて塡め込まれた。南北も七五三助に劣らぬ塡め込みの名手であった。

この狂言で尾上松助が扮したのは、音羽婆アであった。武家の後室と偽って騙りに入り、露見すると丸裸になって、悪態を吐く。生まれは中橋の紅屋の娘で、乳母日傘で育ったものの色と博打で身を滅ぼし、切り見世の女郎になった。ついには音羽の岡場所の遊女屋の女亭主に収まった。「腕に彫った釣鐘が看板、打てば打つ程、音の出る婆アさ」と啖呵を切る大姉御であった。乳房をさらした、その姿は文化初年のころ噂になった神田三崎町辺の車引きの女房ら実在の女たちの姿が投影されたものだったのであろう。その話を筆録した江戸南町奉行の根岸鎮衛はこのような女のことを「侠女」と称した（『耳嚢』）。松助の侠女は倅栄三郎や五代目半四郎の悪婆の原型となるのである。

## 二 『天竺徳兵衛韓噺』

尾上松助の旅芝居

通常、五月狂言を六月初旬に舞納めると、七月十五日の盆狂言までは土用休みになった。その期間を利用して旅芝居に出た。小芝居(こしばい)と違って旅芝居は大芝居の稽古芝居として黙認されたのである。尾上松助にも一座を組織して旅に回った記録が二つ残されている。寛政九年(一七九七)の会津若松と享和二年(一八〇二)の甲府の芝居であった。会津若松では入りが悪く、最後には見物が四人しか集まらず、ほうほうの体で江戸に逃げ帰った。同じ年、松助の前に会津に入ったのは三代目菊之丞であった。二十四日間の興行は大入り続き、五百両を江戸に持ち帰っていた(東京大学国文学研究室蔵『役者物真似評判記』)。給金が決まっている大芝居とは違う、旅芝居の醍醐味であった。

夏芝居の欲心烈火

土用休みの「夏芝居」もその名目は稽古芝居であった。若手売り出しの役者が義太夫狂言や親の当たり狂言に挑戦した。若手の無人(ぶにん)芝居なので値引き芝居になる。それでも仕込みの金が少なくて済むので、うまく行くと儲けも大きかった。尾上松助も三十代、四十代と二度、夏芝居に出た。前者は立者(たてもの)が宗十郎と二人、総勢十七名。後者は松助ひとりで総勢十九名。出し物は二度とも義太夫狂言であった。文化元年七月、還暦を迎えた松助は十三年ぶりに夏芝居に取り組み、『天竺徳兵衛韓噺』で成功を見たのである。立者は若手の岩井喜代太郎と二人、総勢二十三人の無人芝居であった。四年後の夏芝居『彩入御伽艸』では病気になり、いったんは休んだものの、復帰している。下僕の肩にすがり息も切れ切れな姿を見た人が心配して尋ねると、「一日に三両二分」は稼ぐ「欲心烈火」のごとく「一盃の水、薪車の火は消し難き理」（『孟子』）と応えたという。このような豪気が老体を奮い立たせたのである（加藤曳尾庵『我衣』）。

豊国「天竺徳兵衛　尾上松助」
（早稲田大学演劇博物館蔵）

主人公は播州高砂の船頭。天竺徳兵衛は、鎖国になる前に二度、天竺に渡った船乗りであった。二度とも、乗組員四百人弱の大船で、足かけ三年に及ぶ大航海であった。二度目に帰国したときに長崎奉行の尋問を受け、その内容が写本として流布していた。大坂で並木正三の『天竺徳兵衛聞書往来』が書き下ろされたのは宝暦（ほうれき）七年（一七五七）、百二十五年後のことであった。正三は徳兵衛を九人乗りの北前船の船頭に仕立て直した。その船が難破して、漂流して帰ってきた「吹き流された男」になったのである。

### 蝦夷の厚司

勝俵蔵が原作に選んだのは近松半二の義太夫『天竺徳兵衛郷鏡（さとのすがたみ）』（宝暦十三年）であった。この主人公も「吹き流された男」である。勝俵蔵は異国の話をするこの男の衣裳に蝦夷の「厚司（あつし）」を選んだ。幕府が蝦夷地巡検使団を派遣したのは六年前であった。その六年前にはロシア船エカテリーナ二世号で伊勢の白子村の船頭大黒屋光太夫が帰国、吹き流されたこの男は周囲を圧する異国人の姿で帰国したのである。光太夫に話を聞いたのは桂川甫周（ほしゅう）と森島中良（ちゅうりょう）であった。交流のあった松助や勝俵蔵の耳にもその噂は届いていたのであろう。天竺徳兵衛は厚司を着た異国の姿で登場したのである。唱える蝦（が）蟇（ま）の妖術の呪文は近松半二の原作では切支丹の「オラショ」、「デイデイ（主デウス）」「ハライソ、ハライソ（天国）」であった。勝俵蔵はそれに密教の呪文「軍荼利夜叉（ぐんだりやしゃ）」「守護（しゅご）聖天（しょうでん）」を加えた。「ナム、サッタルマ」の「南無」は仏教、「サッタルマ（サンタマリア）」は切支丹。不思議な呪文になった。

### 竹田からくりの応用

近松半二の「郷鏡」は天竺徳兵衛がふる里に帰る、そのことを示していた。天竺徳兵衛が娘と知らずに殺すのは、幼いお汐。勝俵蔵はそれを五百機（いおはた）という名の乳母にした。

殺す徳兵衛と殺される乳母、二役早替りに用いられたのは人形であった。その人形は「ろくろ鉋（かんな）」という特殊な道具を使って松助が手ずから細工したものであった。松助は子供のときに「竹田からくり」で覚えたこの技術を駆使し、早替りなどさまざまな仕掛けものを工夫してきたのである。もうひとつ「竹田からくり」の技術を応用したのは「水中の早替り」であった。越後座頭（ざとう）の徳都（とくいち）という盲人に化けて館に乗り込んだ天竺徳兵衛がその正体を見顕（みあらわ）されると、目の前の泉水に飛び込む。吹き水が上がり、濡れたはずの松助が長裃の上使となって花道から出る、というものであった。竹田からくりの「人形遣いながら水へ入る術」（『からくり訓蒙図絵』）では水中を潜っても、濡れない。それを利用した上で、わざと噴き出した水を浴びる。舞台の下の奈落で、その水を器用に拭き取るのも、松助の工夫であった。

### 木琴とオランダの魔法

越後座頭の原型は金井三笑の「仙台座頭」（『蜘蛛糸梓弦（くものいとあずさのゆみはり）』）であった。仙台訛りの浄るりに合わせて三味線を弾く真似をする。市村羽左衛門の家の芸で、親戚筋の尾上家にも伝えられた。古風な仙台浄るりの代わりには、流行の兆しを見せていた越後節が選ばれた。三味線の代わりには、木琴を打った。木琴は長崎の出島に出入りするオランダ船の「黒ん坊」たちがもてあそぶ楽器であった。そのようなことも影響したのであろうか、「水中の早替り」は「長崎来泊の蘭人なにがし」が伝授した魔法、あるいは切支丹の秘宝、という噂が立ち、町奉行所の検分が入った。そのことも、人気に拍車を掛ける結果になったのである。

## 三　烏亭焉馬を招く

文化元年（一八〇四）十一月、勝俵蔵は尾上松助とともに河原崎座に重年することになった。初座頭に迎えた市川男女蔵は若干二十四歳であった。市川惣代とされることになる、この若者のために團十郎贔屓の狂歌師、烏亭焉馬が招かれた。勝俵蔵にとっても「牛の華鬘」の見世物で遊んだ兄貴分であった。顔見世狂言『四天王楓江戸隈』で男女蔵が四天王の四役をひとりで勤めるのは市川流の古例であった。そのうち「山姥」の公時と「暫」の定光、この二役が焉馬の担当であった。松助は「暫のウケ」の辰夜叉御前、実は土蜘蛛の精霊に扮した。「三建目」（序幕）は岩倉山の辰夜叉御前の御廟、「生成り（はんなれ）」と呼ばれる、はんぶん朽ちかけた屍体に黒髪が生え、青ざめた屍体に血の気が戻る。「橘逸勢」「紀の名虎」で松助が試みた「骸骨の蘇生」の女版であった。これも「竹田からくり」の技法を用いた仕掛けものであった。「大詰」の『暫』では逆に、辰夜叉御前が白骨になり、土蜘蛛の正体を現した。「大詰」の「土蜘蛛」は市村羽左衛門の家の芸でもあったのである。

栄三郎の袴垂の安

立役三枚目は松助の倅栄三郎、二十一歳であった。勝俵蔵はこの若者を男の夜鷹に仕立てた。袴垂の安は、頼光のひとり武者平井保昌の弟と生まれながら、刃物を見ると震える剣呑の病、それ故、勘当されて夜鷹になった。男の客の財布を抜き取る、スリ。女の客は騙して金を貢がせた。男の夜鷹には「さぼてんお婆ア」と名乗る、女の妓夫が付いていて、御所を追い出された公家を二人、雇って男の夜鷹に出した。「のんし、のんし」「なんす、なんす」と呼び止めて客の袖を引き、ひとりは坊主、もうひとりは子守っ子を客にとる。ドタバタの喜劇は四代目半四郎の当たり役「三日月おせん」のパロディであった。

雑俳の流行

二番目は四代目幸四郎の当たり役「雪降りの世話場」である。裏長屋の夫婦喧嘩を見せる、これもドタバタの喜劇であった。男女蔵の役は、主人公の亭主茨木五郎であった。「先の女房」と「後の女房」と「二人女房」、喧嘩の後に仲直りして、三人一緒の布団に入る「三人懐」は、幸四郎の盟友桜田治助の当たり狂言であった。勝俵蔵はその場面を猪や鹿の肉を喰わせる「けだもの屋」から俳諧の「日寄り場（日寄せ場）」にした。亭主は投句を集め、選句する「会林（会主）」でもあったのである。選者の中には「向川岸の天甫」という実在の点者もいた（宮田正信『雑俳史の研究』）。「青いものは竹光のあら身」

「当て推量なものは尿瓶の穴」、この二句は天甫の選である。勇みの金という子分は「なくっても良いものは傾城の糸切り歯」で入選、「鉢植えの松」を景物に取った。勝俵蔵はこの当時、山の手の武家屋敷を中心に流行する雑俳の興行の模様を活写したのである。

文化二年三月、曽我後日の『加賀見山』と『助六』で松助が扮した岩藤と意休に「風聞」が立った。南町奉行の密命により「狂言ならびに衣裳」について探索した結果は『寛政享和撰要類集』（国会図書館蔵）に収められて残った。それによると「不埒の至」とされたのは江戸城の広敷向（大奥）の「長局部屋の体をそのままに」狂言に取り組んだことであった。具体的には部屋に戻った岩藤に「被布」を着せる着せ方、そのときの下女の挨拶の仕方、宿もとよりの付け届けの披露の仕方、などであった。密偵の報告では、これらは「新規取組」の狂言ではなく、従来の狂言に書き加えた「振合」あるいは「存付」であって問題はない、というものであった。衣裳や小道具で問題になったのは、岩藤の「縮緬の被布」、意休の「唐銅の火鉢」「羽織の紐の銀鎖」「銀の煙管」であった。これらも、ほんものではなく銀紙を使った松助の手細工であるという釈明がなされた。お咎めを受ける前に、芝居の方で興行を休みにした、密偵の報告は事後報告でもあったのである。

## 四　桜田治助との合作

紫式部と源氏物語

文化二年十一月の顔見世で、尾上松助は市村座、勝俵蔵は中村座に移った。中村座の座頭は三代目坂東三津五郎（三十一歳）、立役二枚目は市川男女蔵（二十五歳）、女形二枚目の五代目岩井半四郎（三十歳）と、若手売り出しの三人が三人とも、実父の跡を継いだ実子である。大名題の『清和源氏二代将』はそのことを寿ぐものであった。狂言作者は大坂下りの奈河七五三助と勝俵蔵、後見として桜田治助も加わった。早稲田大学演劇博物館に所蔵される作者自筆の正本によると、勝俵蔵の書き場は「小幕」（四建目）と「狂言場」（五建目）の二幕である。奈河七五三助は「六建目」だが内容は二番目の「雪降りの世話場」であった。桜田治助の担当は二番目の富本浄るり所作事『山姥』でも、その結末は「大詰」になる、変則の構成であった。勝俵蔵の二幕は本格的な時代物で、なかでも座頭格の立女形、瀬川路考（三代目菊之丞）扮する紫式部が十二単姿で石山寺に籠もり『源氏物語』を執筆する「小幕」の格調の高さは圧巻であった（叢書江戸文庫『江戸三芝居顔見世狂言集』）。

湯屋泥坊と美人局

勝俵蔵は翌春の曽我狂言『念力箭立相』では「鬼王貧家」の二幕を担当した。大晦

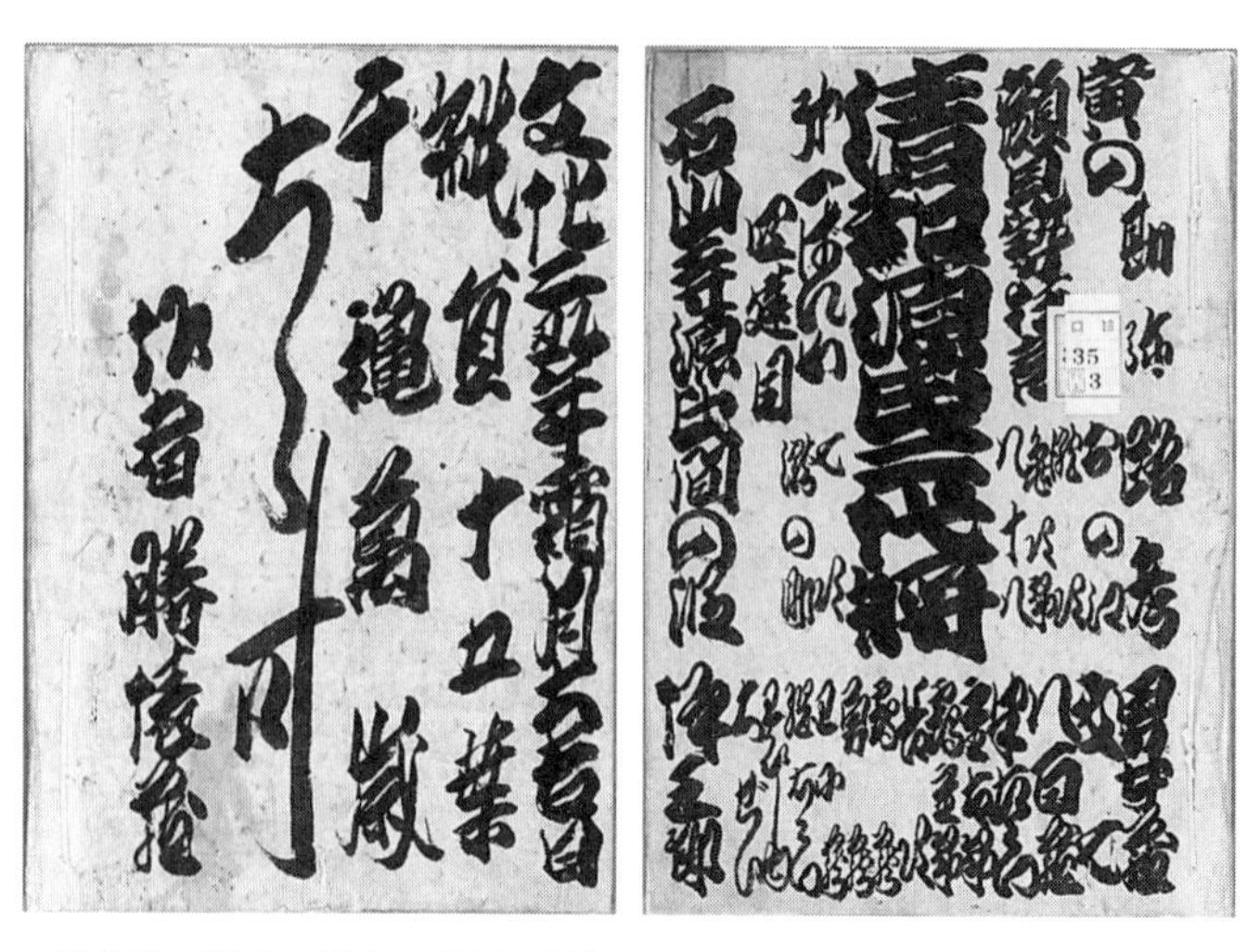

勝俵蔵の署名　正本の表紙・裏表紙（文化２年11月中村座『清和源氏二代将』「石山寺源氏間の段」，早稲田大学演劇博物館蔵）

日の夜、借金取りに責められて苦しむ鬼王とその家族を描く、江戸の立作者の持ち場であった。勝俵蔵は「鬼王貧家」の発端になる「小幕」で女の犯罪を二つ書いた。半四郎の扮する妹の十六夜は昼の犯罪。路考の姉月小夜は夜の犯罪であった。昼は「湯屋泥坊」。粗末な着物で湯屋（銭湯）に行き高価な着物を着て帰る、新手の「板の間稼ぎ」であった。風呂の中では櫛や簪を「スリ」、板の間では「置き引き」をする、「小盗（こぬす）み」と呼ばれた軽犯罪でもあった。夜の犯罪は「美人局（つつもたせ）」である。姉の月小夜は、悪性な亭主と別れて妾になる、と騙して手付けの金を取る「こさず」の常習犯でもあった。裕福な町人を辻番屋に誘い込む、その番人は亭主の鬼王。気を利かせて夜回りに出るたびに二朱の祝儀を騙り取る、これも新手の「美人局」であった。

桜田治助の担当した「大詰」の「対面」にも勝俵蔵による訂正、削除の印が付けられた。その多くは段取りに係わるものであった。筋立ても複雑にからみ伏線も多い、「筋書き」と称される構想も勝俵蔵が立てたものだったのであろう。

桜田治助はこの年の六月二十七日に亡くなる。行年は七十三歳であった。最後の作品となったのは弥生狂言『舘結花行列』（「加賀見山」）であった。「大詰」（六建目）の「草履打・仕返し」の一幕の自筆台本（早稲田大学演劇博物館蔵）の作者署名は勝俵蔵と桜田治助の連署であった。勝俵蔵が担当したのは「草履打」と「仕返し」のあいだの「長局」であった。前の年の河原崎座で「不埒の至」とされた「広敷向」の場面である。宿もとからの付け届けは「お菓子」「魚河岸の蒸籠の肴」「御蕎麦処瓢箪屋佐右衛門の船きりのお重」「豊島屋の白酒」。「お絶えだえしゅう（ほんの少し）」という挨拶が「披露仕候仕方」なのであろう。休息の酒宴になると手あぶりの火鉢で「真鍮のちろり」を使って酒の燗を付け、盃ではなく「猪口」で呑む。腰元が弾くのは琴ではなく三味線、しかも流行の「潮来」や「甚句」を「忍び駒」で弾く。ぎりぎりのところを描こうとする、大胆なその姿勢が勝俵蔵の持ち味であった。勝俵蔵は自分の担当だけではなく桜田治助の旧作の「草履打」「仕返し」にも手を入れた。これが、かつての師桜田治助の最後の仕事になったのである。

## 二度目の天竺徳兵衛

勝俵蔵は六月の土用休みに市村座を「スケ」た。夏芝居の座頭は尾上松助である。「増補天竺徳兵衛」とされた『波枕韓聞書』は「天竺徳兵衛」の再演であった。総勢二十人の無人の一座だが人気役者の尾上栄三郎（二十三歳）と七代目團十郎（十六歳）も参加した。『夏祭浪花鑑』の一寸徳兵衛と『心中重井筒』の紺屋の徳兵衛の二役に栄三郎が扮し、松助の天竺徳兵衛と「三人徳兵衛」になった。蝦蟇の妖術を使うのも、親子二人になった。発端の「術譲り」で松助の呂洞賓蝦蟇仙人（実は尼子晴久）が術を譲るのは栄三郎の大内義隆であった。呂洞賓は道教の仙人で、初演の切支丹・密教に道教も加わった。「二人の亭主」は松助の天竺徳兵衛と栄三郎の一寸徳兵衛の「二人徳兵衛」になった。「二人上使」も松助と栄三郎、親子二人の奮闘公演であった。

## 栄三郎の善悪二役

勝俵蔵は栄三郎を二番目の主人公に抜擢、色事師の紺屋の徳兵衛と、悪党の宿なし団七、善悪の二人の主人公を早替りで勤めさせた。舞台は大坂でも、描かれたのは江戸の「夏祭」と「紺屋」の風俗であった。勝俵蔵が生まれ育った「二丁町」では隔年に執行の「山王祭」「神田祭」の双方に「山車」と「練り物」を出した。紺屋の若旦那の徳兵衛は「練り物」の「地走り」で地方にかり出され、芸者のお房は「踊り台」の踊り子であった。別々になるのを嫌って痴話喧嘩になる。そのとき聞こえてきたのは「踊り台」の長唄『花車（はなぐるま）』、勝俵蔵の得意の「よそ事」であった。栄三郎二役の悪党、宿なし団七は「練り物」の「引き物」に乗せられた「兎の餅つき」の人形から飛び出して侍を殺し宝物を手に入れる。そのとき背景には「茶筅・茶柄杓」「武蔵野」など、「二丁町」でお馴染みの「山車（だし）」が通り過ぎた。「兎の餅つき」も芝居町から出る「引き物」のひとつだったのである。

芸者のお房と徳兵衛の馴初（なれそ）めは備中玉島、役割番付には「恋雨舎（こいのあまやどり）」とある。にわか雨にあった人々が飴屋の大きな傘に飛び込んで雨宿りをした。大勢のその中で栄三郎の徳兵衛はお房を「抱き締め、口を吸う」。濃厚な濡れ場であった。

形付け紺屋のドタバタ喜劇

「祭礼の場」に続く「紺屋の場」では、「形付け紺屋」のありようが再現された。土間には藍瓶（あいがめ）が埋められていて、その瓶で染められた布は門口の「もがり竹」に掛けて干す。若旦那は芸者と祭に夢中で、留守を預かる職人が客の注文に応対する。型染めに使う「小紋糊（こもんのり）（紺屋糊）」を踏んで藍瓶に落ち、顔から手足までが青くなるドタバタ喜劇であった。家業をよそに遊びほうける若旦那の姿には、「紺屋の源さん」の昔が重ね合わされていたのであろうか。鶴屋南北を襲名する五年前、勝俵蔵五十二歳の作であった。

勝俵蔵は「紺屋」の場に自分の孫、南北丑左衛門も使った。元禄風のひげ奴「赤坂（あかさか）

奴（やっこ）」に仮装して練り歩く、祭の練り衆の役であった。紺屋にきて「練りの手拭い百筋」を誂（あつら）え、子供のくせに餅ではなく蟹の付け焼きで一杯、呑もうという儲け役であった。子役になって四年目、十一歳になった孫の姿を、祖父勝俵蔵は目を細めて眺めていたのであろう。

# 第六　市村座に重年

## 一　尾上松助と「幽霊村」

幸四郎との提携

文化三年（一八〇六）十一月、勝俵蔵は中村座から市村座に移り、以後六年間、勝俵蔵は市村座に重年した。その間の座頭は五代目松本幸四郎であった。初年度の立作者は並木五瓶だが二年目に五瓶が抜けると幸四郎との提携が本格化した。市村座、森田座、市村座と七年間、幸四郎が座頭を團十郎に譲ってからも二年間、勝俵蔵は幸四郎と行動をともにした。この間に現在でも繰り返し上演される『時桔梗出世請状』（「馬盥の光秀」）、『絵本合邦衢』、『お染久松艶読販』（「お染の七役」）をはじめ十指に余る名作を書き下ろすことになった。

壮平家物語

初年度の顔見世狂言『壮平家物語』には写本と翻刻と二種の台本が伝わる。早稲田大学演劇博物館所蔵の写本は「上」のみの零本。日本戯曲全集第四十六巻『顔見世狂言二番目集』の翻刻は二番目の一幕である。市村座過去四年間のうち現存の顔見世狂言は三種で、それらを勘案すると『壮平家物語』の「六建目」（狂言場）は並木五瓶自身が執筆。江戸作者の勝俵蔵は二番目の「雪降りの世話場」とその発端になる「小幕」（五建目）を担当、と推定される（拙稿「江戸の並木五瓶」『早稲田大学文学研究科紀要』別冊第三集）。「雪降りの世話場」の主人公は幸四郎の髪結、銀杏床の源吉、実は鎌田次郎政清であった。相手役は尾上松助の鏡研ぎ太郎又、実は長田太郎景宗。野間の内海で殺された源義朝の忠臣と逆臣である。義朝の髑髏盃を見て震える「長田ぶるえ」で主殺しが見顕される、時代世話の一幕であった。

五建目の「小幕」の主人公は松助の長田太郎である。この幕では地獄清左衛門という名の「幽霊屋」に身をやつしていた。夏芝居の「天竺徳兵衛」で松助が扮したのは本物の幽霊、「幽霊屋」が呼び出すのは贋物の幽霊、「幽霊遣いの清左衛門」とも呼ばれる騙りであった。幽霊屋が借りたのは伊豆の熱海から箱根に抜ける脇道、日金峠の地蔵堂であった。「地獄清左衛門」という名乗りも箱根の小涌谷の「清左衛門地獄」に拠る、江戸の顔見世の二番目で馴染みの役名であった。地蔵堂には「亡者御好次第、越中立山幽霊村出張り、地獄清左衛門」という宿札が掛けられ、集まった見物に対し会いたいと思う亡者をわしが念仏の功力で呼び出す、というのであった。贋物の幽霊になるのは札売りの男で、ぼて鬘や衣裳、小道具を使って、せむしの婆さん、お産で死んだ十六歳の娘、いざりの兄貴、座頭の親父、と四人の幽霊になった。地蔵堂の中で笛を吹き、太鼓を打つのは荷物を運んできた車力。興に任せて『娘道成寺』の鳴物を演奏すると、贋物の幽霊も浮かれて踊り出し正体を現す、ドタバタの喜劇であった。

### 幽霊のパロディ

地獄清左衛門は、越中立山の「幽霊村」から出張してきたという、触れ込みであった。もと猟師という設定は、謡曲『善知鳥』に拠るもの。謡曲の猟師は「立山」の霊場に現われた、幽霊であった。江戸の俳諧師、菊岡沾涼の随筆『諸国里人談』にも、立山で幽霊に出会った奇談がある。元禄年間のことであった。そのような本物の幽霊に対して、勝俵蔵が描いたのは、贋物の幽霊であった。寛政八年（一七九六）のころ、というので尾上松助の「幽霊屋」の十年前になる。南町奉行根岸鎮衛が記録した随筆『耳嚢』にみえる、高野山の「幽霊奉公」の巷説は、女を贋物の幽霊に仕立て、凡俗を欺き金儲けをする悪僧の話であった。文政年間と後の話になるが、国学者の大石千引の『野之舎随筆』にみえる立山の「偽幽霊」の逸話は、偽幽霊の女と駆け落ちをして、江戸に所帯を持った職人の話であった。『壮平家物語』で勝俵蔵が描いたのは、そのような贋幽霊が住む「幽霊村」の話だったのである。その翌年、文化四年（一八〇七）八月、深川の八幡祭で人が群集し、永代橋が落ちて、多くの人が溺死した。そのとき、水死体を装った盗賊が出没した。溺死の幽霊だと思って逃げ出したその隙に家財を盗む。噂を筆録した平戸藩主、松浦静山は「奸盗」による「詭術」とした（『甲子夜話』）。江戸の市中にも本物の「偽幽霊」が出現するに至ったのである。

文化四年六月市村座、尾上松助三度目の夏芝居は『三国妖婦伝』である。勝俵蔵が題材に選んだのは江戸の読本『絵本三国妖婦伝』（高井蘭山作）、二年前に完結したばかりの新作であった。同じ年の九月、大坂道頓堀の角の芝居で上演された『柵自来也談』も感和亭鬼武の新作読本『自来也説話』を脚色したもの。この二つの上演は江戸と大坂、東西における読本の劇化の嚆矢となった。

『絵本三国妖婦伝』の「三国」は「唐土・天竺・日本」である。主人公の「金毛九尾の妖狐」が唐土の妲己、天竺の華陽婦人、唐土の褒姒、日本の玉藻の前、と姿を変える妖婦の物語であった。異国の物語の中から勝俵蔵が抽出したのは唐土の二つの話であった。ひとつは褒姒の誕生にまつわる奇談。それを天竺に転用して発端「華陽蘇生の場」とした。もうひとつは妲己の残酷な悪行。こちらは二幕目「唐土酒池肉林の場」になった。三幕目以下は日本になるのだが、そこでも選び取られたのは清涼殿で陰陽師の安倍安親が行った「蟇目の法」であった。勝俵蔵は、読本全体の筋ではなく、部分的な趣向に注目していたのである。

## 二　姥尉輔の筆名で合巻を書く

二年目、文化四年十一月には市村座の立作者を六年間勤めた並木五瓶は森田座に移り、翌年二月には逝去する。勝俵蔵は名実ともに狂言作者の頂点に立った。その一方で文化五年の春には姥尉輔（うばじょうすけ）の筆名で合巻（ごうかん）『敵討乗合噺』を出版。歌舞伎と戯作の間にあった壁にも風穴を開けた。筆名は勝俵蔵が住んでいた高砂町に因んで謡曲『高砂』の「姥と尉」のこと。版元は同じ町内に店を構えていた伊賀屋勘右衛門であった。常磐津の版元でもあった伊賀屋からは、同時に山東京伝の合巻『敵討天竺徳兵衛』も上梓された。原作は勝俵蔵の「天竺徳兵衛」であった。京伝の「天竺徳兵衛」で乳母賤機（しずはた）（原作では五百機）の幽霊が門口の護符を剝がさせる「御札はがし」は勝俵蔵の『波枕韓聞書（いこくのききがき）』からの転用であった。山東京伝が勝俵蔵の原作を利用すれば、勝俵蔵も京伝読本を脚色して『彩入御伽艸（いろえいりおとぎぞうし）』を上演する。山東京伝四十八歳。六つ年上の勝俵蔵は五十四歳であった。合巻の執筆を通して、両者の交流ははじまるのであった。

山東京伝との交流

戯作者の式亭三馬は文化三年の春に出版した自著『雷太郎（いかずち）強悪物語』が「合巻」の「権与（けんよ）（はじまり）」だとした（『式亭雑記』）。翌年、文化四年の春には山東京伝が六種の合巻

合巻のはじまり

を発表、なかでも『於六櫛木曽仇討』が話題を呼び、合巻が広く一般に流行することになった。絵師は歌川派の総帥、豊国。読本の「繡像」に倣って巻頭の口絵に主な登場人物の姿を人気役者の似顔で描いた。京伝の弟京山は『於六櫛木曽仇討』がそのはじまりであると指摘した（『蜘蛛糸巻』）。六種の京伝合巻はみな「敵討ち物」でも、敵討ちの主筋より残酷な脇筋が人気を呼んだ。「木曽仇討」では返り討ちにされた奥方、久方。強悪な敵は久方の見る前で娘の指を一本ずつ切り、最後には腕も切り落とされた。久方自身も庭に埋められて「蛇責め」にあう。谷底に捨てられた死骸は「無残や鳶烏に目をほじられ、犬狼に食い裂かれ、五臓六腑も乱れ出」たとあった。このような描写が禁忌に触れたのであろう、京伝は馬琴とともに肝いり名主に召喚されて、釈明を求められた。禁忌の内容は「強悪の趣意（筋立て）」と「殺伐、不詳（災害）の絵組」。京伝は「勧善懲悪」の趣旨にもとることは分かっていても、版元から売れますといわれて書いてしまった、と弁明したのである。

姥尉輔の合巻『敵討乗合噺』は「敵討ち物」でも「強悪の趣意」も「殺伐、不詳の絵組」もない。敵討ちの発端となる闇討ちも「首のない死体」を使った錯誤の殺人で、殺されたのは父親ではなく盗賊であった。闇の中で返り討ちにされたのも妹ではなく、女の悪人。証拠隠滅のために「面の皮を剝いだ」ことから起こった、これも錯誤の殺人で

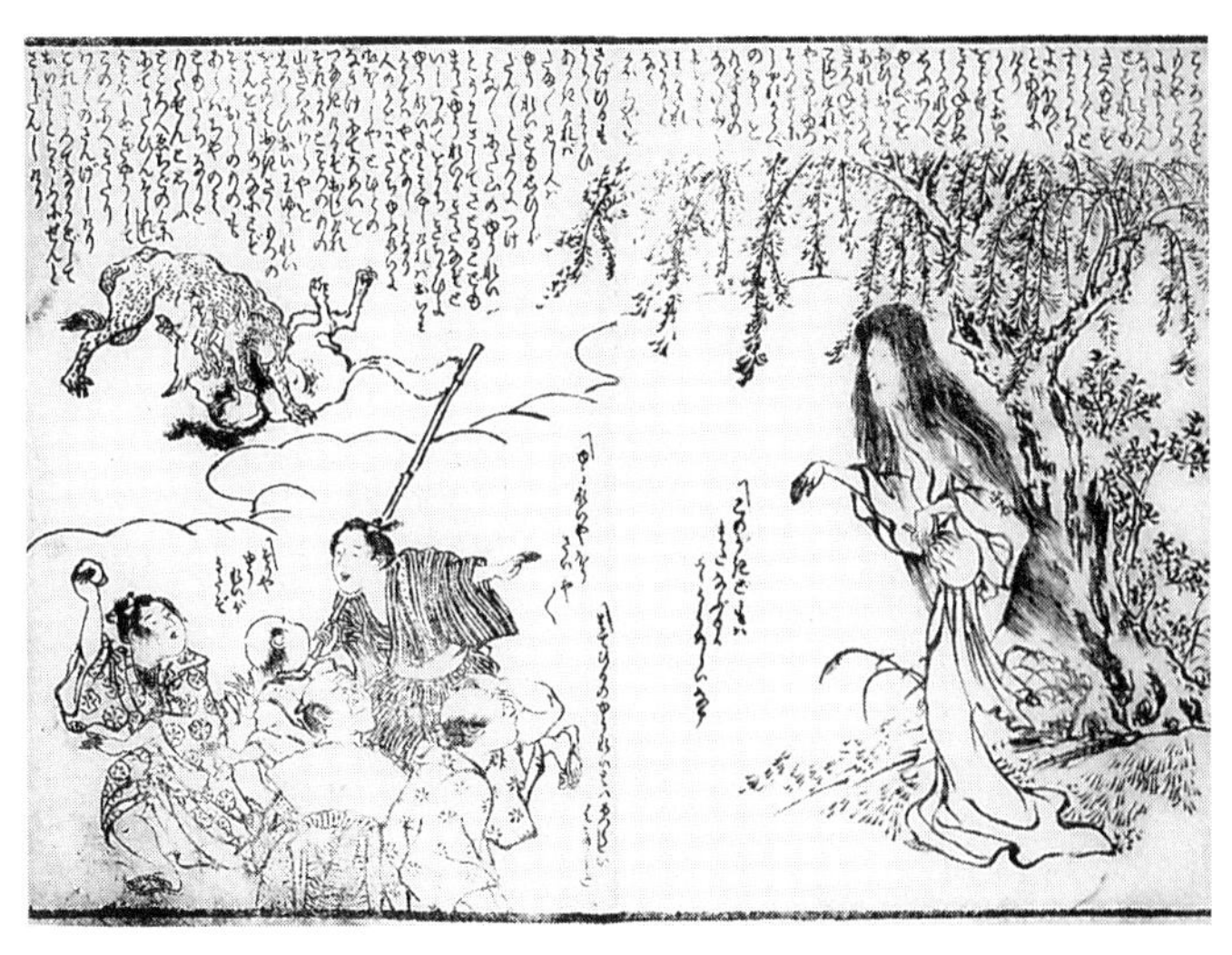

合巻『敵討乗合噺』挿絵（国立国会図書館蔵）

あった。いざ敵を討とうとするところに、活きていた父親と妹が現われて、敵討ちは不成立になり、敵同士が和睦して金比羅参りに旅立った。「この草紙（合巻）は悪人ばかり切られて、善人は損じませぬ、こんなにめでたい春はない」と締め括られる、「敵討ち」のパロディであった。

『敵討乗合噺』の脇筋にも女の幽霊が出た。ただし、本物の幽霊ではなく、自分が幽霊だと思い込んだ女の話であった。恋煩いの末に息を引き取り、埋葬されたものの息を吹き返した。それでも、生き返ったのではなく、幽霊になったのだと思い込み、邪険な男の首を引き抜き、相手の女の喉に喰らい付いた。首だと思ったのは畑の南瓜、喰らい付いたのは路傍の石地蔵。自分の歯茎から流れ出た血を相手のものだと誤解するのである。口絵には狐と狼も描かれたが怖くはない、むしろ愛敬がある。狐は髑髏の術を使って女を騙し、幽霊だと思わせて、もてあそぶ。女の死骸を掘り起こしたのは狼であった。狩人に撃たれ手負いとなり、荒れ狂って狐をかみ殺した。髑髏の術をとく術がなくなって、幽霊だと思った女はさまよい続けるのである。本物の幽霊ではなく「似た山（まがい物）」の幽霊になった女は、かつての狐の親方と所帯を持ち、越中立山の麓に暮らすようになると子供も三人生まれ、それぞれに別家して子孫も繁盛、ひとつの村になった。姥尉輔は「名付けて幽霊村とて、越中の国、立山の麓に民家たて続きしは、このときより起こりなり」と語り収めた。二年前の『壮平家物語』で勝俵蔵が取り上げた「幽霊村」の起源譚になったのである。

「幽霊村」の題材は、十返舎一九も取り上げていた。同じ年、文化五年の春に上梓された合巻『幽霊村復讐（あだうち）』がその作品で、一九は起源ではなく、現在の「幽霊村」を描こうとした。挿絵に描かれたのは、贋の幽霊になる男が四人、女が二人、子供もひとりいる、家族ぐるみの集団であった。もとの話はベテランの戯作者唐来三和（とうらいさんな）が若いころ古老から聞いた夜話だという。「強悪の趣意」「殺伐、不詳の絵組」の流行を嘆く三和の話を、一九は「一箇の笑談」に仕立てたのである。亡き夫の幽霊に出会った貞婦は、もう一度、逢いたい一心で「立山」を目指す。その背景には、江戸に広がりつつある、立山信仰があったのであろう。立山博物館の福江充の精査によると、その信仰は幕府御用達の町人、吉原、深川、芝居町にはじまり、天保（てんぽう）年間（一八三〇—四四）には江戸城大奥よりの寄進を受けるようになったという（『江戸城大奥と立山信仰』）。十返舎一九も勝俵蔵（姥尉輔）も、その兆候を機敏に感じ取っていたのである。

## 三　松本幸四郎の「引窓与兵衛」

市村座の二年目、文化四年十一月の顔見世から三代目坂東三津五郎が加入した。幸四郎の前名高麗蔵（こまぞう）、三津五郎の簑助（みのすけ）の時代からのコンビが五年ぶりに復活になった。三津五郎付きの立作者福森久助も加わったが、それは顔見世だけであった。翌年、文化五年正月の曽我二番目に勝俵蔵が書き下ろした盗賊「引窓与兵衛」は後々まで語り継がれる幸四郎の当たり役になるのである。曽我狂言の大名題は『月梅和曽我（つきのうめやわらぎそが）』。それとは別に二番目に『春商恋山崎（はるあきないこいのやまざき）』という別名題を立てるのは並木五瓶の前例に倣ったものであった。盗賊の渾名の「引窓」は義太夫狂言『双蝶々曲輪日記（ふたつちょうちょうくるわにっき）』八段目の通称、主人公の南与兵衛は、引窓を閉めて夜になると郷代官南方十次兵衛になり、引窓を開けて昼になると町人に戻る。盗賊の引窓与兵衛にも、夜の「大盗」と昼の「小盗」、二つの顔があったのである。

### 日本橋駿河町の越後屋

序幕の舞台は昼の呉服屋であった。屋号は山崎屋だがそれは表向きで、勝俵蔵が再現しようとしたのは東土産（あずまみやげ）の錦絵にも描かれる江戸の名店、日本橋駿河町の「三井越後屋（みついえちごや）」であった。通常の「本舞台三間」の柱を取り払った「柱抜き六間」間口の舞台。その舞台を前にも張り出し、うしろも奥の鏡板まで打ち抜きにした。その広い舞台を利用して、扱う品物ごとに分かれる越後屋の売り場を再現したのである。越後屋では三人ひと組の組ごとに番号を付け、組頭はじめ三人の名を記した「下げ札」を吊した（林玲子『江戸店犯科帳』）。勝俵蔵はその下げ札まで台本の「舞台書き（ト書き）」で指示した。さらに、前の年に復旧した市村座は屋根が高く、その高さを利用して大屋根の下に「瓦屋根の庇（ひさし）」を持つ二階建て総通しの格子窓や、越後屋の目印である「井桁（いげた）に三の字」の紺の長暖簾まで再現した。幕が開く前には、山崎屋（越後屋）の手代に扮した人気役者の源之助らが見物に引き札を配って歩き、それに続いて松助らの客も幕の内に入る。幕が開くとそこは越後屋の売り場であった。見物は、たったいま幕前で見ていた人気役者とともに、まるで越後屋のなかにいるような錯覚を覚えるのであった。

### 引窓与兵衛の万引き

舞台は正月二十二日、恵比須講（えびすこう）の振る舞いの日であった。源之助はそのための引き札を配っていたのである。広くなった舞台には「本一（本店の一組）」「本二」「本三」と本店の三つの売り場がある。そこには各組の手代と客、奥には帳場の番頭、茶番の丁稚、店の前には荷持ちの丁稚や子守ッ子。大勢の人でごった返すその中に幸四郎の引窓は登場、土肥家の国侍平岡丹平と名乗り、御屋敷の武家を接待する奥座敷に入った。目的は姫君婚礼の呉服物一式の調達であった。接待でくつろぎ袴を取っても、持病の疝気と称して宗十郎頭巾は被ったままで、出てくる反物や巻物を懐や股ぐらに引きずり込む「万引き」であった。「静かなる軽業の鳴物」（辻打）のテンテンテンという太鼓の音と三味線に合わせて、ずるずるずると反物を引きずり込む。万引きした代物で体中が突っ張り返ると、今度は「綱渡りの軽業」を真似て滑稽に歩いた。見とがめられると「持病の疝気に血の道が手伝い、頭痛で足が引きつるによって、身体が、ぴりぴりぴりと」口から出任せ。万引きがばれて頭巾や着物を脱がされると月代が無精に伸びた汚い姿を顕す。問い詰められると「サア、店の衆、おれが騙りの仔細を聞いてください、これには様子のあることだ」とまじめになる。三味線の合方に乗って「俺だと言って腹からの騙りでもない、もとは侍、親は石取り、伯父は大坂鴻池、伯母は和泉の食、兄貴や姉御は江戸での分限、その縁者に産まれながら、このように騙りを渡世にすると言うは、よくよく悪い日の下に、生まれ合わせた因果もの」と相手を話に引き込み、ころを見計らって

「そう言って、逃げるのだわえ」と尻をまくって逃げるのであった。曽我狂言の「鬼王(おにおう)貧家(ひんか)」の人々も、あるいは盗み、あるいは騙る。盗んでも騙っても、そこには御家のため人のため、という大義があった。勝俵蔵はそのような名分を持たない男の姿を幸四郎に託したのである。

幸四郎の「引窓与兵衛」は二人の息子分、七代目團十郎と三代目菊五郎に継承され、默阿弥の「白浪物」の源流として五代目菊五郎の「弁天小僧」を生むことになるのだが、それでも幸四郎が見せた「万引き」の飄逸な面白さは誰にも真似ることはできなかったのである。

## 三津五郎の
## 新藤徳次郎

引窓与兵衛の夜の顔は大名屋敷にも忍び込む、「大盗」であった。高飛びの路銀を借りようとして、かつての仲間にだまし討ちにされた。「貸し借りは互いのこと」という盗人仲間の掟を信じて殺された、引窓。相手の男はもと武家で、古主(こしゅう)の名の出ることを怖れたのである。生き残った男は引窓が狙いを付けていた薬種問屋に忍び込む。明日の晩までに主君のための二百両が必要だったからであった。「主人のおため、後ではきっと返します」と「天道さま、仏神さま」に誓う。三津五郎の扮するこの男の名は新藤(しんとう)徳次郎。十九年前に「火盗改(かとうあらた)めの鬼平(おにへい)」こと長谷川平蔵に捕らえられ獄門に掛けられた盗賊の頭であった。大勢の手下を従えて徒党を組み、錠前をこじ開けて押し入り、金品のみならず命も奪った。江戸市中はおろか、奥州から関東筋まで、数百ヵ所に押し入った「賊魁（ぞくかい）」であった。

新藤徳次郎は大八車をはしごの代わりにして二階の屋根伝いに忍び込んだ。引窓も二度、二階から忍び込んだものの寝ずの番に気づかれて、何も取らずに逃げていた。慎重なその仕事ぶりは天明の因幡小僧（いなばこぞう）、天保の鼠（ねずみ）小僧など大名屋敷にひとりで忍び込む、盗賊に共通するものであった。鼠のように素早く塀を乗り越え、屋根から天井裏に廻る、その手口から「屋根小僧」と呼ばれた。勝俵蔵が描いた盗賊の忍び込む具体的な手順は、序幕の「万引き」とともに禁令に触れたのであろう、台本や絵本番付に削除や訂正が施されたのであった。

## 四　京伝読本と『彩入御伽艸』

四度目の夏芝居は文化五年（一八〇八）閏六月市村座の『彩入御伽艸（いろえいりおとぎぞうし）』である。栄三郎・團十郎・団之助と人気の若手揃いでも総勢十九人、松助の奮闘公演であった。二番目ではなく一番目を「二日替り」で見せるのは、勝俵蔵の新機軸。夏の西日を避けて朝の涼しいうちに見せようとするものであった。二日替りになっても、骨格は「天竺徳兵衛」

であった。ほんらいの「五百機（いおはた）の幽霊」を削除、代わりに初日に男、後日に女の幽霊を配した。大名題のカタリには初日の男の幽霊には「古沼の怪異」、後日の女には「皿舘（さらやしき）の死灵（しりょう）」。勝俵蔵が目指したのは単なる「からくり事」「幽霊事」ではなく「怪談」であった。初日の主人公、小幡小平次は男の幽霊を代表する怪談になった。

### 小幡小平次の怪談

小幡小平次の原作は、山東京伝の『復讐奇談安積沼（あさかのぬま）』、六年前、享和三年に出版された読本（よみほん）であった。読本の主筋は「復讐（敵討ち）」でも、注目をされたのは脇筋、小幡小平次の「死霊物語」で語られる奇談であった。悪者が小平次の屍体に唾を吐きかけると、死骸がむくむくと起き上がり、手首を摑んだ。手首を切り離しても離さないので五本の指ももぎ取った。その祟りで女房の五本の指は切り落とされ、そこから「鮮血（なまち）が淋々（したたり）」落ち、「呵々（からから）」と笑う声のみがした、というのである。勝俵蔵はこのような奇談には目もくれなかった。京伝の読本で小平次が殺されるのは紅葉の照り輝く湖沼、幽霊が出るのは春のおぼろの夜。勝俵蔵はこのような秋の長雨や春雨の夜に語られてきた怪談から決別して、寝苦しい夏の夜の出来事に仕立て直そうとした。襟元がぞっとして寒気がする、夏の夜の怪談の誕生であった。

尾上松助の小平次の幽霊が姿を見せたのは、田舎家の台所であった。水瓶から水を汲もうとする姦夫（かんぷ）の目の前に、忽然と出た。出ても何もせず、ただ哀れな姿で恨めしく見ているだけであった。慌てたのは姦夫、仏壇に向かって無性に鉦を叩き念仏を唱え、ふと振り返ると小平次の姿は消えていた。ほっとして横を見ると、そこに「ぽっと」小平次がいる。鉦と撞木を投げ捨てて逃げると、幽霊も「ぽっと」消えるのである。小平次の幽霊が二度目に姿を見せたのは、蚊帳であった。姦婦の枕元に立ち、ただ見つめるだけ。うなされるのは寝ている姦婦の方であった。二年前、幽霊屋清左衛門に扮した松助に「いったい幽霊という奴は、柳の下か藪の際、流れ灌頂、卵塔場、門口ならば札めくり」と書いた勝俵蔵は、そのような決まり切ったところから出る幽霊を拒否したのである。

根岸鎮衛の随筆『耳嚢』に収められた原話では小平次の死は事故であった。京伝はそれを事故に見せかけた殺人にした。殺した悪者は水練の達人、海賊の手下二人と水底に引きずり込んで絞め殺した。その沼には主の妖怪がいて怪しい現象が起こる、という奇談を利用した詐術であった。勝俵蔵はこのような話もすべて削り落とした。悪者が二人、小平次の髻を摑んで動けなくし、そばにあった石で頭を叩き割った。仕掛けで血が「たらたら」と流れ、苦しむところを沼に沈めた。古い昔の奇談などではない、どこにでもある殺人の恐怖であった。

文化四年刊の京伝合巻『安積沼後日仇討』の冒頭には、小平次の話をすると幽霊が現われ「俺が噂をするか」と睨み、睨まれたものは気絶したという話が載る。『耳嚢』の原話を脚色したものだが、勝俵蔵はその噂を宣伝に利用したのであろう。『彩入御伽艸』の「咄し初め」の夜のことであったという。狂言作者が話を始めると雨戸に物の当たる音が二度聞こえ、気味が悪くなった松助は帰宅したものの、その夜から悪寒発熱。これは小平次の祟りであろうというので供養をすることになった。原話の事故は寛政八年（一七九六）なので、十三回忌に当たる。番付では小平次の「年回」ゆえ「心ばかりの施餓鬼」をしたとあった。回向院に建てられた卒塔婆は一丈五尺（約四・五メートル）。巨大な卒塔婆の噂は噂を呼んで法要の当日には両国橋が落ちるのではないかと心配されるほど人が群集した。施主なのであろう、人の肩にすがって息も切れ切れに歩いていた松助が「欲心烈火のごとき」と語ったのは、このときのことであった。勝俵蔵はこのような景気をあおる前宣伝に巧みであった、と伝えられる。その甲斐があって興行は八十四日の大入りに終わった。

## 五　歴史劇「馬盥の光秀」と敵討ち物

時桔梗出世請状

怪談に続いて勝俵蔵が挑んだのは歴史劇『時桔梗出世請状』である。「饗応（眉間割り）」「本能寺」「馬盥」「愛宕山（連歌）」と続くこの作品が幸四郎の光秀の決定版となった。「饗応」「本能寺」は桜田治助の先行作の改訂で、「馬盥」「愛宕山」は書き下ろしであった。影響を受けたのは岡田玉山画の読本『絵本太閤記』。細密画の技法により歴史が再現される、それにならって勝俵蔵も歴史の再現を試みるのであった。核心となるのは、光秀はなぜ謀反を決意したのか、その原因であった。勝俵蔵はそれを二人の性格の違いに求めた。奔放な春長（信長）は冷静な光秀が癪に障る。勝俵蔵はそれを春長の「黙れ、不合の汝が返答」とせりふで表現した。「不合」故に起こった性格悲劇とすることで、この作品は現代まで命脈を保つことになった。「眉間打ち」では「ぶて、ぶて、ぶて」と嵩にかかる春長。黙って、じっと耐える光秀は、「馬盥」で辱められても黙って涙をこらえるだけであった。春長の挑発は「病付かす」という敵役の憎々しい演技であった。それに耐える「辛抱立役」の要素を取り込んだ、新しい実悪の誕生であった。

「馬盥」は真柴久吉（羽柴秀吉）より春長に贈られた活け花のこと。もとは千利休が陣中で即興に活けたとされる、活け花の秘伝であった。春長はその馬盥を光秀に差し付け「馬に与えるその盃。鼻面差し込み、舌打ちして、その盃をづっと乾せ」と迫る。さらに『史記列伝』の「魏の范睢（范睢）」の故事を滔々と述べ、光秀を馬に見立てて「光秀に轡を食ませ、真柴が方へ急いで引け」と命じる。挑発しても冷静な光秀に対し、春長が最後に突き付けたのは、昔、貧しかった光秀のために妻が売った「女の切り髪」であった。糟糠(そうこう)の妻の恥を満座でさらされて、いったんは動揺するものの、それもこらえた。「切り髪」の典拠は『絵本太閤記』の「照子（光秀の妻）断髪、沽酒」。「馬盥」は勝俵蔵の創作であった。

### 愛宕山連歌

「愛宕山」の幕が開くと「連歌」になる。宗匠の紹巴(じょうは)が詠む「花落つる」の発句は『愛宕百韻』で紹巴自身が三句目に詠んだもの。『愛宕百韻』の発句として知られる「ときは今、天が下しる皐月かな」は光秀の辞世の句となった。「ときは今」の発句は「土岐氏」の末裔である光秀が「土岐は今だ」と、天下を取る意思を示したもの。光秀は、腹を切ると見せかけて発句を詠み、返す刀で二人の上使を斬り捨て、「出陣の血祭よし、出馬の用意」と本能寺に向かうのであった。軍記物に拠れば、光秀が信長のもとを去るのは五月十八日、愛宕山の連歌は二十八日、出陣は六月二日の未明。勝俵蔵はそれを一夜の出来事に仕立て直して成功を見たのであった。

### 幸四郎の島川太兵衛

文化五年の九月狂言『鳴響御未刻太鼓(なりひびくおやつのたいこ)』の題材は「御堂前(みどうまえ)の仇討ち」である。翌年、文化六年四月の『霊験曽我籬(かみがき)』は「亀山の仇討ち」。勝俵蔵は幸四郎のために二つの「敵討ち物」を脚色することになった。前者には、その年の春に出版されたばかりの京伝合巻『八重霞かしくの仇討』を取り込み、返り討ちの場面が増補された。そのため大名題に「合巻八冊物」と謳われたのである。京伝の合巻でなぶり殺しにされたのは浪人の浜荻鱗右衛門という盲人であった。だまし討ちにした迅風駄平太という悪者は、苦しむ盲人を尻目に煮魚を肴に飯を喰う。勝俵蔵が注目をしたのはこの場面であった。返り討ちに会うのは磯貝藤助、鳥目であった。幸四郎の扮する悪人、島川太兵衛は足力の按摩に化けた。療治の振りをして耳を塞ぎ、悪仲間の二人を呼び込み、魚の煮付けで飯を喰わせた。三人でだまし討ちにしたものの、二人の仲間も手疵を負った。「苦しい、苦しい、薬はないか」とにじり寄る仲間の二人もなぶり殺しにする、極悪人になったのである。

### 團十郎の専次郎

「御堂前の仇討ち」の発端は四国の徳島であった。勝俵蔵はそのことから阿波徳島二十五万七千石の大藩、蜂須賀家の御家騒動を描く実録『阿淡物語』に重ね合わせた。本妻腹の長男は放蕩で勘当。御家乗っ取りを狙う島川太兵衛は、御湯殿腹の次男専次郎に加担するのであった。倹約を旨とする専次郎は洟をかんでも、もったいなくて鼻紙が捨てられない。思わず膝を突くと「大事の袴が皺になった」。刀をとんと突くと「刀の鐺が損ねる」と吝いことを言う。それを見ていた後見人の叔父は「不仁なれば吝嗇、なかなか専次郎にては国は治まらぬ」と判断するのであった。専次郎のモデルは蜂須賀重喜である。もとは二万石の小藩の四男で末期養子に入った十七歳の青年であった。「大国の器量」ではなく「小国の器」だとする人物像は入国の際に領土の広さに驚いて、苛立ったと伝えられる逸話から生まれたものであった。専次郎に扮したのは七代目團十郎、十八歳。惨めなことをさせても、かえって贔屓が喜ぶに違いない、と勝俵蔵は計算したのである。後見人で親代わりの幸四郎とともに勝俵蔵も團十郎を育て上げた恩人であった。

### 筆売り藤川水右衛門

翌年は正月元旦の火事で二丁町も類焼。四月に復旧した市村座の柿落しは『霊験曽我籬』であった。「亀山の仇討ち」は幼かった兄弟が成長して敵を討ったことから「元禄曽我」と呼ばれた。敵の名は藤川水右衛門である。勝俵蔵は幸四郎の扮するこの男を内職の「筆売り」で糊口をしのぐ浪人に仕立てた。筆売りは自分で筆を結い、売り歩いたので「筆結い」とも「筆屋」とも呼ばれた。それゆえ神陰流の師範で恩人の石井右内に「筆売り渡世とは武士の身にあるまじき致し方、見下げ果てたる人非人」とさげすまれ、さらに「身が娘に恋慕」したことで「恩知らず」と罵倒される。水右衛門は、湯銭、煙草の小遣いに困った、銭ほしさだと本音で応え、「色は思案の外」だから娘を女房にくれ、と切り返すのであった。水右衛門は、威勢は良くても弱い、左内の当て身で気絶、売り物の筆で額に「犬」と書かれ辱められた。その夜に手下とともにだまし討ちにする手順は随筆『新著聞集』に収められた実説に拠ったものであった。

「亀山の仇討ち」の実録『石井明道士』では「白井（平井）権八」の物語と結び付けられていた。桜田治助はそれを脚色、男伊達幡随長兵衛は親幸四郎が生涯に四度つとめる当たり役になった。倅の五代目幸四郎も江戸だけで十三度、大坂で二度、京はじめ旅芝居でも出した、親勝りの芸になった。「鈴ヶ森」に場面を戻し、白井権八の面白い立ち廻りを増補したのは勝俵蔵。『霊験曽我籬』の改訂台本が現行の『鈴ヶ森』になった。

鈴ヶ森の脚色

## 六 「阿国御前」と「湯上がりの累」

阿国御前の髪梳き

文化六年六月、尾上松助は勝俵蔵とともに森田座に移り、「夏狂言の一世一代」として『阿国御前化粧鏡』を出した。タイトルロールの「阿国御前」の原作も京伝読本『浮牡丹全伝』であった。典拠は中国の明の伝記小説『剪灯新話』、「牡丹灯籠」の説話である。京伝は女が男を取り殺す原典の後半を削除、代わりに女の前世を補綴した。謡曲『女郎花』に借りたその物語は古代。京伝の読本は時空を越えた幻想の物語になった。勝俵蔵は夢まぼろしの世界を今の世にたぐり寄せ、どこにでもあるような日常の話に仕立て直すのであった。松助の扮する主人公、阿国御前は御湯殿上がりの側室である。孤閨を託つ後室に忍び寄ったのは、狩野四郎次郎元信という美しい若侍であった。道ならぬ恋の相手を務めた元信は、御家の系図を取り戻すと、その姿をくらますのであった。騙されたことを知った後室は、よろめきながらも男の行方を尋ねようとした。それを止めたのは老僕であった。「やつれ果てた今の姿」が目には入りませぬか、と指摘されて我に返った後室がはじめたのは化粧であった。震える手でお歯黒を付けると、裂けたようになった口。髪を梳くと大量の毛が抜け落ち、額がはげ上がった。「このまま死すとも、なに安穏に」と落ち毛をねじ切ると生血がしたたり落ちる。その血を見て失神、息絶えるのであった。「髪梳き」と呼ばれる演出は『四谷怪談』に流用されることになるのである。

幽霊となった後室が恋する男を誘い込むのは「結構なる御殿」であった。美しい姿となった阿国御前は幼い若君を虜にして「抱かれて寝るか」と迫る。そこに駆けつけた忠臣が尊像を差し付けると、見ている前で後室は「生なり」になり、御殿は崩れ「荒れ寺」になる。「居どころ替わり」の舞台転換は京伝読本の挿絵、二図をそのまま舞台化したものであった。

## 湯上りの累

「阿国御前」の二番目は「湯上がりの累」である。京伝読本から離れた新作は、松助の倅栄三郎（のちの三代目菊五郎）の持ち場であった。原話の累は下総国羽生村の百姓の娘であった。勝俵蔵はそれを深川の芸者にした。与右衛門という亭主を持って、いったんは身を退いたものの、金のために「引き眉毛」で座敷に出た。「引き眉毛」とは女房になって剃り落とした眉毛を眉墨で描いたものであった。栄三郎の累は湯帰りの素顔で出て、舞台で化粧をした。粋な年増の女房が見ている前で引き眉毛の芸者になる。その早さに土間の客は驚いた。大坂で再演されたときには素人だけではなく、玄人の女までがその化粧を見に来たという。栄三郎はその美しさだけではなく、器用さも褒められた役者であった。ただ、子役のときに女形の修業をしてこなかったので「所作（動き）は荒い」。勝俵蔵はその持ち味を活かして、芸者の累を男気のある「女一疋（おんないっぴき）」に描いた。

御家再興のために亭主に必要な二百両の金。その調達を請け負った。のろまな男に寄り添って、袖から入れた手を懐にすべらせ、「行て、寝やんしょう」と寝所に誘う。色仕掛けで二百両を手にするのであった。与右衛門の主人は狩野元信であった。そのことが知れると阿国御前の髑髏が累の顔に取り付いて、醜い「悪女（あくじょ）」の相好に替わるのである。替わったのは顔だけではない。「かだましい（心がねじけた）」悪女の心になって、亭主の与右衛門に殺されるのであった。与右衛門に扮したのも栄三郎。殺す男と殺される女、二役早替りの演出は「天竺徳兵衛」の「五百機の早替り」の応用であった。「湯上がりの累」は栄三郎こと三代目菊五郎の当たり役となって、のちには「天竺徳兵衛」に組み込まれ、名古屋、大坂、京をはじめ旅芝居のお土産狂言として披露されることになるのであった。

『阿国御前化粧鏡』の成功の裏には秘話も伝えられている。今さら松助の怪談など「犬さえ喰うまじ」と反対したのは、茶屋の亭主ら。「人に負けぬ気質」の松助は反発して、倅を伴って勝俵蔵の居宅を訪れ「新奇妙案」の新狂言を依頼した。楽屋に寝泊まりして稽古、失敗に終わったら「帆を掛ける（夜逃げをする）」覚悟で臨んだものの、大入り大当たりになった。梅寿（ばいじゅ）こと栄三郎はのちに往時を振り返って「これ全く南北翁が狂言の脚色、非凡にいでて筆意よく、当時の人気をうがち、面白き故なり。南北翁はわがための恩人」と話したという（「歌舞伎新報」第十二号第十三号所収「俳優叢談」）。さらに、梅寿の孫の五代目菊五郎は南北と祖父梅寿は「生前、父子の契約」をしたと話した（「歌舞伎新報」第百九十四号所収「俳優叢談」）。七代目團十郎とともに三代目菊五郎も勝俵蔵に育てられた役者であった。

# 第七　勝俵蔵、代表作を書く

## 一　幸四郎の「遠藤武者盛遠」

四年目の市村座

市村座四年目は、座頭の五代目幸四郎、立役二枚目の三代目三津五郎、立女形の五代目半四郎のトリオは重年。三人が三人とも江戸生まれの「江戸根生い」、親の名を継いだ実質二代目であった。三年前、隣町の中村座に下ってきた三代目歌右衛門と拮抗、しのぎを削った。歌右衛門も大坂生まれの大坂育ち、親の名を受け継いだ実質二代目であった。歌右衛門は『義経千本桜』『忠臣蔵』など義太夫狂言で人気を博し、幸四郎ら江戸役者は勝俵蔵の書き下ろした新作で対抗したのである。とくに、この一年間は顔見世狂言『貞操花鳥羽恋塚』の幸四郎の遠藤武者盛遠にはじまり、初春狂言の二番目『心謎解色糸』の栄三郎改め二代目松助のお祭り佐七、弥生狂言の二番目『勝相撲浮名花触』の幸四郎の足駄の歯入れ権助、五月狂言『絵本合邦衢』の幸四郎の佐枝大学之助と立場太平次、秋狂言『當秋八幡祭』の幸四郎の駕籠の甚兵衛、と当たり狂言が続いた。しかも、節句ごとに書き下ろされた狂言がすべて、勝俵蔵の代表作として再演を繰り返すことになったのである。

### 鼻高の幸四郎

一座を束ねた幸四郎は、海老蔵こと四代目團十郎の「市川揃え」の大一座で育った。初舞台は海老蔵ゆかりの「傀儡師」、その初舞台に倣った「碁盤人形」であった。四代目團十郎の前名は二代目幸四郎である。その縁で海老蔵の孫となり、團十郎の名跡が約束されたものの、五代目團十郎と親幸四郎の確執で実現することはなかった。それでも、弟分の六代目團十郎をもり立て、没後は息子株の七代目團十郎を膝下で訓育、成長すると座頭を譲った。立派なその風貌から「鼻高幸四郎」と渾名で呼ばれ、高い鼻を活かした「横見得」で睨むと、泣いていた子供が泣き止んだ、と伝えられる。実悪の悪人でも綺麗なのは私淑した秀鶴こと中村仲蔵ゆずり。時代物だけではなく、仲蔵が苦手とした世話物もうまいのは随念こと四代目團十郎と同じであった。勝俵蔵は子供のときに見た随念四代目團十郎、作者になって間近に見た秀鶴仲蔵、二人の実悪の面影を幸四郎に重ねたのである。

### 頼豪阿闍梨

顔見世狂言『貞操花鳥羽恋塚』で勝俵蔵が幸四郎のために試みたのは二つの歴史劇であった。頼豪阿闍梨と遠藤武者盛遠、二役とも仲蔵秀鶴の当たり役であった。秀鶴の没後、桜田治助はこの二役を高麗蔵（のちの幸四郎）に振った。寛政八年（一七九六）十一月河原崎座『厳島雪姿見』であった。それ以来、十三年ぶりの再演であった。頼豪は三井寺の戒壇を許されず「食断ち」して「干死」、怨霊と化した（『平家物語』）。仲蔵の頼豪は墨染めの破れ衣、髪は伸び放題、素肌に荒縄を巻き付けたもの凄い姿であった。祭壇には不動明王の絵像を祀り、手に持つのは密教の呪具、三鈷鈴。毒酒を呑まされ血反吐を吐きながら相手の肩に喰らい付いた。その姿は「大鼡」に化したとされる伝説によるものであった。勝俵蔵が用意した役名は「実相坊頼豪阿闍梨」である。実説にもとづく「実相坊」を風雅な庵室に仕立てた。百日の断食で痩せ衰えた頼豪が着ているのは白衣、荒縄の腹巻きなど見えない。思わず立ち上がると「ひょろひょろ」として「べったり」とへたり込む。「食断ち」に「無言の行」を加え、物言わぬ頼豪に再び三井寺戒壇の望みが生まれた。剣難の相の高倉の宮に「除身の法」を授け、成功すると喜んで盃を交わす。その中に毒が仕込まれていたのである。酒を注いだ腰元を食い殺すのは高麗蔵のときと同じ。勝俵蔵はそのあとに「今頼豪は死ぬるとも、魂魄ばかりはこの土にのこり、鼠となって延暦寺の経々を破却なし、天台の一宗を亡ぼさん」と経文を食い裂く頼豪の姿を加えた。鼠となった頼豪が延暦寺の「聖教をぞかぶり喰いける」（『源平盛衰記』）とされる伝説の視覚化であった。

### 遠藤武者盛遠

遠藤武者盛遠の原典は『源平盛衰記』の「文覚発心」である。平家追討の院宣を頼朝に届け、旗揚げを迫った修験僧、文覚の発心譚。道ならぬ恋に迷い、女の首を切ることになった、男の物語であった。二代目團十郎、四代目團十郎の盛遠も女の首を切る芝居だが、切った首を月影に透かして見るところに仲蔵の特色があった。天明二年（一七八二）十一月市村座『伊勢平氏栄花暦』。作者は桜田治助の高弟笠縫専助で、芝居小屋が「ブチ破ル程ノ大入」（『秀鶴草子』）と伝えられた。勝俵蔵はこの原作に改訂を二つ施した。ひとつは扮装。仲蔵の盛遠の前半は院使、それに相応しい長裃であった。女の首を切る後半は、切り袴の裃になる。勝俵蔵の前半は伊達羽織の伊達衣裳、元禄風の寛闊なその姿は四代目團十郎の昔に倣ったものであった。同じ院使でも「内勅」、それゆえ羽織着流しの平服になったのである。後半は切り袴の裃だが、両方の肩衣を刎ね、袴の股立ちを取る、臨戦態勢であった。二つ目の改訂は女の首を切るその場所であった。それまでの京洛の大名の館から、高雄の神護寺へ移す。神護寺は、のちに文覚が復興することになる寺院であった。歴史上の事実は知っていたのであろう、勝俵蔵はそれでもあえて高い石段のある神護寺を選んだのである。石段の中程で切り取った首を雲間に隠れた月に透かして見ようとする、盛遠のせりふ「筑波山、端山しげ山しげけれど」は『新古今集』の恋の歌。「ここはところも高雄山、紅葉を分けて入る月の、木の間がくれを幸いに、宵の合図に違いなく南枕の洗い髪、不憫ながらもひと打ちに、これで恋慕の雲も晴れ」と恋敵の男を討った、と思う盛遠。そのとき月が現われ、透かして見るとその首は女の首であった。「ホ、、、、ホイ」と驚いて尻餅をつく。大仰な驚き方は、秀鶴仲蔵には見られない、随念團十郎の芸格であった。女と交わした合図の約束「南枕の洗い髪」も『源平盛衰記』の引用である。ここでも勝俵蔵は原典の軍記物に回帰しようとした。

川上音二郎の盛遠

幸四郎の当たり役、遠藤武者盛遠は息子株の七代目團十郎からその子供たち、八代目團十郎、九代目團十郎に伝えられた。女の首を切る武士の姿は、新派の團十郎を自称した川上音二郎により海を渡り、パリ万博で脚色上演されることになった。

なお、書き下ろしの際、絵看板を北斎が描いた。「人物やせて、はなはだ見苦し」と評判が悪く、一回限りでもとの鳥居派の絵看板に戻った。北斎自身も「みずから悔」と伝えられる（飯島虚心『葛飾北斎伝』）。

## 二　二代目松助の「お祭り佐七」

心謎解色糸

翌春、文化七年（一八一〇）正月の曽我二番目『心謎解色糸（こころのなぞとけたいろいと）』は義太夫『糸桜本町育』の書き替え狂言である。占算（うらやさん）（易者）の綱五郎を見初め、入り婿を嫌う糸屋の妹娘お房は婚礼の晩に毒薬を飲まされて死ぬ。死骸に付けた百両の金欲しさに綱五郎が墓を暴くと娘は蘇生した。毒薬は二十四時（丸一日）のうちに天水で気付薬を飲ませると生き返る、仮死の妙薬であった。約二百年前にイギリスで初演されたシェイクスピア『ロミオとジュリエット』でジュリエットが飲む仮死の妙薬は四十二時間（約二日）。生き返る前に墓所に入ったロミオは毒を服用した。その死骸を見てジュリエットも同じ毒薬を飲む、ロマンチックな悲劇であった。同じような妙薬を用いても、勝俵蔵は目覚めた娘が惚れた男と出会い夫婦になる、ミステリアスな喜劇に仕立てたのである。お房に扮したのは立女形の半四郎。相手役の綱五郎には三津五郎。二人の中に割って入る半時九郎兵衛は幸四郎。九郎兵衛の女房がお房の姉で綱五郎の許嫁であった、という複雑な関係を巧みにまとめた「ウエルメイド・プレイ」でもあった。

　この作品で勝俵蔵は二代目松助のために「お祭り佐七」を書き下ろした。原作の佐七は婿、それを養父松緑（もとの松助）ゆずりの鳶の頭に仕立てた。「中っ腹」（癇癪持ち）で酔うと人にものがやりたくなる気質である。相手は深川芸者の小糸。この芸者も酔うと「中の字をきめ」（向かっ腹を立てる）、人にものがやりたくなる。そのためにできた借金の形に着ているものを脱がされて長襦袢ひとつの丸裸にされた。そのところに飛び込んだのは、お祭り佐七。この男も贔屓の相撲に半纏、小袖、革羽織までやって「どんぶり」

の腹掛けひとつの丸裸であった。着る物の代わりに端折った、かい巻きの蒲団を小糸と二人で着る。見ている敵役が「芸者と気負い（鳶）と真っ裸、ひとつ夜着」と騒ぐと面白がり、「聖天の煮こごり」とはしゃいで、小糸の口を吸う。「聖天」は浅草寺の子院、待乳山の聖天様の秘仏である。象の頭の男と女が抱き合う仏像であった。「煮こごり」は吉原の隠語で遊女と客が同衾すること。「お祭り」の渾名も隠語では男女の情交のことであった。勝俵蔵は劇中の佐七だけではなく、それを演じる二代目松助（のちの三代目菊五郎）をも含めて「お祭り」と呼んだのであろう。ぴったりなその命名が贔屓を嬉しがらせて大当たりとなった。

## 菊五郎の癇癪

佐七はもと侍で、帰参のためには金が必要であった。そのための偽りの縁切りとは知らずに、満座の中で恥をかかされると癇癪を起こし、「叩っころして、おれも死なア」と暴れる。敵役に阻まれると「覚えてうしゃアがれ」と捨てぜりふを残し、待ち伏せして小糸を殺すのである。再演のとき菊五郎は、小糸の書き置きの字が小さくて読めない。それに焦れて癇癪を起こし、出刃包丁で行燈をぶち壊した。それを見物が喜んだので型になった、と伝えられる。癇癪持ちも佐七だけではなく、菊五郎の性癖だったのである。江戸だけでも四度、繰り返す当たり役になり、孫の五代目菊五郎の『江戸育御祭佐七』に受け継がれたものの、「聖天の煮こごり」だけは真似をすることはできなかった。

### 田之助の小糸

小糸に扮したのは二代目沢村田之助、二十三歳である。四つ上の松助とは、ともに大坂で修業した名コンビ、田之助もきっぷの良い江戸っ子であった。殺し場で着ている小袖や襦袢を血糊で汚し、毎日、使い捨てにした。血綿でも済むという声には、そこが「江戸っ子だ」と、三十日に小袖三十を捨てた。血だらけのその小袖を着て座敷に出るのが伊達だといって、ほんものの芸者たちが争って求めたという。蒐集した台本にこの話を記録した鈴木白藤は「彼輩（芸者のこと）の人情、推量せられぬことなり」と誌した（早稲田大学演劇博物館蔵『心謎解色糸』）。四十四歳の幕臣の感慨であった。

### 大食の流行

三年前、大坂から戻ってきた田之助の行状を勝俵蔵は楽屋落ちのせりふに書いた。團十郎が團十郎自身の役で出て「曙山（田之助のこと）を端棒にして、おいらが内へ夜、暴食手合いを連れてきて、喰わせてみなさい、イヤ奇妙に喰うね」（『鳴響御未刻太鼓』）。暴食、大食はこのころの流行であった。柳橋の万八楼で行われた「大食会」の大関は「黒砂糖二斤、唐辛子五合ほど」、関脇は「大饅頭七十二、二八蕎麦二十八」を平らげた（随筆『真佐喜のかつら』）。四つ上の兄、源之助と二人で「剣菱」の居酒屋「内田」を「総仕舞い（貸し切り）」にするなど、大盤振る舞いの様子も随筆に記録された（三升屋二三治『紙屑籠』）。田之助ら「暴食手合い」はこのような流行の先端を走っていた。兄の源之助は二年後に二十七歳で急逝。弟の田之助も五年後に早世するのであった。

## 三　幸四郎の「足駄の歯入れ権助」

勝相撲浮名花触

弥生狂言の一番目は幸四郎の「石川五右衛門」であった。二番目『勝相撲浮名花触』は三津五郎と半四郎の「白藤お俊」で幸四郎は米問屋坂間伝兵衛のさばき役に廻った。幸四郎が二役で扮した足駄の歯入れ権助は序幕の終わりで殺され、立ち消えになる。「権助」はどこにでもいる飯炊きの下男の通称。端敵が演じる軽い役を座頭の幸四郎が演じて、それが勝俵蔵の「生世話」を代表する当たり役になった。

生世話の狂言

「生世話」は「しみたれ（しみったれ）の狂言」でもあった。「しみたれ」は貧乏くさくて汚らしい役。江戸の狂言作者、三升屋二三治は勝俵蔵の「生世話」の代表作として幸四郎の「足駄の歯入れ」と「菜売り」を挙げた（随筆『作者店おろし』）。どちらも大道を流して歩く、その日暮らしの男であった。「生世話」にさらりと流しても、ひとたび凄むと大時代に戻る。「生世話」は江戸流の世話狂言であった。

松平不昧侯の逸話

「松江侯の屑屋」という逸話は松江十八万石の太守、松平不昧侯のことなのであろう。御屋敷に役者を呼んで歌舞伎の狂言を見たあと余興になった。太守自身がなったのは、屑屋。「頬かむりに古き着物の裾をジンジン端折りに絡げ、竹の籠に同じ箸を持って半紙を拾う」。「イヨできました」と褒められると興に入って「デーイ、デーイ」という呼び声も真似た（「歌舞伎新報」第千四百五十九号「役者と大名」）。太守自身が「しみたれ」になるところに幸四郎の「生世話」に通じる面白さがあったのであろう。

### 発端の殺し

『勝相撲浮名花触』の発端は「柳橋」であった。舞台の上には橋が架けられ、その下は小舟が行き交う一面の海である。舞台前には屋根船があり、半四郎の江戸芸者お俊は花道から出てきて桟橋を渡り屋根船に入る。そこが相撲取り白藤との密会の場所であった。幸四郎の権助は連れ立ってきた又助という男が盗品の短刀を取り出すのを見て、うしろから忍び寄り首に巻かれた手拭いを締めると、声を立てることもなく息絶えた。口と鼻に手をかざして、まだ息があるか確かめて死体を川へ蹴込む。物音に気が付いたのは、密会の男女。お俊は提灯を灯そうと、付(つ)け木(ぎ)に火を付ける。その明かりで確かめようと、短刀を突き出す権助。驚いた女は付け木を川へ落し、権助は桟橋を滑り落ちて尻餅をつく。船の舳先に片足を掛け、鮫鞘の刀を抜きかけて身構える相撲取りの白藤。権助は反り身になって止めるのである。幕切れのこの場面には二種類の台本が伝えられている。幕切れに工夫を凝らし、訂正を施すのは勝俵蔵の特色であった。

### 無宿の生態

殺された又助はもと御屋敷の中間(ちゅうげん)であった。盗みをして追放となり、人別(にんべつ)から削られた「無宿(むしゅく)」。それも住むところのない「宿(やど)なし」の「無宿」であった。このような

「無宿」のことを「野非人」と呼んだ。非人の人別に載る「抱え非人」に対する名称であった。それゆえ、盗んだ代物はあっても売り捌くことはできない。権助はその弱みに付け込んで、品物を巻き上げようとした。盗品の隠し場所は柳橋の下、橋の袂の石垣であった。春雨のしょぼ降るなか、一本の破れ番傘を相合い傘に差して出る、権助と又助。又助は桟橋から川のなかに下りて入り、石垣の間から盗品をほじり出した。権助はそれを見届けてから、殺したのである。このような「宿なし」の「野非人」となった犯罪者の生態を舞台の上に再現したところに勝俵蔵の「生世話」の面白さはあった。

## 足駄の歯入れ

国芳「足駄の歯入れ権助　松本幸四郎」
（早稲田大学演劇博物館蔵）

　序幕の前半は柳橋の料理茶屋「大のし」。昨日の夜、人を殺した権助が何食わぬ顔で登場する。「足駄の歯入れ、足駄の歯入れ」と呼びながら出てきて、店の格子先を借りて足駄の歯を入れ替えた。「鉋、のこぎり、才槌」を使うその仕事ぶりは北尾政演（まさのぶ）こと山東京伝の絵本『四時交加（しじのまぜかい）』（寛政十年刊）に描かれた、新しい職種であった。歯を入れ替えている初老の男の浴衣ははだけ、立て膝をした素足が見える。晩年の幸四郎を描いた歌川国芳（くによし）の役者絵では両膝を抱えて坐る権助の太腿は露わで、尻まで見えていた。幸四郎はすらりとした足が自慢の役者でもあったのである。京伝の絵本と違うのは道具を入れた箱の他に「そうめん櫃」を天秤棒に割り掛けにして担いできたことであった。権助はその中に里子に取った赤ん坊を入れていたのである。その訳を聞かれた権助は「この節、ひとつ職じゃアいかねえから、足駄の歯入れと里ッ子を一荷にして歩くのさ」と答えた。母親（お俊）に会うと「嬶（かか）アが乳に喰らい付いてね、何か乳がこんなに腫れ上がって（中略）嬶アひとり殺すかと、思えばあんまり外聞のいい話でもござりゃせぬよ」と「そら涙」をこぼして見舞金をせしめるのである。権助が住む長屋は北本所の岩淵にあった。柳橋から帰る途中、隅田川の向川岸、本所割り下水が後半の舞台になった。闇の中に浮かぶのは武家屋敷の白壁。里子の親でもある白藤は恩人の若旦那のために短刀を取り戻しにきた。「男の意地づく、我が子のことにも替えられぬ」と迫られると持ち前の気性から反発した。「嫌でごんす。わしも男だ、その日かせぎの貧乏人、喰うや喰わずの野郎でも、相手が関取こなさん故、死んでもわしが短刀は」と抵抗して殺されるのである。勝俵蔵は台本のト書きに「幸四郎、血だらけになり、正面の白壁に取り付く（中略）白壁へ蘇芳にて手の形、ところどころに付けて」と書いた。この男の生きてきた痕跡は白壁に残された血の手形だけだったのである。

## 四　『絵本合邦衢』と『當穐八幡祭』

五月の節句替りの狂言は敵討ち物の『絵本合邦衢』であった。大名題のカタリに「大名の仇敵その姓名は佐枝の某」とある多賀（加賀前田藩のこと）の分家、佐枝大学之助という大名が敵。後半は押し込めとなった大学之助に代わり、顔が瓜二つの立場太平次という悪者が活躍する。幸四郎は御家と世話、二人の悪党に扮した。大学之助は妾二人を連れた忍びの遊興で、妾の見ている前で乳母を殺し、死骸は忍び駕籠に乗せて屋敷へ。そこは治外法権であった。悪事を腹心の家臣に押しつけて首を斬る。「御手討ち」も大名の特権であった。「身が領分に足を踏み込んだ女」を見初めると無理やり屋敷に引き込もうとした。それを止めて諫言した多賀の代官を騙し討ちにすると、その罪を忠義な若侍がかぶって腹を切った。それを見て「ハテ、うい奴な」と「にったり」とほくそ笑む。勝俵蔵が描こうとしたのは、このような大名の乱行の数々であった。二役の立場太平次は江戸大坂間を行き来する三度飛脚であった。大学之助に頼まれて返り討ちにする。まず、京の今出川の道具屋で後家を毒殺。妙覚寺の卵塔場（らんとうば）で「くたばるとき血を吐いた、薄汚い」と汚れた手を洗う。釣瓶（つるべ）井戸で水を汲むのは相ずりの、うんざりお松であった。釣瓶の縄が首筋に絡むのを見て、その縄で絞め殺した。用済みの女は必要なかったのである。大平次の本拠地は奈良と大坂の間、くらがり峠であった。くらがり峠に戻った太平次は、峠のひとつ家に女を監禁。亭主を騙して殺そうとした、そのときに誤って女にも疵を付けてしまった。「これじゃア、こいつも引け物（疵物）だ」と諦めるとともに、女に着せていた自分の「どんざ布子（ぬのこ）（古い綿入れ）」を見て「どんざ布子も血だらけにした」という。人の生き死により、わずかな代物を惜しむ、この男の本性であった。「死出の山のだらだら下り、待ってけつかれ」と夫婦一緒に芋刺しにして殺す。そのとき鶏鳴、夜が明けて日が昇る。「アア、東が白んだ。夏の夜は」と言いかけたとき、太腿を蚊が刺した。その蚊をぴたりと打ち殺し、「もう明けるそうだ」。残虐でも愛敬があって憎めない。幸四郎の持ち味であった。

### うんざりお松

「うんざりお松」に扮したのは二代目松助（のちの三代目菊五郎）である。お松は、親松緑の演じた「音羽婆ア」の系統の「悪婆（あくば）」であった。十四のときに村の番太と駆け落ち、二十五になるまでに「亭主も十六人、持ったね。着きにけりが蒲鉾へ、落ちたね」と語る、蛇使いの大姉御である。十四年後、文政七年（一八二四）五月中村座で再演されたときには「声色遣い」の「お松のせりふは、おいらが米櫃だ」（『役者花見幕』）という評判も出たほど、他に真似てのない、せりふ廻しであった。再演のときは隣町の葺屋町でも競演。菊五郎を欠く市村座では「うんざりお松」を削除した。決断をした立作者は鶴屋南北であった。

### 風鈴蕎麦屋の娘殺し

秋狂言『當穐八幡祭』は通称「風鈴蕎麦屋の娘殺し」。「風鈴蕎麦」は屋台の風鈴を鳴らして売り歩いた、江戸の夜鷹蕎麦のこと。その男が娘を殺して金を奪った事件に取材した、際物であった。幸四郎の役は駕籠舁き甚兵衛であった。親切ごかしに娘を騙し、風鈴蕎麦の屋台に隠して駕籠屋に連れ込む。二階で殺すと血汐が下に流れ落ち、壁が真っ赤になる仕掛け。凄惨な場面とともに、幸四郎の甚兵衛が娘を入れた屋台をひとりで担いで入る、滑稽な姿も見せた。

### 獄門首を盗む女

甚兵衛の妹、お早に扮したのは立女形の半四郎であった。千住の小塚ッ原の刑場にさらされた獄門首。大胆にもその首を盗みに来る。旅の夜船で契りを交わした男の首だったからである。お早には奥女中の関屋という、もうひとつの名があった。代参の帰りに吉原の大音寺前の鷺料理屋、駐春亭で歌舞伎役者の三朝こと二代目松助と出会い「濡れ事」の稽古にかこつけた「濡れ場」になった。春狂言の「お祭り佐七」の当て込みで

「あのおり田之助と御寝るときの文句は何とやら」というと「聖天の煮こごり」。それを聞いて「田之助になりたいわいなア」と抱きついた。御殿女中と歌舞伎役者の密会を再現する、きわどい場面であった。色事が露見して屋敷を追放されるのだが、それもほんとうの不義ではなく、行き方知れずになった男の跡を尋ねるために企てられた策略であった、というのである。獄門首はその男の身替りとなった弟。獄門首を盗むのを手伝った男がほんとうの男であった。三津五郎の扮するその男が風鈴蕎麦売りに身をやつして、娘殺しに絡んできた。複雑な関係の筋立てを、分かりやすくさらりと解きほぐしてみせる、勝俵蔵の力量がよくわかる作品であった。

## 五　「狂言仕組」に関する「申し渡し」

狂言仕組の禁令

市村座五年目、隣町の中村座では歌右衛門が座頭に出世する。その勢いに押されて、翌年、文化八年の初春狂言以来、市村座は不入りが続いた。中村座の五月狂言『花菖蒲佐野八橋』も好評で大入り。しかし、「狂言に憚ること」があって興行は「差し止め」になった。具体的には「三浦荒次郎、佐野源左衛門系図、取り戻しの儀」で、鎌倉時代の三浦荒次郎に仮託されたのは田沼事件の田沼意知。源左衛門は意知を惨殺した佐野善左衛門のことであった。三十年前、天明四年に江戸城で起こった刃傷事件の顚末を脚色したことが抵触したのである。さらに頼朝年回の法要で将軍に代わって焼香する「代香」の作法を本式にしたことも問題になった。取り締まりが厳しくなって、七月には「狂言仕組ならびに衣裳道具」に関する「申し渡し」が出された。「狂言仕組」に関して問題とされたのは、「世上の雑説事」と「近来の儀」の二点であった。中村座が抵触したのは後者、三十年たっても「近来の儀」であった（『東都劇場沿革誌料』）。

### 大島団七の女房殺し

市村座の七月狂言『謎帯一寸徳兵衛』で勝俵蔵が仕組んだのは「世上の雑説事」であった。渥美清太郎の指摘によると、それは「当時、牛込辺にあった蚊帳の事件」と「入谷辺にあった女殺し」の二つである（『歌舞伎脚本傑作集』第一巻の解説）。幸四郎の役は大島団七という浪人であった。昼間は幼い娘の手を引いて歩く、やさしい父親。夜になると、その男が殺人鬼になった。射術の師匠を騙し討ちに殺し、その敵を討ってやると騙して師匠の娘を女房にする。その女房に、間違って疵を付けてしまうと見限って「亭主が女房を思わずも、返り討ちとは珍しい、敵同士でも夫婦は二世、先へ殺してやるほどに、未来はひとつ蓮の楽しみ、半座を分けて待ってけつかれ」と因果を含めて止めを刺すのであった。入谷田圃の雨の降る夜のことであった。「なんぼ敵の娘でも、いったん抱き寝をした女房、三百落とした心持ちだ」という捨てぜりふ。わずか「三百文」の末練であった。

「蚊帳の事件」は脚色されて因果譚になった。蚊帳を質屋に渡そうとすると、しがみ付いたのは女房。無理やりにひったくると、爪が剝がれて生血がしたたり落ちた。女房には、幼いときに拐かされた妹がいる。亭主持ちのその女にも惚れている大島団七は、雷を怖がって一緒に蚊帳に入ったのを幸い、亭主の前で「さっぱりと、おれにくりゃれ」と居直った。そのとき幼い娘に女房の亡魂が取り付いて「ととさん、お前がかかさんを殺したのは、こんな晩でござんしたなア」と語る、「怪談」になった。

『謎帯一寸徳兵衛』も中村座に押されて不入り。お蔵入りになっていた台本を発掘、大正十年刊『歌舞伎脚本傑作集』に翻刻紹介したのは渥美清太郎であった。それに触発された二代目市川左団次が復活上演、それが「南北ブーム」の幕開けになった。

顔見世の前、十月の七日から十日間、市村座の幸四郎、半四郎が森田座に出勤した。甲子屋藤七という帳元が小田原の芝居と偽って連れ出したものであった。「給金帳」によると幸四郎は四十両、半四郎は四十五両、勝俵蔵はわずか二両（関根只誠『戯場年表』）。森田座の狂言方、増山忠次ですら「一両二朱」をもらっていた。夏芝居のことだが「立作者はほんの鼻紙代で勤める」というのが勝俵蔵（鶴屋南北）の方針だったのである（三升屋二三治『作者年中行事』）。

# 第八　鶴屋南北を襲名

## 一　襲名とその背景

鶴屋南北の復興

市村座六年目、文化八年（一八一一）十一月の顔見世で勝俵蔵は舅の名鶴屋南北を襲名、南北家の「丸大」の紋を復活した。勝俵蔵は狂言作者としては珍しく、倅を子役にした。倅、孫も子役に出して「鶴屋」の姓と「丸大」の紋を継がせたものの、三年前に廃業。倅、坂東鶴十郎にも「鶴」の字と舅の俳名「魯風」を名乗らせたが、その芸風は道外形ではなかった。鶴屋南北の名跡を復興するには、自分が名乗るほかない、と思ったのであろう。翌春には五十八歳になる作者の決断であった。

立作者の改名

狂言作者が立作者に出世する際に名を改めることは、それまでにもあった。古くは金井三平が門田候兵衛と改名、近くは河竹文次が二代目瀬川如皐を襲名した。しかし、立作者として実績を積んだあとになると、晩年、津打治兵衛が津打英子、同じく壕越二三治が壕越菜陽、と俳名を名乗ることはあったが、それを除くと、わずかに二例しかなかった。木村園次が木村紅粉助(べにすけ)になったのは寛政十年(一七九八)十一月森田座、還暦の「赤」に因む改名であった。同じ年に市村座で松井由輔が金井由輔になった。前々年に亡くなった父、金井三笑の姓を受け継ぐものであった。勝俵蔵は後者の前例に倣ったのであろう。

隠居勤め

金井三笑が雌伏十年を経て中村座に復帰したのは五十六歳のときであった。狂言作者連名の筆頭は後輩の中村重助に譲り、自分は太字で筆留めに廻った。五年後、還暦を機に引退。前の年には急遽、初春狂言にのみ加入、庵看板に「金井三笑、愚作の加案」と謳って「比丘尼(びくに)の狂言」を書き下ろした。翌年の顔見世でも團十郎の鰕蔵(えびぞう)襲名を祝して「暫のつらね」を書く、気ままな隠居勤めになった。もうひとりの師匠、桜田治助も還暦を過ぎると、立作者を門弟に譲り、作者連名の筆留めに廻るようになった。顔見世では一番目の狂言場を門弟の立作者が担当、桜田自身は得意の豊後節の浄るり所作事と二番目の世話物だけを書くようになる。これも晩年の気ままな隠居勤めであった。ここでも勝俵蔵は二人の師匠の前例に倣おうとしたのであろう。

彦三郎と善次の引退

かつて、付き作者を勤めた三代目彦三郎が一世一代の舞台を舞い収めたのは九月。それに続いて、九月狂言を限りに坂東彦左衛門こと初代善次も引退した。舞台の上で裃を着し、扇を持って平伏、「このたび私師匠坂東彦三郎一世一代相勤、その尾に取り付き拙者も古郷築地へ引きこもります」という口上を述べた（『役者出世咄』）。彦三郎は表向き五十八歳、実年齢は五十六歳。彦左衛門は年齢が不詳だが勝俵蔵より十歳ほど年長。二人の引退も勝俵蔵にとっては、ひとつの節目になったのであろう。

襲名の狂言

鶴屋南北襲名の顔見世狂言は『厳島雪官幣（ゆきのみてぐら）』であった。二番目の世話物は三津五郎付きの福森久助の担当で、襲名した南北の分担は一番目の「三建目（みたてめ）」から「五建目（いつたてめ）」まで三幕と推定される。その根拠は富本浄るり、長唄の正本の作者署名等である（『正本による近世邦楽年表（稿）』国立音楽大学音楽研究所・年報第11集別冊）。三幕のうち「四建目（よたてめ）」は野間の内海の風呂場で殺された義朝の最期を再現する、時代物。殺された義朝には沢村源之助改め宗十郎が扮した。殺した長田太郎の幸四郎が返し幕で宗十郎襲名の引き合わせをすると、そこからは世話物になる。宗十郎とともに中村座から移ってきた瀬川路考の二人を「引っ越しの夫婦」に見立てるものであった。

## 二　『色一座梅椿』と「察斗」

小松菜売り曲がり金の仁太

翌年、文化九年正月の『初菘（はつわかな）鶯（はるつげ）曽我』では、一番目の「曽我」の担当は福森久助で、鶴屋南北は二番目の世話狂言『色一座（いろいちざ）梅椿（うめとしらたま）』を書き下ろした。幸四郎の「小松菜売り、曲がり金の仁太」は四年前の「引窓与兵衛」の兄という設定であった。弟は盗人だが仲間の信義を守る男であった。その兄は葛西の曲がり金の百姓だが金が絡むとひょう変する、悪党であった。捕縛されても口を割らなかった引窓は、獄門に架けられた。盗んだ金を預けたのは神田の男伊達、葛飾十右衛門であった。それを嗅ぎつけた曲がり金の仁太は、「盗人の同類になりたいか」と脅し、言いたい放題の我が儘を尽くした。酒は盃より茶碗酒、肴は高価な鯛やほうぼうではなく、ぶっかけ豆腐や秋刀魚の塩焼き。酒を呑んだら飯を喰う、格好を付けずに本音で迫る、憎らしさの中に愛嬌のある男。鶴屋南北は幸四郎の仁太をこのような悪党に描いた。

### しみったれの狂言

　菜売りの仁太は葛飾から隅田川を渡って、千住まできた。遠くまで売りに来た訳を「このごろ相場が良いから」という、抜け目のない男でもあった。菜を売った空き笊には千住で仕入れてきたのであろう「百茶一斤、干物二十枚、線香三把」。「焼き鮒」や「もろこし餅」を売り切った重箱には「うつり（心付け）」に貰った「付け木」が入っていた。暗闇の中で「付け木」を探しながら、安い茶や干物の数、焼き鮒に餅など、ちまちました細かなことを数え上げる、「しみったれの狂言」でもあった。葛飾十右衛門に扮したのは三津五郎であった。ところは小塚ッ原の縄手。「引窓与兵衛」で三津五郎の新藤徳次郎が幸四郎の引窓を騙し討ちに殺したところであった。同じように提灯の火が消え、草履の鼻緒が切れる、サスペンス仕立てでもあった。

狂言の評判は良かったものの、差し障りがあって二幕が抜かれた。理由は関根只誠のいう「察斗（さつと）」、すなわち奉行所のお咎めであった。「察斗」の原因は二つ、どちらも「世上の雑説事」であった。ひとつは撲殺事件。殺したのは瓦職人、殺されたのは旗本の養子（『戯場年表』）とも、旗本が職人を殺した（『東都劇場沿革誌料』）とも。どちらにしても、そのことが抵触して「ご察斗」になった。南北の脚色では曲がり金の仁太が殿様を撲殺。いや、正しくは撲殺未遂であった。奪った百両が香箱だと分かると仁太は、ぽいと捨ててしまった。悪党でも、あっけらかんとして、こだわりのないところも、幸四郎の生世話の特色であった。

旗本の撲殺事件

「察斗」のもうひとつの原因は「彫り物（入れぼくろ）」、俗にいう「刺青」であった。「彫り物」の禁令は前年、文化八年八月に出たばかりであった（『江戸町触集成』）。彫り物を入れて粋がったのは「軽き者ども」、具体的には「鳶人足、駕籠舁き渡世」などであった。この狂言では「市川團十郎、木場の文蔵といえる役にて惣身、入ぼくろして、はだか体になりしこと」（『東都劇場沿革誌料』）とある。「軽き者ども」ではなく、深川の材木商の若旦那であった。四年前、文化五年八月には両国の柏屋楼に侠客が集まり「彫り物見くらべ会」が催された。集まった七十七、八人のうち「惣身一体に隙間なく彫りたる

彫り物の流行

者、三十六人」、「十三歳より十五、六歳の若衆」が四人。発起人は鳶人足、ろ組の亀五郎。皆、湯文字（帷子）だけの裸になって、酒宴になった。男だけではなく、女もひとり来たものの、仲間には入れてもらえなかった（『文化奇事談』）。團十郎の文蔵はもとより、幸四郎の養父、木場の徳兵衛も「深川の江戸っ子」を名乗る侠客でもあった。

半ぎらお鶴

　引窓与兵衛の女房、半ぎらお鶴に扮したのは立女形の四代目瀬川路考（菊之丞）である。渾名の「ぎら」は盗人仲間の符丁で「眼」のこと。その眼で男を誑す、美人局であった。誑された振りをして乗り込んだ木場の文蔵の目当ては女の財布の金であった。貸してくれ、と言われて呆れる半ぎらお銀は、「生まれもつかぬ彫り物は、悪婆の見習い（中略）首の細った年増だよ」とうそぶく、大姉御であった。

## 三　岩井半四郎の「お染の七役」

眼千両の半四郎

　文化九年十一月、鶴屋南北は幸四郎とともに、六年間居続けた市村座から森田座に移った。相手役の三津五郎は中村座に、代わりに立女形の半四郎が戻ってきた。南北は半四郎とともに森田座、市村座、河原崎座と移り、『お染久松色読販』『隅田川花御所染』『杜若艶色紫』『桜姫東文章』と半四郎の代表作を書き下ろす。半四郎の相手を勤めたのは幸四郎と團十郎、新旧二人の座頭であった。

筋書きの名人

中村座からもうひとり戻ってきたのは倅、坂東鶴十郎であった。役者を廃業するまでの三年間、親南北に随行した。友人でもあった三升屋二三治はのちに「親の片腕に役者のうちより、さまざまの狂言工夫（中略）筋書きの名人、これにて役者を騙して納める」と回顧した（随筆『作者店おろし』）。その手柄はじめとなったのは、翌年、文化十年三月森田座の『お染久松色読販』、半四郎の「お染の七役」であった。評判記には「およそ幕数三幕のうちに早替り三十余度（中略）見物、肝心いたしました」（『役者繁栄話』）とある。早替りは序幕に三ヵ所、中幕に二ヵ所、大切を含め六ヵ所、都合「三十余度」であった。半四郎七役の早替りは、タテの名手で殺陣師でもある、鶴十郎の工夫だったのであろう。六ヵ所それぞれに新しい仕掛けが工夫された。

お百度詣りの早替り

序幕の幕が開くと、そこは柳島の妙見堂である。大勢の参詣に交じって、半四郎はお染、久松、奥女中の竹川と「お百度詣り」の三役を早替りで勤めた。「半四郎、お染の拵え」で花道から出て、舞台の奥に入る。入れ違いに「二役半四郎、御殿女中」が舞台の奥から出て、花道に入った。これも入れ違いで「三役久松の半四郎」が花道から出て、舞台の奥へ入る。舞台の奥からお染、花道に入ると御殿女中、御殿女中が舞台の奥に入り、そこから半四郎が出るだろうと待っていると、半四郎のお染が花道から出て、驚かせる。台本のト書きには「半四郎、西（の桟敷）のうしろを通ること」とある。すなわち、桟敷席の裏側を走り抜けて花道に廻ったのである。さらに驚かされるのは「吹き替えの久松」と「半四郎のお染」と二人を同時に見せたことであった。最後に御殿女中の半四郎が出て、はじめて「せりふ」をいう。それまでは「捨てぜりふ」だけ。半四郎の動きに見物の目を集中させる、巧みな演出であった。殺陣師でもある倖鶴十郎が動きを考え、それを親南北が台本に仕立てたのである。

鬘師の友九郎

のちに大坂で出版された絵入り（えい）根本（ねほん）の『於染久松色読販』の口絵「岩井半四郎七役早替り、工夫発端」に描かれたのは半四郎の楽屋であった。そこには「この狂言作者鶴屋南北の像」とともに「かづら師友九郎の像」と在りし日の二人の姿もあった。鬘師の友九郎は眼鏡を掛けている、細かい工夫が必要だったのであろう。久松の若衆の鬘の上からお染のお嬢様の鬘を被せようとしている。鬘に鬘を重ねる特殊な工夫は友九郎の考案なのであろう。現在では、その伝承は途絶えてしまった。

絵入り根本『於染久松色読販』には、大切の浄るり所作事を舞台の後ろから見た図が載せられた。蛇の目の傘のうしろには久松の吹き替え、稲村の陰にはお染の吹き替えがいる。二人の吹き替えを使った早替りのからくりを見せる趣向であった。根本の口絵に描かれた楽屋姿の半四郎が手に持っているのは蛇の目の傘。傘のうしろで入れ違う、工夫が呼び物だったのである。この工夫も倅鶴十郎の手柄であった。

### 付け声の工夫

中幕の油屋の奥座敷では、お染、久松とお染の母の三役早替り。三人のせりふは半四郎がひとりでいう、「付け声」という演出であった。たとえば姿を見せているのは半四郎の久松、うしろを向いてお染のせりふも半四郎がいう。このせりふは、どの役のせりふなのか、普通は「半四郎」を略して「半」だが、それだと紛らわしいので「染半」「久半」「母半」と書き分けた。この工夫も新しいものであった。

### 土手のお六

序幕の三つ目の早替りでは、奥女中の竹川から土手のお六になる。廻り舞台で、亀戸の料理茶屋から小梅のたばこ店に替わる、その間の早替りであった。初演の台本では「道具を豊かに廻す」。別本では「道具を鷹揚に廻す」。大道具をゆっくり廻す、その時間を使った早替りであった。たばこ店になると、しばらく「せりふ」はない。半四郎のお六は、たばこの葉をそろえる「葉取り」をしているうちに、見物が半四郎だと分かって騒ぎはじめる。これも巧みな演出であった。

### 強請り騙り

土手のお六は古主のため、幸四郎の扮する亭主の鬼門の喜兵衛は遊びの借金、そのために金が必要であった。お六は喧嘩で疵付けられた男の姉と騙り油屋（質屋）に乗り込み、喜兵衛は行き倒れの死体を担ぎ込んで強請る。死体に灸を据えると息を吹き返し、死んだはずの弟も姿を現した。騙りがばれた二人が空き駕籠を担いで帰る滑稽な姿も人気役者の愛嬌になった。行き倒れの死体は駕籠で運ぶのがご定法、南北はそれを劇中に取り込んだのである。土手のお六の「亭主は江戸へ賃粉切り(ちんこき)、女房は内で洗濯や、嬶アたばこと評判の」という悪態のせりふとともに、半四郎はこの役で「悪婆(あくば)」を確立した。女ながらも強請り騙りを行うのは松助の「あくてん女」の系譜になるものだが、自分のためではなく古主のために行う義侠の女は父四代目半四郎の「三日月おせん」の流れを汲むものであった。

## 四　團十郎の「かまわぬ」と初座頭

團十郎の家の模様になった「かまわぬ」のはじめは、文化十年（一八一三）八月、森田座の夏芝居『尾上松緑洗濯話』が市村座に引っ越し、二番目に『累渕扨其後(かさねがふちさてもそののち)』が増補されたときのことであった、松緑の累を殺す團十郎の与右衛門の浴衣の模様に使われた。考案したのは南北の倅鶴十郎であった（三升屋二三治『紙屑籠』）。もとは菱川師宣など古い絵本に見られたもので、忘れられていたこの模様を発掘、文化元年刊行の『近世奇跡考』で紹介したのは山東京伝で、本居宣長の「古学(いにしえまなび)」（国学）に倣った考証随筆の成果であった。京伝が掘り起こしたのは、元禄江戸俳壇の雄其角(きかく)の『五元集』に見られる男伊達、野出の喜三郎こと「腕の喜三郎」の逸話であった。喧嘩で片腕を切られ、骨が皮に引っかかるのが煩わしくて、のこぎりで腕を切り取らせた剛の者。のこぎりで切らせるその姿を見つめる奴の背中に描かれた模様が「かまわぬ」であった。「鎌」の絵と「◎」に平仮名の「ぬ」を組み合わせた「謎々絵」は腕を切られても「構わぬ」という男たちの気組みを示すものであった。京伝の影響であろう、文化四年の夏には柳亭種彦が北斎に下絵を誂えた浴衣地が売り出された（種彦読本『浅間嶽面影草紙』の挿絵）。手拭いの模様にもなったのであろう、

### 式亭三馬の「かまわぬ」

山東京伝『近世奇跡考』「腕の喜三郎」
（『日本随筆大成』より）

式亭三馬の滑稽本『狂言田舎操』（文化八年刊）には江戸で買い求めた「かまわぬ」の手拭いを持った田舎の若い者が「爺に知れても鎌輪ぬ（中略）可愛い女と一緒にいれば、たとえ食事に尽きて、命が亡くなるともサ、臨終正念、鎌輪ぬ」

と息巻く姿が描かれた。團十郎も鶴十郎も、このような「構わぬ男」の先頭を駆け抜けていた。

市村座と森田座の兼帯

森田座の金主は越前屋茂兵衛であった。市村座の金主も引き受けて、夏芝居の引っ越し興行が実現した。文化十年十一月、顔見世の入れ替えで幸四郎は市村座に戻り、團十郎に座頭を譲った。團十郎二十三歳、親父分の幸四郎五十歳。森田座の座頭は市川男女蔵(おめぞう)で、両座の作者は鶴屋南北が兼ねた。市村座の顔見世狂言『戻橋背御摂(もどりばしせなにごひいき)』の主人公は團十郎の平将門の遺児、将軍太郎良門(よしかど)。森田座『御贔屓繋馬(ごひいきつなぎうま)』は男女蔵の将門と、親子一対の趣向になった。大一座の市村座は大入り、無人の森田座は不入りのところ、市村座が類焼。そのために團十郎、幸四郎、半四郎が森田座に出勤、両座の狂言を取り合わせた『戻橋閏顔鏡(もどりばしまたのかおみせ)』が上演されることになった。

團十郎の初座頭

市村座の作者連名の筆頭に据えられたのは、松井幸三であった。南北自身は二代目桜田治助とともに別格に直った。松井幸三はもと僧侶で、「戯場を好み、つねに鶴屋南北と交わり、ついに還俗して南北に従い、作者」になった（『狂言作者概略』）。南北は幸三を立作者格で招き、一番目の狂言場を任せ、同じく立作者格の二代目桜田に大切浄るりを託した。南北自身が書き下ろしたのは「大詰」から「二番目」だったのであろう。「大詰」は型どおりの大時代な「見顕(みあらわ)し」で、座頭團十郎の将軍太郎良門が「これより二番目発端、はじまり左様」と「二番目口上」を述べると、大道具が斜め後ろに引き上げられた。「降りかぶせ」られた道具幕には「雪の降りくる景色」。その道具幕を「振り落とす」と隅田川の「竹屋の渡し」の雪景色になった。「時代」から「世話」に替わったのは大道具だけではなかった。冠装束姿だった團十郎は早替りで「生世話」の勇み肌、十二単姿の半四郎も早拵えで粋な年増になる。酉の市の帰りに出会った二人は屋形船で密会、そうとは知らずに近づく幸四郎の亭主。双方見合いの拍子幕になる「だんまり」模様の発端になった。團十郎の役名は海老ざこの十。半四郎の女房お綱のもとの名は三日月おせん。四代目半四郎、畢生の当たり役「三日月おせん」の書き替え狂言であった。幸四郎の亭主は吉原の羅生門河岸の「切り見世」を差配する店頭(たながしら)、鬼の七五郎こと鬼七(きしち)。南北はその店頭の「内証(ないしょう)(居間)」を見せて、その風俗を活写する。内証に乗り込んだ團十郎の海老ざこは鬼の異名を持つ鬼七に「こなさんの抱き寝をする女房のお綱どの、貴様の嬶アを、わしにください」とずばり切り込む。幸四郎の鬼七も「横たっぷりの男気」と感服する、新しい座頭の誕生であった。

### 草摺引の復活

市村座の普請が出来して再開するのは、翌年三月。團十郎、幸四郎、半四郎はそのまま森田座に残った。初春狂言『双蝶仝仮粧曽我(ふたつちょうちょうよそおいそが)』は「引窓与兵衛」の再演であった。初演のときは二番目だけの世話狂言、それを一番目の三建目(序幕)から二番目までの通し狂言に仕立て直す、新趣向であった。一番目の「曽我」は簡略で「長唄の所作事」と「対面」の二場のみ。長唄『正札付根元草摺』の角書きには「本家・出見世」とあった。「本家」は團十郎の曽我五郎。「出見世」は男女蔵の朝比奈。どちらも正真正銘、混じりけのない「正札付」の荒事だ、という主張であった。所作事の切りでもろ肌を脱ぐと、首の周りには「首抜き」の模様。團十郎は「構わぬ」。男女蔵は「構います」の新しい意匠であった。「鎌」の絵に漢字の「井」それに「三升の紋」で「構います」。長唄の歌詞にも「肩に手拭い、染めも構わぬ、江戸自慢、構います、妙でんす」。團十郎の「構わぬ」の流行に拍車を掛けることになった。この所作事で團十郎がもくろんだのは元祖團十郎の『兵根元曽我』の「草摺引」の復活であった。「正札付」の成功に気をよくしたのであろう、「元禄暫」「馬引き」など元祖團十郎の復活に挑戦。ついには「歌舞伎十八番」の制定に至る。團十郎の「古学」のはじまりであった。

團十郎作の合巻

「市川團十郎作」の合巻がはじめて売り出されたのもこの年、文化十一年（一八一四）の春であった。書名の『封じ文不解庚申』の「封じ文」は絵文字。八百屋お七の紋に使う「丸に封じ文」の模様であった。『古今集』の仮名序を模した「自序」の「花に啼く鶯、水に住む蛙」の「花」は鼻高幸四郎の「鼻」の絵、「水」は三升の紋。ここにも絵文字が使われていた。役者の名前で出版される合巻は三年前、文化八年正月の「紀の十子」

こと宗十郎が最初であった。続いてこの年、團十郎と松助（のちの菊五郎）が出版。これが流行になって春ごとに新版が出されるようになった。役者名前の合巻には「代作者」がいた。このときの團十郎の代作者は鶴十郎であった。宗十郎の代作者は戯作者で筆耕の岡山鳥、松助は狂言方の音羽助を代作者にした。

## 五　半四郎の「女清玄」

隅田川花御所染

復興した市村座の弥生狂言は『隅田川花御所染』、半四郎の代表作のひとつ「女清玄」である。「清玄」は桜姫を見初め破戒堕落する高僧、その女性版であった。役名は入間の息女花子の前、剃髪して清玄尼となる。春爛漫の新清水の舞台で見初めた若殿と夢で契りを交わす物語であった。夢の中の清玄尼は丸坊主ではなく「下げ毛のそぎ尼」（有髪）。着ている衣裳は同じでも「墨絵」のように色彩が薄くなった。季節は秋、ときは夜。ところは野路の玉川、萩の名所であった。花道から舞台前にかけて一面の白い萩の花、月光と蛍、銀の団扇、これが清玄尼の見る夢の世界であった。見初めた若殿は妹桜姫の許嫁、常陸之助。夢の中では花子の前の許嫁、松若と名乗るのであった。絵姿の松若にそっくりな若殿、妹の婿だと知りながらも、「（絵姿の）お顔もやっぱり生き写し」

と迷い、思わず手を握る清玄尼。許嫁の印しに取り交わした「富田切(とんだぎ)れ」を示されて、覚悟したのであろう。固めの酒をひと口飲んで渡し、「盃事(さかずきごと)」が済むとすぐに「濡れ場」になった。解かれた帯で引き寄せられると抱きつくのは、姫。「口を吸う」のも清玄尼であった。別本の演出では、盃を交わしたあと、手酌で酒をぐっと飲み、男の手を取り自分の懐に入れ「だんだん、うっとりとなる」。この演出も濃厚。名古屋での再演の際には見物が「松若との濡れの間も、気の悪くなる（興奮して上気する）ほどでござりました」（文政四年『役者甚考記』）。大坂でも「枕草紙（春画）みるような、せりふ遣う人じゃ」（文政五年『役者早料理』）と評された。

### 夢の場の清玄尼

　夢から覚めた清玄尼は身を恥じて、清水の舞台から飛び下りたものの死にきれず、気絶。口移しの水で介抱したのは常陸之助、妹の婿であった。夢の中で見た「富田切れ」を証拠に松若様であろうと言おうとしても、大勢の人の前なので言えない。焦れた清玄尼は「なぜ、春の夜の月は、朧であろぞいのう」と盃を投げつけるのであった。鴛鴦(おしどり)の血の入った酒を呑んで破戒堕落、常陸之助に迫ったものの人違いだと振り捨てられ、音羽の滝壺に突き落とされた。ずぶ濡れになった清玄尼を救い上げたのは中間の猿島惣太であった。雷が鳴り雨が降るなか、松若の跡を追おうとする清玄尼。惣太はそれを後ろから広げた傘で止めた。そのとき雷が落ち、傘の柄が抜けて尻餅を突く惣太。思わず清

### 隅田川の白魚船

国貞「清玄尼　岩井半四郎」（早稲田大学演劇博物館蔵）

玄尼が傘を破り、そこから顔を出すと「花の帽子（頭巾）」が取れて「青坊主（丸坊主）」になる。「女の青坊主」と「破れ傘」は「清玄物」の「破れ衣に破れ傘」に見立てた「女清玄」の新しい姿であった。

　惣太に扮したのは幸四郎であった。一年後には隅田川の渡し守になっていた。恋ゆえに「ぶらぶら病」になった清玄尼は、その渡し船に乗り合わせる。謡曲『隅田川』の見立てであった。隅田川の川の中ですれ違う、もう一艘の小舟に乗るのは松若。「さで」という掬い網で白魚を獲る。そのために焚かれた篝火。松若の声を聞いて、思わず清玄尼が立ち上がると船が揺れ、小舟に当たりそうになった。惣太は小舟を竿で突き「当たります」と注意しながら静かに竿を押すのであった。春の朧の月に霞む、隅田川の風物誌、白魚船を描く名場面となった。

### 團十郎の松若

常陸之助は、ほんとうは松若。殺害した常陸之助に成りすまし、謀反を企てていた。松若に扮したのは座頭の團十郎。天狗に攫われた少年の役であった。天狗の魔風に攫われたときは、承久元年（一二一九）。比叡山から富士山、豊前の彦山まで日本国中の魔界を飛行して鎌倉の六本杉に落ちたのは、承久三年。「魔道のひと日は世界の三年」とわずか一日の間に足かけ三年が経過していた。三年たって大人になっていても、着ているものは稚児の振袖のまま、鬘も稚児髷であった。振袖は破れ、髪は乱れた「さら毛」。台本のト書きには「疲れたる体」とある。南北が描こうとしたのは架空の話ではなく、現実であった。

### 天狗に攫われた少年

文化年間、天狗に攫われた三つの話。ひとつは「女清玄」の四年前、文化七年七月二十日の夜、天から裸の男が降ってきた。攫われたのは二日前の朝、京の愛宕山に参詣、暑気に耐えかね裸になって涼んでいたところを攫われた。それ故、江戸の浅草に降ってきたときも裸だった。医者に診せると「ことのほか、疲れも見ゆる」という見立てであった。南北は、随筆『道聴塗説』に見られる、このような巷の噂を再現しようとしたのであろう。松浦静山の『甲子夜話』にある話は文化のはじめころ、攫われたのは三月五日、江戸の両国橋辺。戻ってきたのは十月二十八日、信濃の善光寺門前であった。着ている着物は三月のまま、破れてばらばらになり、髪もおどろに乱れていた。戻った当初は五穀を見ると気分が悪くなり、薩摩芋ばかりを食っていた。脱糞すると木の実のような物が出て、それがなくなると気分も回復した、というのである。

**平田篤胤の『玉だすき』**

三つ目の話は神道家、平田篤胤（あつたね）の講本『玉だすき』にある話である。團十郎の松若の二年後、文化十三年五月十五日の夜のこと、長屋に住む多四郎（十五歳）が厠から叫び声を残し、姿を消した。父は篤胤の門弟、種磨であった。神棚の前にひれ伏し、祝詞（のりと）を上げること三時（みとき）。長屋中ががらがらと震動、空から多四郎が降ってきた。顔に水を掛け、気付け薬を口に含ませると息を吹き返したものの、わなわなと震え「あら怖ろしかりし」と二日二夜、眠り続けた。このあと、多四郎が異界で見聞きした話になるのだが、南北はそのような奇談を再現することはなかった。息を吹き返した團十郎の松若が柄杓の水を飲もうとすると「熱湯になり焼酎火、燃える」。不思議な現象の典拠は巷説ではなく、『太平記』巻二十五「宮方の怨霊、六本杉に会する事」であった。

**團十郎の色悪**

異界から戻った松若は、贋物の許嫁となって桜姫に近づき、関八州の御朱印を騙し取る。ほんとうの許嫁の清玄尼が滝壺に落ちる姿を見て「可哀そうな」といったんは同情するものの、すぐに気持ちを切り替えて「はっつけ坊主」と罵り、見捨てて立ち去る。

女に惚れさせて捨てる、このような役柄は、のちに團十郎の「色悪」と呼ばれるようになった。

## 六　『杜若艶色紫』――お六と願哲――

杜若姉イ土手のお六

翌年、文化十二年（一八一五）五月に河原崎座が復興。市村座から團十郎、幸四郎、半四郎が移った。鶴屋南北も「スケ」として加わり、二番目の新狂言『杜若艶色紫』を書き下ろした。「杜若」は半四郎の俳名。それに因んで役名は「杜若姉イ、土手のお六」。「土手のお六」といっても二年前の「お染の七役」とはまったくの別人であった。「土手のお六」は「杜若姉イ（半四郎）」の悪婆の代名詞になった。

「お染の七役」のお六は昔の主人のために強請り、「杜若姉イ」のお六は亭主のために騙った。亭主の名はお守り伝兵衛。間抜けなお人好しで人に馬鹿にされる「結構人」である。意気地なしの兄に代わって弟の世話をする、いちど頼まれたら引かない、女の江戸っ子、「杜若姉イ」のお六は浅草の山の内で見世物師を束ねる大姉御になった。

蛇娘の見世物

序幕は「向こう両国」の見世物小屋。うしろ姿の「蛇娘」が表を向くと、半四郎のお六であった。打掛の片袖を脱ぎ、手には蛇を持っている。「ドン」「カチリ」という「楊

「弓」の静かな音とともに、そろそろと出てきて、蛇を突き付けると驚く男、その手を取って締め上げると見世物小屋で客を追い出す「カンカラ太鼓」の甲高い音が鳴り響く。その音に合わせて巧みに蛇を遣って見せた。「蛇娘」はもと道外形の大谷徳次のために書き下ろした役であった。「天竺徳兵衛」では敵役の男が蛇娘になって「腕渡り」「相生蛇」「くりから竜」など蛇の芸を見せた。そのような道外形や敵役の芸を立女形の半四郎に当て嵌めて成功したのである。

玉本小三の綱渡り

　お六は「蛇娘」だけではなく「綱渡り」の見世物にも出たことがあるのであろう、女軽業師の玉本小三に稽古を付けた。見世物の「口上」が「弘法大師の大の字」というと綱の上の娘が股を開く。恥ずかしがる小三に「もっと踏ん張りねえ（中略）恥ずかしくねえよ」と指示をする、見世物の裏側も見せた。「蛇娘」では「蛇」のことを「太夫」という。蛇を遣う蛇娘も「太夫」であった。「たゆう」を逆さまにして「ゆうた」というのが見世物仲間の隠語であった。このような見世物に関する風俗描写も南北の得意とするところであった。

土手のお六の騙り

　お六が頼まれた騙りは、吉原の遊女の万寿屋（まんじゅや）八ッ橋と佐野次郎左衛門を別れさせることであった。お六が化けたのは奥女中。幼いときに別れた八ッ橋の姉と偽り、『万葉集』の古歌「鶯の卵（かいご）の内の時鳥」を引用。八ッ橋を時鳥に見立て、卵のうち鶯の巣で育てられた、それゆえ鶯の父母（育ての親）には似ず、時鳥（実の父）にそっくりだと語る。実の父が切腹した、その原因が佐野、「手こそ下ろさね敵は佐野（中略）今からふっつり縁切って」と迫った。騙りの相ずりは幸四郎の乞食坊主の願哲であった。船橋次郎左衛門と名乗り、同じ次郎左衛門の名で八ッ橋を身請けする、「二人次郎左衛門」の趣向も南北が考案した新趣向であった。「臍の緒書き」から八ッ橋は実の妹、拐かしたのは願哲、それを知ったお六は雷が鳴り、雨が降るなかで願哲を殺した。駕籠を使った「タテ」は鶴十郎の工夫だったのであろう。のちに半四郎の長男粂三郎の名で合巻『杜若紫再咲』が刊行されたのは、文政十一年（一八二八）であった。版元の紅英堂が述べる発兌の理由は、鶴屋南北の仕組んだ趣向が絵双紙や稗史にも利用されている、というものであった。

# 第九　亀戸に転宅

## 一　直江重兵衛と門弟たち

南北直江の工房

南北の倅鶴十郎は文化十二年（一八一五）九月に役者を廃業する。最後の役は『忠臣蔵』の石堂であった。関根只誠の『戯場年表』に写された「文化十二年亥年役者給金付」には幸四郎ら千両役者に対して鶴十郎は三百五十両であった。役どころも給金も立派だが、それでも廃業して、深川の直江屋という子供屋（遊女屋）の亭主となり直江重兵衛を名乗った。その傍ら狂言作者としても父南北を助け、その片腕となった。南北門下の槌井兵七（ひょうしち）（のちの二代目増山金八）、二代目松井幸三、勝井源八を束ね、南北直江の工房が成立する。直江重兵衛の同僚で友人でもあった三升屋二三治（みますやにそうじ）は二代目幸三のことを「南北直江屋に従う」、源八は「重兵衛南北の片腕」と位置付けた（『作者店おろし』）。やがては南北直江の門弟が立作者（たてさくしゃ）に出世して、文政期の作者部屋を支えることになるのである。

亀戸への転居

鶴屋南北が長年住み慣れた日本橋の芝居町を離れ、隅田川の向川岸、本所亀戸に転宅するのは、鶴十郎の廃業の翌年、文化十三年の秋のころであった。隅田川を渡ったのは桜田治助に倣ったのであろう。還暦を過ぎて隠居格になった桜田は深川に転宅した。鶴屋南北の転宅も還暦の翌年のことであった。のちに孫弟子の二代目河竹新七も、黙阿弥(もくあみ)と名を改めて本所の割り下水に移り住んだ。黙阿弥だけではなく、桜田も南北も、隠居格になっても引退は許されなかったのである。

桜田治助の逸話

桜田の転居には後日譚がある。吉原が好きで夜ごとに足を踏み入れなければ眠れなかった。深川からは遠すぎる、そこで隅田川を渡り直して、浅草の花川戸に住んだ。吉原に通うのにには便利でも、日本橋の芝居町には遠い。作者仲間の振る舞いなどには門弟、松島半二の家を借りたという。三升屋二三治はそれを「出張(でばり)(出張所)」と呼んでいる(『作者年中行事』)。

亀戸天神の表通り

亀戸の居宅は、転居の翌年に篠田金治が鶴賀新内に宛てた手紙には「本所亀戸天神表門通り、鳥居の前を東へ参りし通りに御座候。百姓地面に候」とある(中山幹雄「逸話に見る南北の人間像」、『演劇界』一九八九・九)。三升屋二三治の『作者店おろし』には、地主は植木屋清五郎、その隣に「借地をして、表に小門を建」、表札に「南北」とのみ誌したので医者と間違われたという逸話も伝えられる。南北の合巻『裾模様(つまもよう)沖津白浪』(文政十一年刊)の口絵に描かれた住まいの表札は「南北」ではなく「南」の一字。医者に間違えられたのに懲りたのであろう。晩年は「南老」と称した。

### 南北工房の遠足

大坂の狂言作者西沢一鳳の随筆「忍ばずにて作者咄初の話」(『伝奇作書』)は鶴屋南北とその門弟に関する逸話である。「咄初」は正しくは「遠足」、顔見世の相談のために遠出をすることであった。三升屋二三治は「今日はどこ、翌は大師河原、堀之内なぞと出歩く」(『作者年中行事』)とした。上野の不忍池弁天堂の境内の料理茶屋に同行した作者は槌井兵七、二代目松井幸三、勝井源八であった。南北が亀戸に転宅した文化十三年十一月河原崎座の顔見世であろう、このとき幸三と源八は名を改めて作者に出世した。因みにこの三月に初出勤をした三升屋二三治も三枚目格として出勤していた。一鳳はのちに二三治からこの話を聞いたのであろう。南北とその弟子たちは「膝突合わせて小声になり(中略)大殿を毒殺して、近習誰それの科にぬり、用金を盗んで女郎買い」とか「嬶をふずくりだして(騙して)二度の勤め」「亭主をばらして(殺して)随徳寺」と物騒な話になった。火付盗賊改方であろう上州路の盗賊を探索中の役人に通報が入り、踏み込まれた。組頭が南北と顔見知りだったので「芝居のお作者鶴屋南北殿なれば芝居の咄か」と笑って酒を酌み交わして事なきを得たという。芝居の咄に夢中になり、我を忘れて話し込む南北とその仲間の姿を髣髴とさせる笑い話でもあった。

### 作者部屋の分担

このときの顔見世狂言は『清盛栄花台』である。南北の他にも二代目瀬川如皐、二代目桜田治助と立作者が二人いた。二人にはそれぞれ二番目の常磐津浄るりを任せ、南北とその門弟は一番目を分担したのであろう。「三建目返し　鳥部野の場」の「だんまり」の前半は「墓所」、後半は「焼き場」。重要な伏線は二つの棺桶と差し担いの唐櫃、小烏丸の名刀と飛龍の印、熊坂長範と順礼の娘の守り袋。似たものが二つ三つ絡み合い、それぞれが「三建目」で仕込まれ「二番目」の世話場まで持ち込まれる。そのために綿密な打ち合わせが必要となった。なお、国立劇場所蔵の写本は四幕。そのうちの二幕は「三建目返し」「六建目返し」と「返し幕」であった。「返し幕」を独立させて分担することも、新しい傾向であった。南北の晩年になると、さらにその分担が細分化して、南北直江の「工房」が確立されることになった。

## 二　『桜姫東文章』

團十郎と半四郎の無人芝居

前の年、文化十二年十一月の顔見世で團十郎と幸四郎は河原崎座を去って、中村座に移った。九年間続いた、幸四郎との提携もひと区切りになった。河原崎座に残ったのは半四郎ひとり、無人芝居である。翌年、文化十三年の春に團十郎と幸四郎の親子が喧嘩して不和になり、團十郎が中村座を出て、河原崎座に戻った。座頭團十郎、立女形半四郎でも他に目立った役者のいない無人芝居であった。鶴屋南北は、市村座の大顔合わせとは違う、二人に焦点を絞った狂言を書き下ろすことになった。

### 顔見世の別世界

顔見世狂言『清盛栄花台』の「世界」は團十郎の清盛の「平家物語」であった。その中の一幕、四建目に「伊豆日記」を仕込んで、團十郎の扮する工藤金石丸が河津三郎を遠矢で射殺すところを再現。この一幕が初春の「曽我」の発端になった。さらに二番目の前に「第一番目大詰、別世界」を置いた。「成田山御利生の場」と名付けられた「別世界」は初春狂言の二番目の予告であった。絵本番付に描かれたのは「鯉の滝登り」の「進上幕」とそれを見上げる土間の見物であった。幕前には團十郎の綱五郎と半四郎のお房、顔見世の狂言とは関係ない場面ゆえに「この狂言、来春の二番目に仕る、その節、相わかり申し候」という断り書きが付けられたのである。鶴屋南北は顔見世から曽我、曽我から二番目の世話狂言と、ひと続きになる興行を目指したのであろう。それは師匠、金井三笑が初出勤のときに試みた構想でもあった。

翌春、文化十四年（一八一七）の初春狂言は『木挽町曽我賜物』であった。大名題のカタリには「前編は清盛栄花台（中略）御意に金石祐経も、今は一﨟別当職」と顔見世の続編であることが語られた。二番目には別名題『妹背縁利生組糸』が立てられたものの、その世話狂言にも「発端」を付けて「曽我の世界」に取り交ぜる、という「口上」も付いた。二番目に狂言名題を立てても、並木五瓶のように切り離すのではなく、結び付けて繋げる試みであった。

### 桜姫東文章

弥生狂言はさら替わりになって『桜姫東文章』になった。「曽我の世界」からは離れたものの、この新狂言にも「発端」が付く。主人公は團十郎の所化、自久。半四郎の次男、松之助の稚児白菊の二人。江の島の稚児ヶ淵に伝わる伝説を脚色したものであった。『鎌倉志』に残るこの伝説に興味を示したのは大田南畝であった。門弟の文宝亭が編纂、文化十四年の初冬に刊行された『南畝莠言』に転写され、収録された。鶴屋南北は勝俵蔵のときから文宝亭と交流があり、資料の提供も受けていた（鶴屋南北随筆『吹よせ艸紙』）。『桜姫東文章』の脚色上演は『南畝莠言』の刊行に先立つ、同じ年の春であった。

### 稚児ヶ淵の因縁物語

稚児白菊を見初めたのは、自久であった。稚児は「白菊と忍の里の人問わば、思い入り江の島と答えよ」という歌を遺し、波の藻屑と消えた。自久も「ともに入り江の島ぞ嬉しき」と歌い、海に沈む。『桜姫東文章』の「発端」は二人が死にに行く「心中」であった。一途な白菊は、〽女子ばかりが世の中の、妹背とやらじゃ、ありゃしょまい」と歌う唄浄るりとともに断崖から飛び下りた。死に損ねて生き残った自久は「不心中」になった。「どうぞ女子に生まれきて、女夫になりとう思いまする」と願った稚児は桜姫に転生して、清玄阿闍梨と呼ばれる高僧になった自久の前に現われるのであった。その間、十七年。「自久坊白菊丸の因縁物語」に取り結んだ新しい「清玄桜姫」の誕生であった。

桜姫に扮したのは半四郎であった。生まれつき左の手が開かない。それゆえ清玄を頼って出家を願った。清玄が念仏を十遍唱える「十念」を授けると、桜姫の身体が揺れ出し、掌が開いた。手の中から落ちたのは香箱の蓋。白菊と取り交わした誓いの印であった。清玄は思わず「薤上の朝露、何晞き易し」と中国の挽歌「薤露の歌」を呟いた。韮の葉の上に下りた露は消えるが、また朝になると下りる。そのように白菊も生まれかわったのであろうか。一方、出家を願う桜姫のほんとうの理由は別にあった。「忘れもしない去年の春」館に入った盗人に犯され嬰児を産み落とした。そのとき目に入ったのは相手の腕の「入れ黒子（刺青）」。再会したときの証拠にと「鐘に桜」のその模様を我と我が手に彫っていたのである。それを証拠に再会した男の名は釣鐘権助こと忍の惣太。團十郎二役の濃厚な濡れ場は三年前の「女清玄」の変奏になった。清玄は素早く逃げた男の身替りになり、女犯の罪で追放になり、桜姫も不義の咎でさらし者になる。隅田川の春の夜、三囲神社の土手。花道からは「破れ衣に破れ笠」姿の清玄、仮花道からは「古簑に破れた大黒傘」を差す桜姫。桜姫が逢いたいのは我が子、その嬰児を抱いてさまよう清玄が再会を願うのは桜姫であった。「（桜姫）逢いたい（清玄）見たい（桜姫）仏神さま（清玄）姫に（桜姫）我が子に（両人）逢わせてくださりませ」、と謳い上げる「両花道」の「割りぜりふ」もこの時代に生まれた新しい演出であった。

亀次坊主の巷説

　桜姫の転生には類話がある。「明和安永の頃、亀次坊主」（随筆『続飛鳥川』）が死んで大名の子に生まれかわった。その証拠は、生まれつき開かなかった手が開くと掌に「亀次」という文字があった、というものであった。三年前に鶴屋南北が書き下ろした、幸四郎の土手の道哲はこの巷説を脚色したものだったのであろう。掌から出てきたのは「山鳥の目貫」であった。それを証拠に謀反人、伊達次郎泰衡の生まれかわりと知る。半四郎の桜姫はその女性版であった。数奇な運命が近代人の心を引き、三島由紀夫や郡司正勝が復活、人気狂言に転生した。

團十郎の落とし噺

　弥生狂言は大入り、四月に三場が増補された。そのうち、清玄の幽霊が風鈴お姫（桜姫）の枕元に出るところは、序幕で忍の惣太が桜姫の前で話した「落とし咄」を再現したもの。これも予告編になっていた。

## 三　菊五郎の初座頭

菊五郎座頭になる

　二年前、文化十二年（一八一五）に市村座が退転して、翌十三年三月、桐座の仮芝居になるが、これも一年で退転。文化十四年十一月に都座に替わった。実質的なオーナーは大久保今助(いますけ)であった。今助は、文化五年に中村座の金主(きんしゅ)となり、大坂から三代目歌右衛門を呼んで成功。歌右衛門が大坂に戻ると、文化九年十一月にライバルの三津五郎を座頭に迎え、文政六年（一八二三）まで十二年間、居成りの座頭として重年させた。堺町の中村座と葺屋町の都座、二丁町の一手金主となった大久保今助が都座の座頭に抜擢したのは三代目尾上菊五郎三十四歳、初座頭であった。菊五郎が親と慕う鶴屋南北とは八年ぶりの出会いになった。

### 菊五郎の奮闘公演

　隣町の中村座には和解した團十郎と幸四郎、三津五郎、立女形は半四郎。大久保今助はさらに三代目歌右衛門を契約不履行で訴え勝訴、江戸に下った歌右衛門も中村芝翫(しかん)の名で加わり、千両役者が四人も五人もいる大一座になった。一方、都座の立女形はベテランだが地味な中村大吉。事実上、菊五郎ひとりの奮闘公演になった。顔見世狂言『恵咲梅判官贔屓(むろのうめほうがんびいき)』で菊五郎に振られた役は、立役の義経と源九郎狐、敵役の長田太郎と宗盛、さらに女形の朝顔に濡れ事の梅基（実は忠信）、以上六役。三建目の義経は長唄、清元になると引き抜いて狐になった。四建目の長田は生酔いの和事、本性を見せると敵役、さらに御家の幽霊になった。大詰では娘形の朝顔を引き抜くと敵役の宗盛になり、二番目の濡れ事の梅基も大切(おおぎり)で忠信の本性を顕した。菊五郎がくるくると替わるだけではなく、宗盛には贋宗盛、朝顔にはほんものの朝顔を配し、筋立てを複雑にした。評判記では菊五郎の「大骨折り」とともに「鶴屋南北丈はじめ作者衆の骨折りで狂言当たり」と讃えられた（『役者当撰鏡』）。

菊五郎の新藤徳次郎

翌年、文化十五年二月都座『曽我梅菊念力弦』でも、菊五郎は「曽我」では五郎十郎の兄弟に加えて団三郎の三役。二番目の新狂言の「盗人新藤徳次郎」と「帯屋長右衛門、後に針の宗庵」は同じ役だが、盗人が帯屋になり、さらに按摩に化けた。盗人の新藤徳次郎は寛政二年（一七九〇）に火付盗賊改の長谷川平蔵に捕縛された、実在の大盗賊であった。南北はそれに「葵小僧」（三田村鳶魚『泥坊の話』）と「延命院日道」（実録『寛延政命談』）の巷説を重ねた。前者は金品だけではなく、女房や娘の操を奪う、盗賊。後者は奥女中らと密会した女犯の僧侶であった。老僧に化けた徳次郎は、長持ちに隠れて盗みに入り、縛り上げた花婿の見る前で花嫁（御殿女中の部屋子）を陵辱。そのとき頬被りが取れて、美しい菊五郎の顔が見えた。それを見た娘は「怖い殿御にどうしたことやら（中略）惚れたは悪縁」と呟く。濡れ場は濃厚で、名古屋でも大坂でも受け入れられなかった。

都座に過ぎたるもの

「曽我」の二番目大切は、菊五郎の「七変化」の所作事『深山桜及兼樹振』。「故人尾上松緑の工夫」を謳う「怪談の七化」であった。その中で清元「小袖物狂」（「保名」）がヒット。四年前に創流した清元の「出世浄るり」になった。巷で「都座に過ぎたるものが二つあり、延寿太夫に鶴屋南北」と噂されたのは、このときのことであった。

## 四　玉川座の仮芝居

玉川座の新櫓

都座の仮芝居も一年で退転、玉川座になった。聞き慣れないこの名前は、もと神田明神の宮地芝居で、この当時は興行をしていない「明き名前」であった。金主の大久保今助と休座中の市村座の市村（福地）茂兵衛が相談をして立ち上げた新しい櫓であった。座元の玉川彦十郎に仕立てたのは日本橋十軒店の薬屋「三臓円」の倅、まだ子供だった。肝心の櫓に掲げる幕がないので、市村座の「鶴の丸」の紋を借り、その腹の中に「三臓円」の「梅鉢」を入れて作った。薬屋だから、腹に呑み込むのが良いだろう、という考えであった。

三年前の仮芝居、桐座も名前だけで、実質的なオーナーは女形の市川団之助であった。大金を出して興行の権利を買い取ったものの、うまくいかず、借金の末に自害して果てた。玉川座では、団之助の忘れ形見の倅を若太夫のひとりにした。もうひとりの若太夫は市村茂兵衛の次男、これも子供だった。子供の名前を使うのは、大坂の興行方法に倣ったものであった。

寄初めの再現

文政元年（一八一八）十一月、玉川座の顔見世には大久保今助の中村座から團十郎、幸四郎、半四郎、五代目瀬川菊之丞、都座の中村大吉も残り、大顔合わせになった。狂言作者は鶴屋南北。顔見世狂言『四天王産湯玉川』の大詰で「これより二番目はじまり」の「二番目口上」が済むと、舞台前に「山幕」を降りかぶせ、桟敷の上の「窓蓋」を閉めて真っ暗。「山幕」を振り落とすと「玉川座の木戸前」になった。桟敷には座元の紋の団子提灯、天井からは役者の紋の付いた「場釣り」の大提灯を釣り下ろした。團十郎は成田屋三升、幸四郎は高麗屋錦升、みな自分の役で立役は麻裃、女形は振袖に色裃、脇差しを差し、自分の紋の付いた大提灯を弟子に持たせて乗り込む。すべて十月十七日の夜に執り行われた「寄初め」の儀式の通り、舞台開きの様子を再現するものであった。

團十郎白猿の祥月命日

二番目の序幕は顔見世の二日前、十月二十九日の夜、成田屋こと團十郎の自宅という設定であった。團十郎の祖父、五代目團十郎白猿の十三回忌の祥月命日なので床の間に遺影を飾り、役者たちが焼香をした。市川門弟が居並んで、團十郎が追善の口上を述べ、法事が済むと直会になった。出入りの刀屋が持ってきた「籠釣瓶」という銘の付いた短刀を抜くと、刀身が錆びていた。それを見た團十郎が「曽我」の「赤木の短刀」と「佐野次郎左衛門」の「籠釣瓶」を結び付けて「春狂言の種」にしてはと思い付く。狂言作者に春の狂言に取り掛からせましょうか、というと幸四郎もそうしなさい、「アノ亀戸の親父は、大のせっかちだ」と応えた。「亀戸の親父」こと鶴屋南北の楽屋落ちになっていた。

## 五　團十郎の神道講釈

團十郎の恵美押勝

翌年、文政二年正月玉川座の初春狂言は『恵方曽我万吉原（よろずよしわら）』。その売り物は「初夢の場」であった。幸四郎の鬼王坊主願山と半四郎の三日月おさよ、湯屋泥坊で捕まった二人が同じ初夢を見た。夢の中の幸四郎は弓削（ゆげ）の道鏡（どうきょう）、半四郎は孝謙天皇、女帝であった。團十郎の風呂屋の三助も、夢の中では恵美押勝（えみのおしかつ）になった。團十郎が夢の中で語る『源氏物語』の講釈は「吉龍（きちりゅう）が神道講釈の真似」（『役者開帳』）とされた。関根只誠の『只誠埃録（しせいあいろく）』によると、当時、神道講釈には藤田吉龍と矢部吉龍と二人の吉龍がいた。南北が選んだのは「俗耳（ぞくじ）に入らず」の矢部ではなく「凡俗（ぼんぞく）尊ぶ」藤田の方であった。もと武州二合半領の天満宮の神主で、三十四年間諸国を経巡り、江戸に戻ったのは文化十一年。南北より九つ下の五十一歳であった。

源氏物語の神道講釈

吉龍の講座姿は冠装束、右手に鈴、左手に笏、机の上には拍子木と巻物、書籍など。

鈴の代わりに團十郎が持った「虫籠」は、その虫の音を聞くときには心が乱れる、という媚薬であった。机の上の巻物は巨勢金岡（こせのかなおか）が描いた枕絵。この二つで女帝の心を惑わし、日頃の思いを遂げる企みであった。團十郎の押勝が語るのは『源氏物語』の「花の宴」。源氏の君が朧月夜の君と忍び逢う、その場面であった。原典の「如月の二十日あまり南殿の桜の宴せさせ給う」と簡潔な文章を講釈では「頃は弥生の二十日余り、やや春深く霞みつつ、大内山は桜の盛り、つらき嵐の吹かぬ間にと、南殿において男、女の打ち交え、花の宴をなし給う」と饒舌になる。「さあ、これからがきょうといじゃ」というのは、砕けた神道講釈の口調。光の君のことを「奴」とか「彼奴（きゃつ）め」とか呼び始めた。原典では「女はまして様々に、思い乱れたる気色なり」とぼかされた逢瀬は具体的、しかも俗語になった。

### 弓削道鏡と孝謙帝の濡れ場

　二人きりになると、受戒を望む孝謙帝に道鏡禅師が戒律を授けた。巻物を開くと枕絵。媚薬の虫の音。心乱れた女帝は「邪淫戒を保つや否や」の問に「イイヤ、保たぬわいのう」と応え、道鏡の手を握り「これ、浮かませて、たもいのう」と迫る。あくまで拒絶する禅師に焦れて「エエ、気の詰まる顔わいのう」と枕絵を差し付けて、しなだれかかると、道鏡の惣身に汗が吹き出した。「女清玄」の「夢の場」の流れを汲む「濡れ場」であった。

大名題のカタリには「恵美押勝、弓削道鏡、孝謙帝の古（いにしえ）」は「当世流行」とあった。鶴屋南北は、平田篤胤（あつたね）をはじめとする神道講釈の流行に棹さしていたのである。

同じ大名題の冒頭には「本文は年々歳々吉例の東鑑」に続いて「旧冬」すなわち顔見世で紹介した金石丸、一万、箱王が成人した続編であることも謳われた。さらに、團十郎が思い付いたという「籠釣瓶」の短刀も、一番目の「曽我」から二番目に持ち込まれ、風呂屋の三助だった團十郎が佐野次郎左衛門になるのであった。

### 團十郎と菊五郎の和解

五月の玉川座『梅柳若葉加賀染』では実録の「柳沢騒動」を脚色する。六月の土用休みには河原崎座を「スケ」、菊五郎の夏芝居『裏模様菊（きくの）伊達染』（伊達騒動）を書く。七月は玉川座に戻り『蝶鶴（ちょうひよく）山崎踊』、菊五郎が「スケ」として参加。三月の『助六』の競演で不和になった團十郎と共演。和解を成立させたのは玉川・中村両座の金主、大久保今助であった。

### 大久保今助金主の威光

文政二年十一月の顔見世で團十郎、幸四郎、半四郎は河原崎座に移り、玉川座は菊五郎ひとりになった。南北は重年して無人芝居の立作者を勤めた。翌文政三年三月興行を限りに菊五郎は上坂。十一月、玉川座では役者が集まらず三年目の顔見世の幕を明けることができなかった。それを見かねて上方に上る途中の三津五郎を戸塚宿より呼び戻し、「日数十五日」限りの顔見世が実現した。「捨てる神あれば拾う神風（中略）御江戸根生いの男気の御方様の仰せ」（新役者付の口上）により、三津五郎を呼び戻したのは中村座の金主、大久保今助だったのであろう。このようにして、江戸の一年契約の仕来りも崩れていった。十年後、南北直江親子が亡くなると、すぐに顔見世の「世界定」の儀式も途絶えるのであった（三升屋二三治『歌舞妓集談』）。

# 第十　團十郎と菊五郎

## 一　菊五郎の暁星五郎

團十郎と菊五郎の時代

都座に一年、玉川座に二年、市村座の仮芝居を三年勤めた鶴屋南北は、文政三年（一八二〇）十一月の顔見世で河原崎座に、座頭（ざがしら）は京坂から戻った菊五郎であった。菊五郎と河原崎座に二年。一緒に市村座に移ると、座頭は團十郎になった。團十郎と市村座に二年、團十郎と中村座に移ると、再び菊五郎との共演になった。文化年間（一八〇四―一八）の幸四郎、三津五郎に替わって、文政年間（一八一八―三〇）は團十郎、菊五郎の時代になり、南北は息子のような二人のために狂言を書き下ろすことになった。片腕となったのは倅、直江重兵衛である。文政三年、南北六十六歳、團十郎三十歳、菊五郎三十七歳、直江重兵衛は四十歳。五年後、その成果は『四谷怪談』に結実した。

菊五郎の色事の指南

河原崎座、初年度の顔見世狂言は『伊勢平治額英幣（うめのみてぐら）』。二番目に菊五郎のために用意されたのは「梅幸（ばいこう）半七」と呼ばれる「色男」であった。鳴滝屋（なるたきや）こと立女形中村大吉の

「中働き（付き人）」で梅幸こと菊五郎に似ているので「梅幸半七」と渾名で呼ばれた。「いまだ女の肌を存じませぬ」という八百石取りの軍学者に「色事の指南」をする。女郎買いの伝授は「狸寝入りをするな」。格好を付けているより、すぐに事に及ぶ当世風であった。舞台となったのは木挽町の芝居茶屋、実在の高島吾助である。築地の善好こと坂東善次も自分の役で出た。菊五郎の半七には最後に時代に戻る本名がない。評判記『役者甚考記』の「見功者」に顔見世らしくないと批判されても、見物が知りたかったのは「芝居の色事師」ではなく、菊五郎の日常だったのである。

### 当たり狂言が続く

翌年、文政四年は初春から九月まで、評判記に「一年丸に当たり続きましたは新作の大手柄」（『役者早料理』）と褒められた。正月の『三賀荘曽我島台』の菊五郎の役は「鐺の権三」。女に間違われて身売りをする男の役であった。女形の菊五郎には、素顔は美しいけれど、荒削りなところがあった。それがかえって、作り物ではない、ほんとうの女に見えた。新造女郎になった菊五郎の客は稲野屋半兵衛。女房小万の男装であった。四年後、女形の役を團十郎に替え、相手をほんとうの男にして、この役は成功することになった。

五月狂言『敵討櫓太鼓』も評判記で「鶴屋南北丈新作（中略）作者の大でき」と褒められた。菊五郎の八丈小僧吉三は三年前の「盗人新藤徳次郎」の系譜で、許嫁のある娘に「怖いお前が、恋しいお方」と惚れられる悪党であった。七月も新作で評判記では「イヨ鶴屋、鶴屋」と「贔屓」の声が掛かった。

義賊の暁星五郎

九月狂言『菊宴月白浪』は『忠臣蔵』の書き替え。義士の討ち入りが不首尾になったときの後詰めに集まった不義士たちの物語であった。その頭領に選ばれたのは斧定九郎、菊五郎の役であった。義士の頭領「大星」に倣って仮の名「暁星五郎」を名乗り、「胡砂ふき」の一巻で霧を呼び、その霧に紛れて忍び込む盗賊であった。モデルについては南北自身の随筆『吹よせ艸紙』に誌された「難波賊東都に隠れ住む事」の大坂の盗賊、暁星右衛門。千両余の金を盗みながら、普段は驕ることなく貧しいものには恵んだ。捕まって拷問を受けても仲間の名は明かさない。それゆえ義賊と謳われるようになる。のちには『忠臣蔵』から離れ、菊五郎だけではなく團十郎の当たり役にもなった。その初演である。なお、随筆には「膈噎の病」に犯された、とある。「膈噎（胸や喉の痞え）」と難しい病名にこだわるのは、医者や薬に詳しい南北の特色であった。

## 二　鶴屋南北の合巻と直江重兵衛

南北門人亀東の合巻

翌年、文政五年（一八二二）には「鶴屋南北門人、亀屋東作（亀東）」作の合巻『昔模様戯場

雛形』が出版。「南北」の名を冠した合巻のはじめであった。序文には「ここに素人の戯作者一人（中略）師匠の机の片隅に書き散らしたる狂言の反古」を集めた、とある。口絵は幸四郎と三津五郎、挿絵には半四郎、團十郎、菊五郎らが加わり、画工は役者似顔絵の人気絵師、歌川国貞。豪華なこの合巻が亀東こと直江重兵衛の初作であった。翌年には「鶴屋南北口授」として続編『当世染戯場雛形』を出版。さらにその翌年、文政七年に『曽我祭東鑑』、文政八年に『成田山御手乃綱五郎』と春ごとに亀東作の合巻が上梓された。五年目、文政九年からは亀東ではなく、鶴屋南北の作になり、親南北の没後も、直江重兵衛が生きているうちは「南北」あるいは「南老」の名で合巻を出し続けた。團十郎や菊五郎の合巻に倣って、代作者とおぼしき戯号も見られる。「在郷最中麦藁の種芋」「在郷最中麦藁の出来秋」など、戯号も含め「名は何というてもよし、金さえ取れるならよし」とうそぶいたという、これが直江重兵衛の生き方だったのであろう。合巻というメディアは「筋書きの名人」（『作者店おろし』）あるいは「看板、番付の絵組に古今面白き良い趣向あり」（『作者年中行事』）とされた直江重兵衛に相応しい世界でも、ほんものの戯作者の見る厳しい目からは「この者の合巻草紙、毎春印行す、さわれ世に聞こえたる当たり作なし」（曲亭馬琴『近世物之本江戸作者部類』）と切り捨てられた。

### 南北直江、親子の合作

文政五年正月、鶴屋南北は河原崎座に出勤するとともに、市村座の『御摂曽我閏正月』にも名前を出さずに新作を提供した。評判記には「二番目船頭長吉、角力場（中略）船の幕（中略）このところ南北丈新案、面白くできました」（『役者多見賑』）とあった。「新案」を出したのは親南北だけではなく、倅直江重兵衛も。台本の作者署名には二番目の発端に当たる「四立目（四建目）」に「直江重」とあった。二番目の「序幕」「序幕跡」の二幕には「鶴屋（つるや）南北」（早稲田大学演劇博物館蔵、弁天座旧蔵本）。名目上の作者は瀬川如皐だが、実質的には南北、直江親子の合作であった。これも「名は何というてもよし」とした、倅の方針だったのであろう。

直江重兵衛の引窓与兵衛

「直江重」の「四立目」の主人公は團十郎の「引窓小僧」。親父分の幸四郎の当たり役「引窓与兵衛」の改訂版であった。「色好み」と噂される曽我十郎に化け、色仕掛けで誑した姫君を殺して重宝を奪い取る、悪党。「枕絵」を使う濡れ場が直江重兵衛の特色であった。その一方で、首くくりの親父を助け、哀れな話を聞くと「鬼も目に、余る涙は年寄りを、持ったこの身に引きくらべ」と身につまされ、奪った重宝を与えてしまう。名を問われると「ただかならざる商売は、明日をも知れぬこの命、礼とあるなら今日の日を、どうぞ命日、訪い弔い、はては千住か鈴ヶ森、犬の御馳走この身体」と応える。幸四郎の引窓にはなかった、七五調のしんみりとしたせりふ廻しは、黙阿弥の「鼡小僧」「鋳掛け松」の手本になった。

團十郎の引窓小僧は南北の二幕にも登場した。国侍に化けた騙り(かた)を見顕されると「言うに言われぬ騙りのしだら、お腹も立とうがひと通り、お聞きなされてくださりませ」と三味線の合方で「悪い思案も忠と孝」としんみり語り、隙を見て「立てるような野郎じゃない、べら坊エエ」と走って逃げる、幸四郎の「引窓与兵衛」の呼吸を写したものであった。

南北の鷲の長吉

團十郎の二役は、評判記で「南北の新案」とされた鷲の長吉、勘当されて深川の猪牙(ちょき)船(ぶね)の船頭になった若旦那である。ふんどし担ぎの荷物を担いで、相撲を只見するようなお調子者だが、いったん火が付くと止まらない。関取が割った茶碗で額に疵が付くや土俵にかけ上がり、首筋を摑まれて放り出されても「嫌だ、嫌だ、嫌だわやい」と向かっては投げられ、投げられては向かった。土俵の上では叶わないとなると、帰りの舟で待ち伏せ、沖へ出て「逃げても逃がさぬ小船では、千人力の長吉がいちばんここで引き組んで（中略）異名は鷲の長吉でも、浪をかぶれば鵜の長吉、水に濡れ髪長五郎と、いちばんここで取るべいか」と啖呵を切った。船の上で命のやり取りをしても、心が解ければ兄弟分の義を結ぶ。橋から落ちた芸者を救うと、橋の上の敵役の顔を見て「馬鹿、馬鹿、馬鹿」とはしゃぐ、からっとした江戸っ子であった。

枕絵の濡れ事

この年、鶴屋南北が名前を出して出勤したのは河原崎座であった。座頭は菊五郎、ともに重年。文政四年十一月、京坂から戻る予定の幸四郎が遅れ、菊五郎の奮闘公演になった。顔見世狂言『妹背山眺望千本』は『義経千本桜』と『妹背山婦女庭訓』の綯い交ぜであった。菊五郎の忠信が静御前に「枕絵」を見せる「色事」は「老人」には「はなはだ不義なる忠信」、また「理屈者」も「忠信をかような不埒者に作ったは残念」と作者を批判した（『役者早料理』）。名前はないものの、河原崎座にも直江重兵衛は関与していたのであろう。

## 霊験亀山鉾

翌年、文政五年七月河原崎座の『霊験亀山鉾』は現在でも上演される人気狂言である。題材は「元禄曽我」こと「亀山の仇討ち」。南北にとって勝俵蔵の『霊験曽我籬』以来、二度目の脚色で、主人公の藤川水右衛門は二度とも幸四郎であった。前作は「実説」の再現を目指した「生世話」。二度目の本作は実録『石井明道士』に準拠、実説の息子の敵討ちが孫の仇討ちになった。結末ではなく冒頭にも「敵討ち」があるのも珍しく、そこで父を返り討ちにされた孫の敵討ちははじまった。大詰の「敵討ち」で後見人になったのは大岸頼母（大石内蔵助）である。元禄の敵討ちということで「忠臣蔵」に結び付けたのも実録の構想であった。逃亡のために毒薬を用いて醜い顔になったり、棺桶の中に隠れて茶毘に付せられ、燃える火の中から飛び出したり、面白い趣向が満載の娯楽劇になった。

## 三　團十郎と菊五郎の共演

竹馬の友

文政五年十一月市村座の顔見世は『御贔屓竹馬友達（つわもののまじわり）』であった。「竹馬の友」は團十郎と菊五郎のこと。菊五郎が七つ上でも、子役のときから早熟な團十郎が兄貴分であった。年齢ではいちばん上の直江重兵衛を含め、子役以来の竹馬の友であった。團十郎と菊五郎になってからの同座は七年ぶりで二度目であった。前回は大一座で二人の顔合わせは少なかった。一年間、二人ががっぷり四つに組むのはこの年と二年後と二回だけ。支えた作者は南北直江親子であった。顔見世の出会いは三建目の「だんまり」のみ。二番目の序幕では傘を差した両花道の出で「兄弟同様との口上」があった。半四郎と三人で「役者の身のうえ話」になぞらえて「春狂言の筋を話す」予告編には、「春狂言の筋も、あんまり古い、南北は、もちっと新手を出さぬか」という悪口も出た（『役者多見賑』）。

女狂いの色男

翌年、文政六年正月の『八重霞曽我組糸』が二人の本格的な共演になる。團十郎の網五郎と菊五郎の六三郎、二人とも女にもてる「色男」であった。「兄弟同然」の二人だが「兄分」は團十郎。弟分の菊五郎が意見をしたのは團十郎の「女狂い」であった。婿に入った糸屋をつぶして貧乏になっても、けなげに尽くす女房。それを尻目に小塚ッ原の芸者と「大色」になり、深川の芸者の「可愛い男」になって貢がせた。意見をされて團十郎の綱五郎は「女は一生、断ち物にする」と誓ったものの、その舌の根も乾かぬうちに「ひと月に一度ぐらいは良さそうなものだ」という。「断ち物」にする気などさらさらない。逆に弟に意見、もと侍の弟も兄に劣らぬ「女狂い」であった。国許には許嫁、京勤めのうちに芸子を懐妊させ、江戸へ出て糸屋の娘に夢中になる。「身持ち惰弱な若旦那、お前様はなあ」と意見をされると、菊五郎の六三郎も「ほんとうに止めます」と誓ったものの、やっぱり「ひと月に一度」ぐらいなら良いだろう、になった。團十郎三十三歳、菊五郎四十歳、女の贔屓を二分する「色男」であった。為永春水は、のちにこの二人をモデルにして『春色梅児誉美』を書き、「人情本」の世界を切り開くことになる。

團十郎の不破の復活

弥生狂言『浮世柄比翼稲妻』は『八重霞曽我組糸』の「後日狂言」であった。それゆえ「曽我」の「頼朝治世」から「実朝治世」になった。團十郎の「不破」は元祖團十郎が生涯に十二回扮した「濡れ事」の代表作である。そのうち十一度目の『参会名護屋』(元禄十年〈一六九七〉)の「鞘当」の復活をはかったものであった。團十郎の「不破」は三十七年ぶり、「鞘当」に至っては九十五年ぶりの上演であった。粉本となった先行作品は二つ。ひとつは二十九年前に南北自身がかかわった都座の『けいせい三本傘』(寛政六

辻番付『浮世柄比翼稲妻』（早稲田大学演劇博物館蔵）
「絵組」は読本仕上，下の「役人替名」は巻物．直江重兵衛の意匠か．

〈一七九四〉年）で、市川門流の三代目八百蔵の「不破」であった。もうひとつは、その十二年後、文化三年（一八〇六）に上梓された山東京伝の読本『昔話稲妻表紙』である。この読本は京伝の「考証随筆」と呼ばれる「古学」の成果でもあった。團十郎はその成果に倣って、元禄の昔の家の狂言を復活しようとした。

京伝の「鞘当」は贋物の不破と身替りの名護屋、本物ではないので無言であった。南北はそれを本物の「鞘当」に戻した。元禄の「鞘当」の前には二つの「出端」が付いた。「不破と丁稚（女房）」「名護屋と丁稚（若衆）」それぞれに「出端」の「せりふ」がある。南北はその「せりふ」の復活を試みた。元禄にはまだなかった花道、さらに仮花道を使う「両花道」は文化文政期に確立された、新しい演出であった。元禄では二つに分かれていた「出端」をひとつにまとめ、供の「丁稚」も省略して、不破と名護屋二人の「掛け合いのせりふ」にしたのも、新演出であった。團十郎の「遠からぬ者は音羽屋（菊五郎）に聞け」、それに応える菊五郎の「歌舞の菩薩の君たちが」、それぞれが謳い上げる「せりふ」は今日までその命脈を保つことになった。

### 対の編笠

「出端」に長唄の唄浄るり『対の編笠』を使うのも、流行の新演出であった。團十郎の不破は「雲に稲妻」の模様の伊達羽織に着流し、菊五郎の名護屋の模様は「濡れ燕」、対の姿の二人は深編み笠で顔を隠し、長唄の三味線に乗って手を捻っては返し、足拍子を踏んでは見得を切る、舞踊劇、音楽劇になった。

### 菊五郎の「あざ娘」

「鞘当」の前「山三浪宅」の俗称は「あざ娘」という。名護屋山三（菊五郎）に惚れたのは、「鯰のおぬら」という蛇使いの娘であった。下女になって尽くす「あざ娘」の腕に彫られた「旦那さま命」の彫り物。それを見た山三は「可愛い奴じゃなア、仇には思わぬ」と情けを掛けた。自分の身替りになって毒を飲んで苦しむ、断末魔の「あざ娘」に「あの葛城（傾城）はひと夜妻、内に残すは宿の妻、今から女房」と誓う。喜びながら息絶える女を、涙を隠して見送るのであった。優しさの中に冷酷さを併せ持つ、菊五郎の「色男」であった。「あざ娘」も代表作として今日に伝えられた。
「鞘当」の跡には、團十郎の不破の悲劇が待っていた。騙して同衾した傾城葛城は、実は実の妹であった。泣き崩れる妹を見て、兄は「アア、よせば良かった」と「投げ首」をして途方に暮れる。菊五郎の対極にある「色男」であった。

六月の土用休みに、團十郎は菊五郎を伴って森田座に出勤した。南北も「スケ」として加わり書き下ろしたのが『法懸松成田利剣(けさかけまつ)』、清元の流行曲『累(かさね)』(『色彩間苅豆(いろもようちょっとかりまめ)』)の原作であった。巷説の「累」は田舎娘(女房)。勝俵蔵のとき南北は売り出しの松助(のちの菊五郎)のために「湯上がりの累」を粋な芸者に仕立てた。十四年後、今度は座頭に出世した菊五郎の累を初心(うぶ)な御殿女中にしたのである。〽去年の初秋、盂蘭盆に」團十郎の与右衛門と出会い、忍び逢って懐妊。その与右衛門が妊婦になった累を殺す、舞踊劇になった。三田村鳶魚が著書『御殿女中』で紹介した『文政奇談夢物語』という写本には、大奥に住む同じような女たちの夢の跡が描かれていた。「下用所(便所)」で産み落とされた女の子の死骸は水ぶくれになって大きく膨れ上がり、また、井戸に飛び込んで死のうとしても死にきれず、米を洗う大きな笊に乗せられて助けられた女もいた。御殿女中になった累は、表沙汰にされることなく内々に処分された、このような女たちの代表になった。

# 四　『裏表忠臣蔵』と「権三権八」

裏表忠臣蔵

團十郎と菊五郎の共演は一年間、二年目には團十郎は市村座に残り、菊五郎が中村座に移った。鶴屋南北は團十郎と市村座に重年、菊五郎の中村座には二代目松井幸三、勝井源八、門下の立作者二人が出勤、二丁町の作者部屋を一門で支えた。翌年、文政七年（一八二四）正月市村座『仮名曽我當蓬莱（かなでそがねざしのほうらい）』は『忠臣蔵』を「曽我」に置き換えたもの。『太平記』の世界から「源頼家時世」に移り、役名も高師直（こうのもろなお）から比企（ひき）判官頼員（よりかず）、塩冶（えんや）判官は安達内匠之助宗茂になった。團十郎の比企判官は、のちに「忠臣蔵」に戻されて「姿見の師直」と呼ばれる当たり狂言になった。二年後、文政九年の南北合巻『四十七手本裏張』を経て、天保四年（一八三三）三月市村座の新狂言『裏表（うらおもて）忠臣蔵』に結実した。評判記では「故人鶴屋南北作（中略）白猿丈増補」（『役者三世相』）とあるものの、白猿（海老蔵）こと七代目團十郎は、のちに高野山に「裏表忠臣蔵作者、直江重兵衛」の墓を建立したと伝えられる（積善道人「忠臣蔵の型に就て」雑誌『歌舞伎』第五十八号）。竹馬の友、直江重兵衛の置き土産でもあった。

絵本合法衢の競演

文政七年の五月狂言は、中村市村両座とも勝俵蔵の当たり作『絵本合法衢』の再演になった。市村座では座頭の團十郎が幸四郎の二役、大学之助と立場太平次を継承、三津五郎と共演した。中村座でも座頭の菊五郎が三津五郎の合邦と孫七の二役を受け持って、幸四郎の胸を借りた。團十郎と菊五郎のライバル対決だけではなく、新旧世代の競演にもなったのである。市村座の初日は五月九日。中村座も同じ九日に幕を開けた。名目上、両座に分かれてはいるものの、作者部屋はひとつだったのである。

### 團十郎の盛遠、菊五郎の権八

　團十郎と菊五郎の顔合わせが実現するのは、文政七年十一月の顔見世であった。中村座の顔見世が間に合わず、急遽、河原崎座に出ることになった團十郎が上坂を予定していた菊五郎を呼び止めて実現した。顔見世狂言『男山恵(とりたて)源氏』は勝俵蔵の代表作『貞操花鳥羽恋塚』（遠藤武者盛遠）の再演であった。幸四郎の盛遠を團十郎、三津五郎の亘を菊五郎が継承。これも大当たりであった。南北の作者部屋には二代目幸三、勝井源八も加わった。翌春、文政八年正月、一座はそのまま中村座に引っ越し。曽我狂言『御国入曽我中村』の通称は「権三権八(ごんざごんぱち)」である。菊五郎の白井権八は四年前の河原崎座『三賀荘曽我島台』の「鐺の権三」の再演。女と間違われて身売りをする、男の話であった。前回の遊女は若い「新造(しんぞう)」であったが、二度目の今回は「昼三(ちゅうさん)」の姉女郎になり、男を誑(たら)す年増のテクニックには菊五郎の当たり役「湯上がりの累」が応用された。相手役の「鐺の権三」は團十郎。男だと分かっていても、もともとは女だったのではないだろうか、と惹き付けられるのであった。團十郎の権三が忍んでくるところを見た「イサミ」の見物はほんものの「濡れ場」を見るようで「気が悪くなったっけ（上気して昂奮した）」（『役者珠玉尽』）と告白をした。

### 権三権八の引き札

「権三権八」でも話題になったのは、鶴屋南北の予告編であった。このときは旧臘十二月十七日、浅草の「歳の市」で「建久年中双子の兄弟養父敵討の次第」と題した「瓦版」仕立ての「引き札」（ビラ）を配った。「双子の兄弟」は「権三権八」。父は曽我兄弟と同じ河津三郎である。母は白拍子風折、その敵十内を討つ物語になった。曽我兄弟が父の敵を討つのは富士の裾野。権三権八の兄弟が母の敵を討つのは、その富士山を遠くに見る東海道の「四ッ谷村」であった。藤沢宿から平塚に向かう「間の宿」で、右に折れると大山阿夫利神社に向かう「大山道」の起点であった。「盆山」で江戸っ子に馴染みの「四ッ谷村」の地名を使って南北が描こうとしたのは、江戸の四谷で起こった、別の敵討ちであった。文政七年十月十日の夜、四谷の往来で敵を討ち取ったのは上州高崎の足袋職人源助の実子、宇一十八歳。敵は足袋職人仲間の安兵衛。喧嘩の果てに父が撲殺されたとき、宇一少年は十二歳であった。艱難辛苦の六年間の末の本懐であった（国立国会図書館蔵『四谷町方書上付録』）。南北がほんとうに描きたかったのは、ホットなこの話題であった。

# 第十一　『四谷怪談』

## 一　実説「於岩稲荷来由書上」と実録『四谷雑談』

菊五郎の江戸名残り

文政八年（一八二五）七月中村座『東海道四谷怪談』は菊五郎の江戸名残り狂言であった。題材は「菊五郎兼ねて工夫仕置き候、四ッ谷宿お岩物語、男女の怪談」（辻番付の口上）。「四ッ谷宿」（東海道）とあるのはカムフラージュ。ほんとうは、江戸の四谷左門町にあった幕府御先手組の組屋敷で起こったことなので、それをぼかしたのである。

四ッ谷宿お岩物語

『四谷怪談』が大当たりを取り、話題になったためであろう、二年後に「於岩稲荷来由書上」が幕府に提出された（『四谷町方書上』付録）。この「書上」の前半に誌されたのが「お岩物語」である。御先手組同心の田宮（民谷）又左衛門が急逝、娘「いわ」に末期養子を迎えた。それが婿の伊右衛門。「いわ」は疱瘡で片眼が潰れた醜女、しかも心の頑ななな「悪女」であった。女房を嫌った伊右衛門は組頭の伊東（伊藤）喜兵衛、同心の秋山と共謀、「いわ」を虐待して追い出し、伊東の妾「こと」を後添えにした。改元して元禄になる一年前、貞享四年（一六八七）のことであった。そのことを聞き知った「いわ」が発狂して出奔、田宮、伊東、秋山の一族十八人が取り殺された、という話であった。年代は明記されていないものの、「元禄年中」には伊右衛門の旧宅に御先手組同心の市川直右衛門が入居しているので、それ以前のことなのであろう。後妻「こと」が産んだ娘二人、息子二人も殺されているので、元禄も後半のことになるのであろうか。『四谷怪談』の初演からさかのぼること百二十数年前の出来事であった。

### 於岩稲荷の来由

「書上」の後半は「お岩物語」の後日譚で、表題に示された「於岩稲荷」の「来由」になった。四谷左門町の御先手組の役宅には市川直右衛門に続いて山浦甚平という人が入った。元禄の末年から数えて十二年目、正徳五年（一七一五）のことである。すると「種々奇怪」なことが起こり、そのために「於岩稲荷」が勧進された。以降、山浦家の役宅に祀られ、文政年間の当主は山浦甚蔵。甚平から数えて五代の末孫であった。

### 実録の四谷雑談

『四谷怪談』の直接の典拠となったのは『四谷雑談』という書名で流布していた実録であった。高崎の矢口丹波文庫蔵写本の奥書によると成立は享保十二年（一七二七）、伊右衛門の再婚から数えると四十年後であった。実説の「書上」との大きな相違は、伊右衛門が取り殺されるまでに二十五年と長い年月を要したことであった。最後に土快（伊東喜兵衛）が往生するのはさらに四年後、享保年間に入っていた。実録の著者は伊右衛門らの同僚で、著述の目的は子孫への庭訓であった。そのためのフィクションとして、お岩の亡霊が伊右衛門ら当事者だけではなく、その子や孫にまで祟り、家が断絶になるまでの恐怖が詳しく描き出されたのであった。

鶴屋南北は脚色に際して時間を短縮、夏にはじまり冬に終わる怪異譚に仕立て上げた。お岩が恨み死にに死んだのは、寝苦しい夏の夜。その夜、嫁入りをした伊藤喜兵衛の孫娘お梅と喜兵衛の首が切られた。秋口にはお梅の母。冬になると伊右衛門の実母と、仲人の秋山。同じ日に降りしきる雪のなかで、伊右衛門もお岩に取り殺されるのであった。

## 二　「戸板返し」と「男女の怪談」

### 戸板返しの実話

『四谷怪談』の伊右衛門は実説の幕臣ではなく、浪人であった。出世のために女房を離縁する、そのために間男を仕立てた。最初は按摩の宅悦。按摩に逃げられると、雇い中間の小仏小平が間男に仕立てられた。憤死したお岩の死骸と、騙し討ちにされた小平の死体。二つの遺骸は「世間へ見せしめ」のため、戸板に打ち付けられて川に流された。原話「お岩物語」には見られない「間男」の話には、典拠となった別な事件があった。河竹繁俊が伝えるその事件とは、「当時、山の手辺に住居していた或旗本の妾が、

### 半日閑話の間男の話

三代豊国『四谷怪談』「戸板返し」（早稲田大学演劇博物館蔵）
天保２年８月市村座，江戸三演目の菊五郎のお岩（右）・小平（左）．

自分の召し使っていた中間と密通してそれが露見し、男女は一枚の戸板に釘付けにされ、なぶり殺しにされた上、神田川に流されたという話」（『歌舞伎作者の研究』）。そのために鶴屋南北が用意したのは三つ目の「四ッ谷」、すなわち神田川の上流、雑司ヶ谷の「四ツ家村」であった。雑司ヶ谷から南に坂を下ると神田川の上流、江戸川になる。川の向こうは早稲田であった。戸板の死骸は早稲田から江戸川に流されるのであった。

　大田南畝の随筆『半日閑話』には「間男」（密通）の話が三つある。ひとつ目は『四谷怪談』の八年前、文化十四年（一八一七）の夏、本所に住む座頭の妻の話である。三味線弾きの男との密通が露見、腹を立てたのは長屋の大家であった。その仲裁に入った旗本の隠居と口論になり、隠居が大家を斬り捨てにした。調べてみると大家も隠居も、その女房と密通をしていた、というのである。明るみに出ることを嫌った隠居は、金を払って内済にした。二つ目は、同じ年の秋口。本所に住む旗本が間男の旗本と妻を斬り、疵を負わせた。この出来事も表沙汰にはならず、内済で済ませた。三つ目は武家方ではなく町方。それゆえ、表沙汰になった。間男をされた蒔絵の彫り師の男は相手の男の「ばらせつ」(男根)を切り取り、女房の陰門を刳りぬいた。検死の役人が駆けつけたときには、女房の疵口におびただしい数の鼬が群がっていたという。武家方では内済で済まされる、このような凄惨な出来事に鶴屋南北はスポットを当てたのである。

もともとは、間男成敗で戸板に打ち付けられた死骸は、横に二つ並べて流されたのであろう。戸板の裏表にしたのでは、「世間へ見せしめ」にならないからである。鶴屋南北が工夫した「戸板返し」では、あえて戸板の表に女、裏に男の死骸を打ち付けた。この工夫には、もうひとつ別なニュースがあった。

『四谷怪談』初演に先立つこと五ヵ月。文政八年二月十八日の夜であった。鶴屋南北の居宅のあった亀戸の裏手、本所柳島妙見橋の樋ノ口に「小児の浮き死骸」が漂着した。

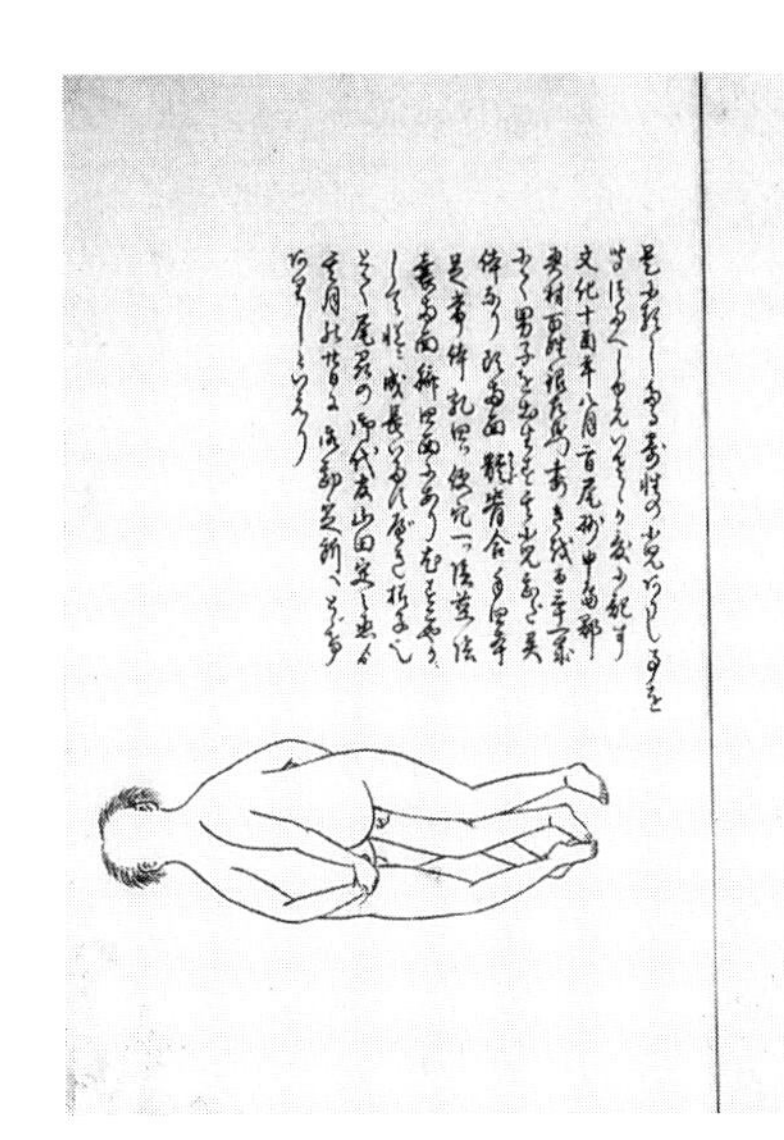


「異躰流屍の事」（『吹寄草紙』国立国会図書館蔵）

実際に見聞きしたのであろう、南北はそれを「異躰流屍（いたいりゅうし）の事」として記録した（鶴屋南北遺稿『吹よせ艸紙』）。小児の屍体は「陰陽二体」で「男の方赤く肉色、女の方白く下になり流れ来る」とあった。さらに「頭ひとつ、耳四つ、手足とも四本、臍の辺りより二人に分かれ」とある。図解によると二体は抱き合う形で流れてきた。女児のほうが下になって流れてきたとすると、上向き。逆に、男児はうつ伏せ。男の土左衛門（どざえもん）（浮き死骸）はうつ伏せ、女は仰向けに流れるという、当時の俗信の通りであった。『四谷怪談』では戸板を挟んで背中合わせになったものの、仰向けになって流れてきたのはお岩（女）。水の中でうつ伏せになって流れてきた小平の死骸は伊右衛門に引き上げられて、はじめて顔を見せるのであった。

### 古今の大当り

早稲田から流された戸板の死骸は神田川から隅田川へ入り、深川の小名木川（おなぎがわ）を逆流して穏亡堀（おんぼうぼり）に流れ着いた。季節も夏から秋になっていた。伊右衛門が戸板を引き上げるとお岩の死骸であった。両眼を見開いて「恨めしいは伊右衛門殿、民谷伊藤の血筋を絶やさん」と見詰めた。それに怖れて戸板を裏返すと、小平の死骸になった。「旦那様、薬をくだされ」と手を差し伸べる。「薬」とは民谷の家に伝わる「桑寄生（そうきせい）」のことであった。忠僕の小平はその妙薬で、かつての主人の難病を治したかったのである。伊右衛門が死骸に斬り付けると、躰は骨になって「ばらばら」と落ちた。そのとき、樋の口より現われたのは、菊五郎の佐藤与茂七。南北はお岩と小平、二役早替りのあとに、美しい姿の菊五郎を見せることを忘れなかった。小平の躰が骨になると見物が「ワイワイ」と騒ぎ、すぐに与茂七が出ると見物は興奮して「ジワジワ」と騒いだ。「いずれも、びっくりするばかり、古今大当たり、南北が手柄、後にも先にもこれに続く工夫はなかりし」というのは、同じ作者部屋にいた三升屋二三治の実見談であった（『芝居秘伝集』）。

## 三　「髪梳き」と「色悪」

南蛮渡来の毒薬

お岩の原型は「累」であった。原話ではともに醜女、それを芝居では美人にした。美しい顔が見物の見ている前で崩れ、怖ろしい容貌になる。「髪梳き（かみすき）」と呼ばれる演出は菊五郎の親、尾上松助の「阿国御前（おくにごぜん）」を応用したものであった。阿国御前は恋人のために髪を梳き、お岩は身だしなみを整えるためにお歯黒をぬる。阿国御前は病後、お岩は産後、髪を梳くと大量の毛が抜けて、生え際が禿げ上がった。震える手で塗ったお歯黒で、口は裂けたように見える。抜け落ちた毛を握りしめると、血汐がしたたり落ちた。さらにお岩は伊藤喜兵衛に騙されて、「面体崩るる」家伝の毒薬を飲まされる。同じ家伝の妙薬でも、民谷の家の「桑寄生（そうきせい）」は漢方薬の煎じ薬。伊藤の家の妙薬は南蛮渡来の毒薬だったのであろう、「粉薬（こぐすり）」であった。

お岩の顔のモデル

お岩の顔は、三段に変化した。毒薬を飲んだあと、片方の目が腫れた。髪を梳くと毛が抜けるだけではなく、腫れも酷くなる。さらに「穏亡堀」の死骸では、痩せこけた顔になる。はじめの二段では「鬘」とそれに付随する「仮面」。三段目ではさらに「入歯」を使う。お岩を創演した三代目菊五郎は、紙の仮面を顔に合わせて自分で作った。孫の五代目菊五郎はドイツ語の皮膚病の文献の中から原図を選び、鬘師と人形師に発注した。仮面の目の中に「玉」を入れるのが特徴であった。その工夫の元になった、尾上家に伝わるひとつの実話がある。鶴屋南北の見ている前だったという。知り合いの産婦が櫛を梳くと、櫛の歯が当たって疵が付き、その疵口から「丹毒」が入ると、見る見るうちに顔が赤黒く膨れ上がった。そのとき目玉が飛び出したように見えた、というのである。菊五郎のひ孫、六代目梅幸の芸談『梅の下風』に収められた話であった。

為永春水の評価

『四谷怪談』初演のときの評判記『役者珠玉尽（たまずくし）』の評者は二世楚満人（そまひと）（のちの為永春水）であった。團十郎の伊右衛門は「梅幸（菊五郎）がお化けの当たったのは成田屋（團十郎）の色悪（いろあく）が手強いから、お岩の嫉妬に情が移ったのだ」と評した。伊右衛門の「色悪」という評価は、大正昭和の渥美清太郎に受け継がれて定着を見ることになった。

伊右衛門の原型は、勝俵蔵時代の先行作『謎帯一寸徳兵衛（なぞのおびちょっとくべえ）』で五代目幸四郎が扮した大島団七である。惚れた女の父親を殺し、親の敵を討ってやると騙して女房にした男であった。世帯じみた女に飽きると捨てて、殺すのである。そのとき、捨てぜりふに「いったん抱き寝をした女房、三百落とした心持ちだ」と呟く「三百文」の未練であった。蚊帳を質入れしようとすると、止める女房。無理やりひったくると女房の爪が剝がれて血だらけになった。幸四郎譲りの、このような残酷な仕打ちのことを為永春水は

「手強い」と評した。その一方で團十郎の伊右衛門には未練が残った。「夢の場」では、ともに美しかった昔に戻り、お岩との逢瀬を楽しむのであった。女に惚れた大島団七と、女からも惚れられた「色悪」の伊右衛門との相違であった。

## 四　合巻『四ツ家怪談』

二日替りの上演

『四谷怪談』は書き下ろしのとき、初日後日の二日替りで上演された。元祖菊五郎の先例に従い、江戸名残りの狂言に選ばれたのは『忠臣蔵』であった。それゆえ、二番目の『四谷怪談』も「忠臣蔵」の外伝として脚色された。伊右衛門とお岩の父の四谷左門は塩冶（えんや）浪人、伊藤喜兵衛は高師直（こうのもろのう）の重臣になった。初日には『忠臣蔵』の大序から六段目まで、そのあとに『四谷怪談』の前半「穏亡堀」まで。後日はその「穏亡堀」ではじまり、続いて『忠臣蔵』と『四谷怪談』の後半が出た。初日は「穏亡堀」の「戸板返し」で終わり、後日は「穏亡堀」の「戸板返し」ではじまる。二日替りの興行全体は「戸板返し」を軸に構想された。「男女の怪談」のうち、初日にはお岩の女の怪談、後日には小仏小平の男の怪談が配されたのである。

合巻の出版

初演の翌春、文政九年（一八二六）正月には合巻『四ツ家怪談』が発兌（はつだ）される。師匠の南北に替わって筆を執ったのは狂言方の花笠魯助、花笠文京という雅号を持つ戯作者であった。菊五郎をはじめ、もっぱら人気役者の代作をしたので、みずから洒落て「代作屋大作」と名乗った男であった。出版の経緯は「初日は後日よりも人の山をなし、後日は初日の日取りを違えて二日見物せざれば趣向の辻褄、全からず。惜しいかな狂言のなかば見遁して、遺り憾しとするもの多しとて、版元来て例の絵草子にせんことを需む」(『四ッ家怪談』序文)。初日を見ても後日を見なければ全容は知れない、そのような見物の要望に応えるものであった。歌舞伎の狂言をそのまま合巻にして売り出すことは、この『四ッ家怪談』からはじまるのである。

**花笠文京の校訂**

文京の校訂の方針は「原来、合巻の丁数かぎりあれば、絵組に卜書きを譲り、せりふもその要を摘みて、ただ大意を誌して、もって芝居好きの絵解きを待つ」(『四ッ家怪談』序文)というものであった。貸本屋などで出回った写本は、ほんものの台本と同じ形式で「せりふ」と「卜書き」に分かれていた。しかも役名ではなく、端役まですべて役者の名で書かれている。ごく一部の芝居通ならともかくも、一般の読者には読むのが難しい。役者の名前を役名に替え、その代わりに挿絵を役者の似顔絵に仕立て、広い読者層を獲得することを狙ったのである。

**代表作が合巻になる**

翌春、文政十年正月には『杜若艶色紫』の再演を機に合巻『杜若紫再咲』が上梓された。著者は南北ではなく岩井梅我（ばいが）（女形の岩井粂三郎）、役者名前の合巻であった。さらに六年後、南北没後に出版された『天竺徳兵衛韓噺』の著者も夷福山人（いふくさんじん）こと楽亭西馬と名乗る代作者であった。のちに南北の孫弟子に当たる二代目河竹新七（のちの黙阿弥）も毎春のように自作が合巻として売り出されるようになるのだが、けっして著者として署名をすることはなかった。歌舞伎の台本と戯作との間には越えることの出来ない溝があったのである。

## 五　続編『盟三五大切』

四谷怪談の続編

『四谷怪談』のあと菊五郎は、中村座から河原崎座に移って、二度目の名残狂言を出した。二番目の『舞扇栄松稚（ちよのまつわか）』には「菊五郎新工夫の怪談事、鶴屋南北愚作の世話狂言」という口上が出された。南北は中村座に残った幸四郎、團十郎、粂三郎のためにも新狂言『盟三五大切（かみかけてさんごたいせつ）』を書き下ろした。辻番付の口上に「時代は忠臣蔵、四谷怪談後日（ごじつ）、義士本望の夜討ちまでの間を取組み御覧に入れ奉り候」と謳う、『四谷怪談』の続編であった。

間違いの悲劇

題材として選ばれたのは「五大力（ごだいりき）」（五人切り）であった。『忠臣蔵』の外伝として脚色されたので、主人公の薩摩源五兵衛(げんごべえ)は仮の名。その本名は不破数右衛門、赤穂の義士になった。「五大力」の敵役笹野三五兵衛(さんごべえ)は深川の船頭、笹野屋の三五郎になった。親了心(りょうしん)はもと不破に仕えた忠僕であった。女房は芸者の妲己(だっき)の小万(こまん)。古主の数右衛門に必要な百両の金を調達するために、小万に惚れて通う源五兵衛を騙して、百両を奪う。親に勘当された身なので、数右衛門の顔を知らない。それゆえに起こった間違いの悲劇であった。

復活されて人気狂言となる

「五大力」と異なるのは、深川の「五人切り」で小万と三五郎が生き残り、二人が隠れ住む四谷で二度目の惨劇が起こることであった。小万が殺された鬼横町(おによこちょう)の長屋は、もと「神谷(民谷)氏住居(すまい)」であった。小万の本名は神谷の召使いおろく。鶴屋南北は、このようなかたちで『四谷怪談』に結び付けた。長屋の家主(いえぬし)くり廻しの弥助は小万の兄で、もとは伊右衛門の下部土手平、民谷とともに御家の百両を盗んだ悪党であった。お岩が憤死した長屋の門口には「勝手につき化け物引っ越し申し候、家主」という張り札を出し、店子(たなこ)を入れた。夜になると自分が幽霊に化けて店子を追い出し、樽代(たるだい)(礼金)をかすめ取る、ずる賢い男でもあった。贋幽霊騒ぎのドタバタ喜劇が一転して、源五兵衛が小万をいたぶり惨殺する、残酷な場面になる。恐怖と笑いが混じる、南北の作劇法であった。作品は面白くても不入り。十五年後に一度、再演されたがそれも不入り。昭和五十一年（一九七六）に国立劇場の小劇場歌舞伎で、郡司正勝の補綴演出で復活され、人気狂言になった。

なお、四谷の「鬼横町」は幕府御先手組の組屋敷内の里俗名で、その由来は「お岩、鬼女のごとくなりて、この横町を走り遁れけるによりて里俗唱え来たり候」（「於岩稲荷来由書上」）というものであった。

# 第十二　その死と葬礼

## 一　『独道中五十三駅』と滑稽本『膝栗毛』

夏芝居の膝栗毛

團十郎と菊五郎は文政十年（一八二七）にも二度、河原崎座で共演をした。正月興行の『群曽我島台』は南北の旧作『浮世柄比翼稲妻』（鞘当）の再演、閏六月の夏芝居『独道中五十三駅』は南北の新作であった。「ひとりたび」は菊五郎のこと。「ひとり旅の道連れ、飛び入り」として團十郎と三津五郎、粂三郎が参加した。大顔合わせに相応しい題材として選ばれたのは十返舎一九の滑稽本『東海道中膝栗毛』であった。享和二年（一八〇二）に初編が売り出されると人気を呼び、文化六年（一八〇九）に「東海道」が完結したあとも、続いて「金比羅参詣」「宮島参詣」「木曽海道」と文政五年まで書き継がれた大ヒット作。鶴屋南北の脚色は満を持したものであった。弥次郎兵衛と喜多八を狂言廻しにして、原作とは逆に京都から江戸に下る。よく知られた小田原の「五右衛門風呂」も、京都に近い石部宿の話になった。発端の「亀山の仇討ち」から「道中双六」「桂川」「桑名屋徳蔵」「日本駄右衛門」など、東海道にゆかりの狂言が自由に組み込めるところから人気を呼び、江戸東京の夏芝居の定番になるのであった。

書き下ろしのとき、話題になったのは鞠子(まりこ)宿の猫石の精霊であった。菊五郎は十二単(じゅうにひとえ)姿の老婆になり、泣く赤子をあやすために二匹の飼い猫を呼ぶと、その猫が盆踊りの歌に合わせて立って踊る。夜中に寝所を抜け出すと、行燈の内に顔を入れた。行燈の影に映った姿が猫になり、長く伸びた舌で「ぴちゃぴちゃ」と油をなめる。女にそれを見られると、「我が身、見やったの」と襟髪を摑んだ。老女の顔が猫になり、女をかみ殺すと血煙が立った。團十郎の中野藤助（楠正成の忘れ形見多門丸）が秋葉山の天狗三尺坊(さんじやくぼう)から授かった楠氏の系図の一巻を差し付けると、古寺が崩れ茅原になり、猫の精霊は猫石(ねこいし)になった。大道具のからくりの仕掛けは『阿国御前化粧鏡』の「元興寺(がんごうじ)」を応用したもの。のちには鞠子宿は岡崎宿になり、猫石にならずに十二単姿の猫の精霊のままで宙を飛び去る演出が定着する。この演出も「玉藻の前」（「金毛九尾の狐」）の応用であった。

## 二　一世一代『金幣猿島郡』

鶴屋南北の引退が公表されたのは二年後、文政十二年（一八二九）の初冬であった。吉日を選んで配られた中村座の「新役者付」（顔見世番付）に「狂言作者・一世一代　鶴屋南北」と大きく謳われた。同時に倅直江重兵衛が勝俵蔵の二代目を襲うことになった。振り返ってみると三年前、文政九年には二代目増山金八を襲名した槌井兵七が旅先で客死。文政十一年には勝井源八、勝兵助と子飼いの弟子たちが他界した。それに追い打ちをかけたのは文政十二年春の己丑火事であった。神田佐久間町の材木小屋から出火した火は、おりからの春の嵐に煽られて下町を焼き尽くす。日本橋の芝居町もその例外ではなかった。焼け出されて山の手に疎開していた「てうふ」こと二代目桜田治助は「気鬱」で寝込み、そのまま帰らぬ人となった。「てうふ」も南北の脇作者から出世した、弟子筋の作者であった。鶴屋南北も、そろそろ自分も引きどき、と引退を決意したのであろう。

## 芝翫の奴道成寺

南北の一世一代は、火事で焼けた中村座復興の顔見世でもあった。大名題『金幣猿島郡』の「金幣」は中村座の家の宝「金の麾」を読み込んだもの。上置きとして前年度の座頭の幸四郎の名はあるものの、実際には京坂を廻っていて、江戸にはいなかった。二代目中村芝翫（のちの四代目歌右衛門）を抜擢して座頭に据えたが、立役は他に二枚目の三枡源之助ひとり。その源之助も河原崎座との兼帯であった。頼みにする立女形の五代目瀬川菊之丞も体調が優れない。そのために、菊之丞の代わりに踊りのうまい芝翫に

「道成寺」を踊らせることになった。芝翫の役名は狂言師の升六。白拍子の女姿で『娘道成寺』を踊り、男の正体を見破られてからは男の姿で「三つ面」の所作事や、『娘道成寺』の「羯鼓」を所作ダテに替えて、踊り抜いた。月代を剃った「奴頭」で踊る「道成寺」なので通称は『奴道成寺』。人気曲の原点となる作品であった。

鶴屋南北の脳裏には、幼いときに見た四代目團十郎の『解脱』や『蛇柳』の姿があったのであろうか。怖ろしい男の怨霊に可憐な娘の亡魂が憑り付く。男の怨霊に選ばれたのは藤原忠文であった。将門征伐の征夷大将軍に任ぜられながらも恩賞を得られなかったことを恨み、食を絶って干死、怨霊となって祟った。宇治の離宮明神に祀られ、悪霊民部卿と怖れられた男の物語であった。南北はこの男の恨みを恋の恨みに替えた。深草の少将の「百夜通い」に重ねて、七綾姫のもとに

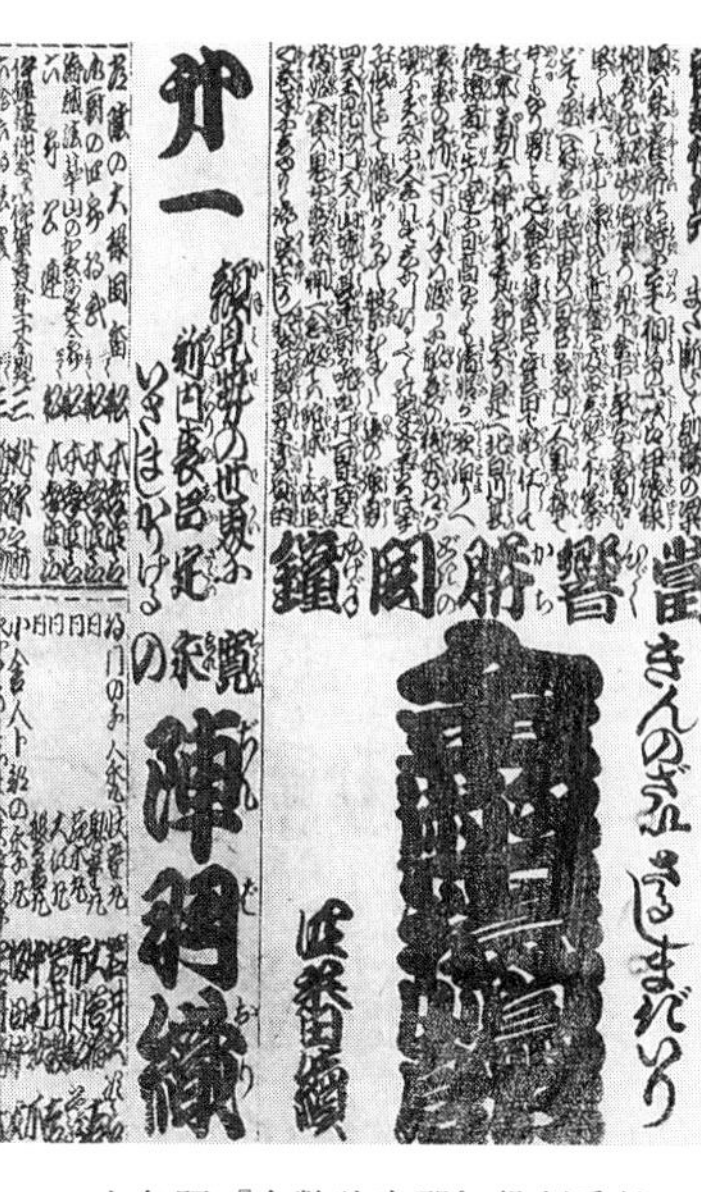

大名題『金幣猿島郡』役割番付
（早稲田大学演劇博物館蔵）

通い詰めた忠文が生きながら鬼となって人間を喰い殺し、火を噴いて死ぬ、壮絶な姿を描き出した。

### 宇治の清姫の恋

もうひとりの主人公は、菊之丞のお清であった。宇治橋の袂にある「宇治の通円」という茶屋の娘で、橋の向こう側に祀られた「宇治の橋姫」になぞらえて「清姫」と呼ばれた。「道成寺」伝説の安珍清姫のように、ひとりの男を見初めるのだが、再び逢うことができない悲しみから泣き尽くして盲目になり、世を儚んで七綾姫の身替りになって死ぬことを覚悟するのであった。いざ、首を討たれんとしたとき、振り上げた名剣の威徳で見えなかった目が見えるようになった。そのとき目の前に見えたのが恋い焦がれる男。その男が七綾姫の恋婿であった。嫉妬の余り、死霊であろうか、生き霊であろうか、清姫の魂は躰から飛び出して、忠文の怨霊と合体したのである。

### 南北の往生

無人の一座の顔見世は初日が大幅に遅れ、ようやく出された役割番付には「霜月（十一月）十七日より」。それも改刻されて「十九日より」になった。さらに初日は遅れたのであろう、実際に幕が開くのは二十三日であった（『歌舞伎年代記続編』）。それを待っていたのであろうか、その四日後、十一月二十七日に七十五歳の生涯を終えたのである。

## 三　遺言と辞世の正本『寂光門松後万歳』

臨終の遺言

終焉の地となったのは、深川であった。亀戸の居宅を引き払い移ってきたのであろう、倅直江重兵衛の住む富岡八幡宮の一の鳥居下のすぐ近く、黒船稲荷地内の「雀の森」と呼ばれるところであった。死期を察した南北は、親族を集めて遺言をしている。その内容は、菩提寺の春慶寺に建てられた碑文に刻まれて伝えられた。南北は、集められた子弟らに向かい、枕元の筥（はこ）のなかに自分の存念を誌したので、死んだあとで開けて見よ。それをよく読んで守りなさい、と言って目を閉じて眠った。親族が筥を開けて見たのは「晦日」であった。この年の十一月は「大の月」だったので三十日、死後三日目であった。筥の中にあったのは『寂光門松後万歳（しでのかどまつごまんざい）』と名付けられた一冊の小冊子。自分の葬式を戯画化した、歌舞伎の正本（台本）であった。それを読んだ親族らは「これぞ最後の滑稽なるべき」と笑って帰ったという。

葬礼の万歳

葬礼の正本の舞台は「押上の普賢」と呼ばれた菩提寺である。読経がはじまると棺桶の内から南北の声で、「この世のお名残り、今際の際（いまわのきわ）」に「亡者の私」が「万歳」を舞い納めまする、という口上があった。住僧が手に持った松明（たいまつ）で棺桶を叩くと、桶が砕け、

當ル寅の孟春

寂光門松後万歳

ぼだい所
本所押上春慶寺

元鶴屋南北
は歌舞伎役
者を勤る事
三代深川雲
光院に印を
殘す下拙其
名を繼で四
代作者を業
さす文盲に
して愚作を
顯す事五十
有餘歲

「寂光門松後万歳」表紙
（関根黙庵「狂言作者大熊手」）

中から南北が飛び出した。経帷子（きょうかたびら）を着た死人の姿、額にはお決まりの「ごましお」の三角巾。桶底を鼓の代わりに「ポンポン」と打ちながら、「徳若に御臨終とは」と万歳の太夫の役、「葬礼ありける新仏」と才蔵の役、ひとりで二役の万歳を舞い納めるのであった。「万歳」の文句は合巻『成田山御手綱五郎（なりたさんみてのつなごろう）』等、先行作を利用。

棺桶から甦る屍体を使ったドタバタの喜劇もお手の物で、見物は棺桶さえ見れば南北だと思ったとも伝えられた。春慶寺の石碑に「生まれつき滑稽を好み」とされた、老作者のこれが「滑稽」の仕納めになった。

もうひとつの遺言

葬礼の正本の表紙は歌舞伎の台本仕立てであった。関根黙庵が「狂言作者大熊手」（『早稲田文学』明治二十六年八月号）で紹介した模写には、大名題『寂光門松後万歳』の下に「もと鶴屋南北は歌舞伎役者を勤むること三代（中略）下拙、その名を継いで四代」と南北の名の来歴が誌された。自分は南北の「四代目」である、というのは故人の遺志であった。

葬列の棺桶

南北の本葬は翌春、文政十三年（一八三〇）正月十三日にとり行なわれた。文政十三年は寅年である。『寂光門松後万歳』の右肩にも「當ル寅の孟春」と誌されていたので、これも南北の遺言だったのであろうか。当日は亀戸天神の妙義社の「二の卯」の祭と重なった。深川から亀戸に向かう南北の葬列は、江戸から隅田川を渡って亀戸に向かう参詣の人びとと交差して、おびただしい見物になった。江戸三座の惣役者が麻裃の礼装で付き従い、棺桶を担ぐのは腰衣を着けた十六人の所化（坊主）。葬列は立派でも、棺桶は骸を横に寝かせる四角い柩ではなく、丸い早桶に押し込んだ簡単なものであった。それも御輿に乗せて担がせるのではなく、自分が芝居でした通りに早桶を縄で縛り天秤棒を通して担ぐ「差し荷ない」にしろ、天秤棒には「四ッ谷の磨き丸太」を使え、細かな注文も、かねてからの遺言であったという（『戯作者撰集』）。

### 直江重兵衛の思い付き

　春慶寺の地内には葭簀の掛け茶屋が設えられ、赤い前垂れを掛けた人びとが、茶や酒を振る舞った。たばこ盆、土瓶、茶碗にも、みな「大」の紋が付けられた。帰りがけには、竹の皮に包んだ団子と「万歳」の小冊子が配られた。「団子」は万歳の文句にもある「四十九日の餅」であった。忌日から数えて四十八日目、本葬は取り越しの「四十九日」でもあった。河竹繁俊が『歌舞伎作者の研究』の「追補」に紹介した黙阿弥の手記には、『寂光門松後万歳』の小冊は二つ折りにして青竹に挟み、簪のように頭に刺した。これは二の卯に配られる護符「妙義の札」の見立てであった。帰り際には、門弟のひとりが烏帽子狩衣の神主の姿で待っていて、大きな御幣で清めた。黙阿弥の手記には「これ倅二代目勝俵蔵の思ひ付なり」とあったという。葬礼は、南北の遺言であるとともに、倅直江重兵衛の工夫でもあったのであろう。

親子の戒名

南北の戒名は「一心院法念日遍」、倅は「実夢院楽心日祐」。一対の戒名は同時に付けられたものであろうか。親の南北を「一心」の狂言作者と見たのは倅、直江重兵衛であった。影の作者として過ごしたその日々を実に夢のようだった、と総括したのである。

## 四　直江重兵衛と二つの石碑

六樹園の碑文

葬礼から三ヵ月後、菩提寺の春慶寺に墓碑が建った。石碑の裏面には「文政十三庚寅年閏三月建之　直江重兵衛、勝田亀岳、鶴屋孫太郎」と刻された。碑文は六樹園（ろくじゅえん）こと石川雅望（がぼう）の「作文（さくもん）自筆」であった。雅望の狂名は宿屋飯盛（やどやのめしもり）、狂歌の師蜀山人（しょくさんじん）大田南畝（なんぽ）の薫陶を受けて、雅文も漢文も使いこなす文人であった。撰文では漢字の「鶴屋」を「雀屋」とした。「雀」には鳥が高く飛ぶように、志が高いという意味がある。あえてこの漢字を用いたのであろう。碑文では中国の戯曲作家李漁（りぎょ）の「（笠翁（りゅうおう））十種曲（じゅうしゅきょく）」にも触れた。六樹園は「十種曲」を粉本に和文体の読本も書いていた。漢籍の知識を織り交ぜて

石工窪世祥

はいるものの、六樹園の碑文の魅力は雅文にあった。日常のほほえましいエピソードを美しい言葉で彩る。「最後の滑稽」となった小冊子の話も雅文で綴られていたのである。

墓碑の石工の窪世祥（くぼせしょう）は、『武江年表』に「碑碣彫刻　窪世祥」と挙げられた名工であった。「碑」は四角の石塔、丸くなると「碣（けつ）」。どちらもこなす石工であった。田中達也が調査した「窪世祥鐫一覧」には隅田河畔を中心に三十六基の墓石が数えられている（「窪俊満の研究」三、『浮世絵芸術』第一〇九号所収）。関東大震災で焼失した墓碑は、このような名家名人の手になるものだった。

夢跡集の絵図

春慶寺の石碑

（国立国会図書館蔵『夢跡集』「戯作者之部」）

山口豊山の『夢跡集』（国立国会図書館蔵）には、この石碑も「鶴屋南北墓」として模写されていた。普通の墓は「総卵塔（墓地）の中央」にあり、この石碑は春慶寺の「門を入て左手」にあった。その高さは「六尺

墳墓図誌

直江南北類属之墓

照光院「直江南北類属之墓」

五寸余、左側より背後に、六樹園の撰文」が刻されていた、という。石碑の右側には、南北とともに女房お吉の法名も誌された。「真女院法誉徹笑信女」。忌日は「文化十四丁丑年六月十八日」、南北に先立つこと十二年であった。

石碑の施主の筆頭、直江重兵衛こと二代目勝俵蔵は、『墳墓図誌』（早稲田大学演劇博物館蔵）と名付けた一冊の写本を遺している。親南北がなくなる年の春の「己丑火事」のあと、焼け残った寺々を訪れ、住職の話を聞きながら珍しい墓石を模写、その数は三十基に及ぶ。春慶寺の墓碑の準備のためだったのであろうか、あるいは自分の衰えを察知した南北の要請があったのであろうか。奇談とともに写された、有名無名の人たちの墓石を眺めていると、そのような空想が思い浮かぶのである。

深川の照光院に遺る石碑「直江南北類属之墓」には「実夢院」こと直江重兵衛の戒名

も刻されている。忌日は文政十三年、改元して天保元年十二月十七日である。石碑の建立は遺族の手によるものなのであろうが、類属の系図を石碑に遺したのも親南北の遺志だとすると、倅直江重兵衛には二つの石碑の建立が課せられていたことになる。

二代目勝俵蔵の急逝

直江重兵衛は勝俵蔵を襲名した翌年、中村座に重年しただけではなく、河原崎座にも「スケ」として出勤した。片腕として頼りにしていた、二代目松井幸三が急逝した、その後始末であった。江戸三座のうち、残る市村座の立作者は三升屋二三治であった。のちに二三治は、二代目勝俵蔵について「一年、三座の立作者、ひとりにて勤めしも余人の及びがたし」(『作者店おろし』)と回想した。それまでのように、市村座でも名前を出さずに「筋書き」を与え、作者部屋の面倒も見ていたのであろうか。二代目勝俵蔵が「仕組みに掛かり早きこと、早手回し」であった、というのも二三治の追憶であった。少なくとも、二座の顔見世狂言と親南北の名前の合巻四本を書き納めて急逝する。行年、五十歳であった。

## 五　孫太郎南北と勝田亀岳

作者の払底

鶴屋南北に続いて二代目松井幸三、二代目俵蔵と亡くなると、立作者が払底になった。

直江重兵衛が取り立てた待乳（まっち）正吉、二代目幸三の弟子分の松川宝作（改名して宝田寿助）を立作者に抜擢。さらに桜田治助の三代目、並木五瓶の三代目、福森久助の二代目と名跡を復活して、急場をしのごうとしたものの力量が不足、そのとき義太夫狂言とともにスポットが当てられたのが南北の旧作であった。『四谷怪談』『五十三駅』『鞘当』をはじめ役者評判記に「故人鶴屋南北作」と讃えられたものだけでも『女清玄』『八重霞曽我組糸』『裏表忠臣蔵』『勝相撲浮名花触』『當穐八幡祭』『絵本合邦衢』（福森久助と合作）を数えた。このような趨勢のなかで孫太郎南北こと五代目鶴屋南北が誕生するのである。後ろ楯になったのは三代目菊五郎であった。

孫の孫太郎南北

孫太郎の姿は祖父の生前、役者絵「市村座三階ノ図」と合巻『四十七手本裏張（かながきてほんのうらばり）』の挿絵と二度、描かれた。どちらも着流しで拍子木を持つ、狂言方の姿であった。祖父は娘婿の勝兵助のような狂言方の元締めになることを願っていたのであろう。祖父に続いて叔父まで失い、方向転換を余儀なくされたのであろう。

近松真筆のゆくえ

孫太郎が南北になるのは、天保八年の春。曲亭馬琴のもとに近松門左衛門の書簡の軸が届くのは二年前、天保六年の秋であった。馬琴に讃を需めた持ち主は「桐生人某」（『異聞雑稿』）。孫太郎には、狂言作者の家の宝であった近松の書翰も遺されなかったのである。

孫太郎の今に伝わる文業としては、叔父の一周忌、祖父の三回忌に配った『極らくのつらね』という小冊が古い。祖父の遺した『寂光門松後万歳』に倣った戯作だが、このときすでに三十六歳になっていた。狂言作者としての仕事も祖父の祖述者の域を出ることはなかった。唯一、祖父や叔父にできなかったことが長唄の詞章を書くことであった。代表作『春野辺桜袂』(『骨寄せの岩藤』)は門弟の二代目河竹新七(黙阿弥)の『加賀見山再岩藤』に取り入れられて現在にまで伝えられることになった。全盛期は門下に黙阿弥と三代目瀬川如皐とを擁した天保末年であった。天保の改革で江戸を追われた海老蔵(七代目團十郎)を頼り上坂したものの、それを限りに消息を絶った。嘉永五年(一八五二)正月二十一日、深川八幡境内の二軒茶屋の松本で客死。行年五十七、死因は結核であったと伝えられている。戒名「了祐信士」の「祐」は高祖父の当たり役「祐天上人」に因んだもの。「了」の字は家系が絶えたことを示すものであった。

### 亀田亀岳

もうひとりの孫、勝田亀岳の実父は向島の料理茶屋武蔵屋権左である。五代目團十郎贔屓で烏亭焉馬こと談洲楼焉馬が主催する「三升連」の狂歌師でもあった。その縁で焉馬は武蔵屋に百余人の狂歌師を集めて「咄の会」を催したのである。

亀岳には二人の師がいた。ひとりは亀戸天神の別当菅原信盛であった。千代田城の営中連歌に出勤する家柄で、亀岳も梅之房教覚の名で随行し、営中連歌の執筆を勤めて、老中より銀十枚を賜っている。もうひとりは絵の師で法眼に叙せられた亀交山こと松本交山である。深川の二軒茶屋松本の主人でもあったので「山の交山」とも呼ばれた。亀岳は娘婿となって、「七艸庵」と号する師の庵室を継承するのであった。その縁で孫太郎は松本の厄介になった。

亀岳の終焉

亀岳は幼いときから絵が上手で、それを祖父南北は嬉しく思ったのであろう、自作の合巻の挿絵に「九童亀岳」などと署名をした絵を載せた。代表的な画業は黒川春村の『並山日記』である。春村とともに甲斐の国を旅し、風景とともに多くの器物を模写した。海老蔵（七代目團十郎）の依頼で抱一らの絵、米庵らの讃という豪華な屛風の製作にも従事している。河東節の『葵の上』『秋の霜』、この二曲も亀岳の作であった。この孫が最後まで春慶寺の墓と照光院の碑、そして孫太郎の眠る心行寺の墓を守ったのである。東北大学の狩野文庫に収められた亀岳の日記『七艸庵記』には、祖父の実家であろう勝田長三郎や勝田の姉との交流も誌されている。祖父の三十三回忌の仏事を終え、その翌年、文久二年（一八六二）正月二十七日に没した。行年四十九歳。奇しくも祖父の月命日であった。

# 第十三　人となりと交友

## 一　国貞が画いた鶴屋南北の肖像

南北の素顔

鶴屋南北を描いた浮世絵は四点ある。そのうちの三点は役者絵の雄、歌川（五渡亭）国貞の筆になる。はじめの一点は、文政七年（一八二四）正月に売り出された「市村座三階ノ図」である。人気役者らの楽屋での素顔を画いた人気のシリーズで、三枚続きの中央に画かれた。女形の楽屋のある「中二階」の入り口に掛けられた暖簾から出たところであった。面長で、かつて洒落て「大眉」と号した太い眉。茶の羽織の着流しで、首に襟巻きを捲いている。猫背で羽織の中に手を入れているのは、寒さのためばかりではなく、女形などが取るポーズであった。

亀戸の居宅

二点目は四年後、文政十一年の初春に出された自作の合巻『裾模様沖津白浪』の口絵「歌舞妓狂言相談の図」である（本書口絵に掲載）。年始客の岩井杜若（半四郎）・紫若親子の受け答えをしている南北は、顔の見えないうしろ姿であった。代わりに正面を向いて

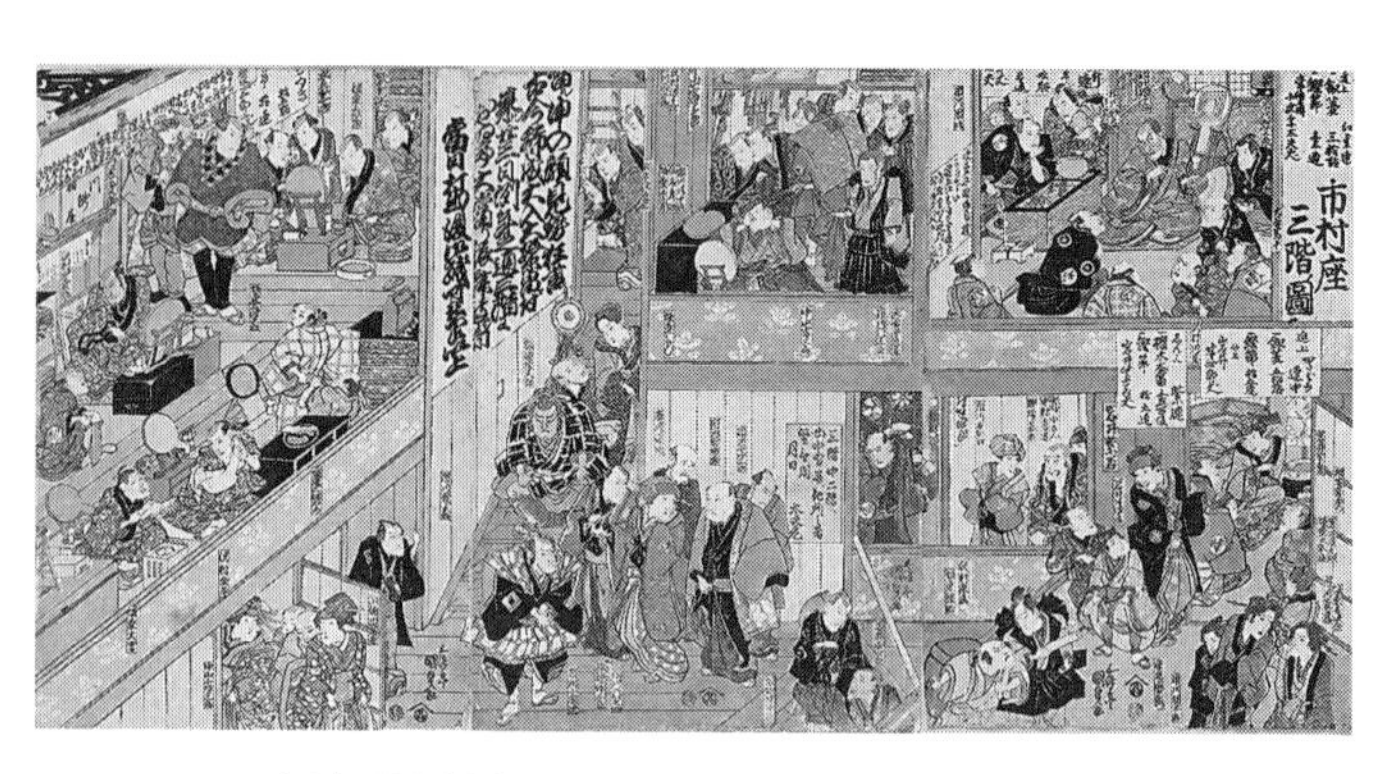


国貞「市村座三階ノ図」(早稲田大学演劇博物館蔵)

いるのは「直重(なおじゅう)」こと直江重兵衛である。金井三暁と名乗り、狂言作者としてはじめて迎えた春であった。床の間に飾られたのは近松門左衛門の真筆。金井三笑の極めの付いた家宝である。国貞画く、この口絵は狂言作者として立つ、直重の御披露目だったのであろう。

直重は縞模様の羽織着流し。南北の羽織は「亀の子」と「羽ばたく鶴」を散らした中型の染め模様で「(大)」の紋付き。着物も花を散らした「小紋染め」であった。書き初めに孫の亀岳が描いている鳥の絵を覗くのは坂東秀佳(しゅうか)(三津五郎)。舞台では見ることのできない素顔は「夏の富士」に譬えられた。初春ののどかな一コマを披露するものであった。

丁をめくると国貞ではなく「五亀亭貞房」画。まだ子供の貞房の浮世絵と亀岳の本絵を並べる趣向であった。貞房の画いたのは師匠国貞の一行である。

青竹の塀に見越しの松、潜り戸の付いた門。三升屋二三治が「表に小門を建て」たとする亀戸の居宅であった。床の間の部屋には竹縁が付き、蹴込みも竹。床の間は面白い木目の板張り。その上には蛸足の香炉台に「亀」の形をした香炉が置かれた。塗り壁の裾にも手の込んだ模様の板が塡め込まれている。外に出ると、溝に架かった土橋も竹、溝の土留めも竹である。すべてが数寄屋風の造りであった。

**その頃の給金**

この年、文政十一年九月には役者の給金の高騰に困り果てた三座の座元が奉行所に訴え出た。その結果、暮れの顔見世には座頭の給金が千両から五百両と半減、「加役、余ない（負担金）、衣裳代」を加えても七百両に減じられた。狂言作者の給金も減らされたのであろうか、中村座の南北の百七十五両を筆頭に、市村座の「松島てうふ」（二代目桜田治助）の百二十五両、河原崎座の三升屋二三治の八十五両と続く。二三枚目でも七十両から四十両、狂言方でも十両は取った（関根只誠『東都劇場沿革誌料』）。役者は衣裳代、鬘代は自前であった。給金にはその分が含まれていた。そのうえに南北は二座兼帯、名前を出さずに「スケ」で狂言も書くこともあった。合巻の挿絵は美化された絵空事ではなかったのであろう。

**もうひとつの素顔**

国貞の三点目は天保二年（一八三一）、南北の没後に大坂で出版された絵入り根本『於染久松色読販』（「お染の七役」）の口絵「岩井半四郎七役早替り工夫発端」と題された楽屋図である（本書口絵に掲載）。絵入り根本は「江戸鶴屋南北老翁稿本臨書、歌川国貞先生俳優写生」と謳われたもので、国貞があえて「十九年前の事にて当時（現在）の役と混じ給う」など注意を喚起したように、初演のとき鶴屋南北五十九歳の姿を再現しようとする試みであった。細面に太い眉は第一図と同じ。右手を袖に入れた「筒袖（つつそで）」も同じだが、さらに足の指を折って立つ、役者のような姿まで写し取っていた。「髷（まげ）」の形も三図とも共通で、役者の楽屋姿のように髷を後ろに折り返すことなく、小さくまとめている。

絵入り根本で流布していたのは江戸版で、ほんらいの大坂版を紹介したのは鈴木重三であった。「彩色摺りにはきびしい取締りのある江戸」と違い、大坂版は「藍を主体とした美麗な色調」であった（昭和五十六年、国立国会図書館『江戸後期歌舞伎資料展目録』）。鮮やかな色調によって、江戸版では見ることのできなかった模様が浮かび上がってきた。着物の縦縞は藍の薄い「瓶（かめ）のぞき」。裏地と裾回し、それに帯は鮮やかな藍の「青」であった。「(大)」の紋付きの羽織は紫がかった「浅黄（あさぎ）」、小紋染めの意匠は「亀の子」であった。亀戸の自宅でも羽織は「鶴亀」。香炉は「亀」。孫の名は「亀岳」。そこに、この老人のこだわるところがあったのであろう。

### 緋縮緬の風呂敷

もうひとつ、この図版で知ることができたのは、南北が左手で抱え持つ緋縮緬の四角い包み物であった。中には正本（台本）が入っているのであろう、この風呂敷は「緋縮緬にして、作者かならず所持（中略）南北は大入と白く染め抜きたる物を用いたり」（三升屋二三治『芝居秘伝集』「正本のこと」）とある。実家の屋号は「海老屋」。その特注だったのであろう、白抜きに染めた「大入」が二三治の目に残ったのである

若き南北の姿

第四図は早世した詩人で、南北研究家の中山幹雄が発見した、置き土産であった（浮世絵かぶきシリーズ2『南北物語』）。人情本であろうか、その挿絵に画かれた肖像は、もっとも若い南北の姿であった。羽織袴に脇差し、片手に塗りの「三方」を持つ正装でも、羽織は「水色」、袴も「松葉色」と色染めであった。立作者は「黒紋付き」という決まりを嫌った、これも南北の好みだったのであろう。

## 二　『作者店おろし』と『伝奇作書』

おかしみの話

『作者店おろし』は天保十四年（一八四三）、三升屋二三治が数え年で六十歳のときの著作である。日本橋の芝居町が浅草の猿若町に移転した翌年、老作者が往時を振り返った懐旧譚であった。対象となった作者は、作者部屋でともに過ごした人びと、初代桜田治助から勝井源八まで二十五人であった。台本の執筆など仕事のことは取り置いて、「その人物、おかしみの数々の話」を綴る方針で、「由縁ある人、見てかならず腹立つことを

免し給え」と断りを付した。「何の為にもならぬ、むだ書き」と承知しながらも、表から見たのでは知れない滑稽な話を思い出しては誌したのである。

### 二三治との交友

三升屋二三治は蔵前の札差伊勢屋宗三郎の嫡男であった。文化元年（一八〇四）、二十一歳で家督を相続。翌春には三座の作者九人に句を乞うた「春賀」の摺り物（西沢一鳳の『張込帖』早稲田大学演劇博物館蔵）を配った。「燗酒や雪まだ溶けぬ、むめ見舟　眉毛（びもう）」とあるのが勝俵蔵こと南北である。二十九歳と親子ほど年の離れた二人の交友は、少なくともこのときまでさかのぼる。二三治が誌した南北の「おかしみの話」は、二十五人の中で最も多い六話。そのうちの二つ「表札」「火難水難」は亀戸に移ったときの逸話であった。借りた土地は「百姓地面」だったので、火事のときに肥柄杓（こえびしゃく）で水を撒かれたり、表札の「南北」から医者に間違われたりした、滑稽な話であった。のちに「おらが村へ、よいお医者さまが引越してきた」と喜ばれた、と話したのは南北だったのであろう。火事の前には大水で畳を上げ、「この年は火水の責めに逢う」と笑い話にしたのも南北自身なのであろう。南北から聞いたであろう話でも、二三治が身近で見聞きしたのは亀戸に移る前、日本橋の元地でのエピソードであった。

### 蚊帳の話

「蚊帳」という話は日本橋高砂町の裏長屋に住んでいた「俵蔵のむかし」、執筆をしていると土間で女房が竈の下を焚き付け、「モシ、湯が沸きましたが米はどうなさる」と聞く。無視をして書き続けると「米はどうなさる」と再び催促された。焦れて「少し待て」と言うと「薪が無駄になります」。その答えにむっとして、戸棚から蚊帳を出して横町の質屋に駆け込んだ。癇癪で顔色も変っていたのであろう、四つ角で出くわした人が不審に思い「どこへ行きなさる」と問うと「ハイ、殺しに行きます」と応えられ、なおさら吃驚。この話には「蚊帳を、殺し（質入れ）に行きます」という「落とし話」のような「オチ」が付いた。

「蚊帳」は、よく知られた逸話だが、そこには「秋の末のころなれば銭はなし」という注記があった。狂言作者の給金は、のちに「六つ割」（六回に分けて支給）になるが、このころまでは「三分の一払い」であった。顔見世のときに大金が入り、秋も深まるころには金詰まりになった。注記は、そのことを指していたのである。三升屋二三治の『作者年中行事』「三分一の払」には、具体例が二つ示されていた。当時、三枚目に近い作者分の給金は三十両。楽屋の雑用でこき使われても十両が手に入るので「面白き家業」であった。台本を書く二三枚目になると「役者よりの貰い物は腕次第、おべっか次第（中略）当時、立作者にも勝るものゆえ、給金の高も値段は値段ほどあるもの」だとあった。「おべっか次第」はともかく「立作者に勝る」の代表は勝俵蔵と福森久助であった。米代に困って質屋に駆け込む姿から安直に「貧乏暮らし」と結び付けるのは避けるべきである。三升屋二三治が面白がったのは、この夫婦の軽妙な会話だったのである。

### 女房お吉の人となり

「女郎買」も二三治が見聞きしたであろう、そのような夫婦の会話のひとつであった。南北は「年六十余」であった。亀戸に移る前に住んでいた、高砂町と難波町の間の路地、俗称「駕籠屋新道」での話であった。女房お吉は南北より年かさの老婆、日に同じ事を何度も言う老いぼれになってもそこは長年連れ添った夫婦、たがいに「合いいたわり居りしが」とあるのが二三治の導入部であった。南北は男ゆえ、まだ少し色気があり、岡場所の女郎を買った。夏のことゆえ汗ばんだ帷子を脱ぎ捨てると、それを畳もうとしたお吉の手に触れたのが、袖に残された「みす紙」であった。結末は「これを見て老人同士、夫婦喧嘩となるも、おかし」であった。この話を元に、近代になると面白がって、嫉妬深い女房であるとか、入り婿ゆえ女房に頭が上がらない「かかあ天下」であった、と話は膨らむことになるのだが、二三治が書き留めた滑稽はそれとは遠いところにあった。

### お吉の法名

この老夫婦が住み馴れた芝居町を離れ亀戸に移るのは文化十三年（一八一六）であった。ごく最近、知ることになった女房お吉の忌日はその翌年「文化十四丁丑年六月十八日」（『夢跡集』）。「徹笑」とされた法名の二字からも、その人となりが窺われるのである。

### 芝あたごの市

「芝あたごの市」も南北の人柄を彷彿とさせる話である。年の暮れ十二月二十四日の「年の市」で藤倉草履を買ってきた。翌朝、見てみると草履の裏がない。ほんものの革ではなく、スルメだったので猫に喰われた。この話を二三治は「内の猫、残らず喰って仕舞いしこと、残念」と締め括った。

**文字の相違の憶説**

　最後に誌された「文字の相違」からも、さまざまな憶測が生まれた。春慶寺の石碑に「ふみ読むことを嫌いて、文盲なりと言いて、自ら誇ることなし」と誌され、葬礼の小冊にも「文盲にして愚作を顕わすこと五十余歳」とある、「文盲」の二字に結び付けられて発展した訛伝（かでん）であった。「文字の相違」で指摘されたのは「その旗」を「その畑」と書き、切り口上の「まづ今日はこれ切り」の「まづ」を「待ツ」と書く。このように間違って覚えていることは「大人（たいじん）」としては稀なことだ、という指摘であった。残された台本の数々を見れば、通俗歴史や和歌はもちろん、仏教、儒教、有職や故実、その知識は万般に及ぶ。顕著なのは薬や毒薬など医道に関する知見であった。それらの知識は耳学問で、ほんとうに学んで得たものではない、それゆえに「文盲」と称したのであろう。同じことを浄るり作者の近松半二は「何ひとつ正しく覚えたことなく、聞き取り法問、耳学問、根気を詰めて学ぶことのならぬ自堕落（じだらく）もの」（『独判断（ひとりさばき）』）と卑下した。孫弟子に当たる三代目瀬川如皐は「文盲不才」（郡司正勝「瀬川如皐の自伝」『かぶきの発想』所収）、同じく黙阿弥は「無学無識」の「偽物（まがいもの）」と称した（「黙阿弥狂言百種」第一号）。「文盲」はひとり南北の持つ資質ではなく、歌舞伎や浄るりの作者に共通の意識であった。

伝奇作書の逸話

大坂の狂言作者、西沢一鳳の「三升屋二三治が話」（『伝奇作書』所収）も高砂町のころの話であった。顔見世前の季節は秋、風邪で臥せっているのを見た二三治は、懇意にしている江戸城奥詰めの御殿医を見舞いに差し向けた。高砂町の裏店に長棒駕籠で乗り付けられて驚かされたうえに、若党中間にまで一分の酒代を払わされた。二三治の悪戯の返報に南北は、そのころ二三治との間に浮名が立っていた、水茶屋の女の紋を聞き出して、二三治と比翼紋の提灯を拵えて吹聴し、困らせて敵を討ったという。一鳳はこの話を「馬鹿馬鹿しき咄のあるを、歌舞伎作者とも云うべし」とまとめ、さらに近ごろは賢くなって、このような「風流、滑稽なる人」がいなくなったと嘆いた。一鳳も劇界を退いた二三治と、つるんで遊んだ年下の友であった。江戸に下ってきたのは南北没後のことなので、直接の交流はなかったものの、父の代から手紙のやり取りがあった。口絵に紹介した文化九年（一八一二）の書翰は、一鳳の『貼込帖』に収められた父、本屋利兵衛宛の手紙である。

## 三　作者部屋の人びと

桜田治助

『作者店おろし』の筆頭は桜田治助で、収められた逸話も南北に次ぐ五話であった。

冒頭の「付け文の事」は「左交(さこう)（桜田治助）は、吉原好きにて、夜ごと入らねば寝られぬという人」ではじまる。仲の町から江戸町(えどちょう)、京町(きょうまち)と冷やかして歩くと、茶屋の女房はもとより、馴染みの女郎から「左交さん、左交さん」と声を掛けられたくて、新造女郎から禿(かむろ)にまで仇口を言って歩く。ふと見初めた花魁(おいらん)から声を掛けて貰いたく、梅の枝に「懸想文(けそうぶみ)」を付けて格子先から投げ込んだ。翌日の晩、その格子先に立つと花魁が立ち寄ってきた。二三治が付けた話の結末は「モシエ、夕べのお返事を、と言われて逃げ出せし話、可笑しらし（いかにも滑稽だ）」。七十歳に近い、老人の逸話であった。

## 並木五瓶の話

桜田治助より七つ若い並木五瓶のことを「至って女好き」としたのは西沢一鳳である。『伝記作書』「並木五瓶が伝」で紹介された逸話も晩年のものであった。五瓶が見初めたのは「青我」という水茶屋の女であった。日参して朝から半日、居続けた。太鼓持ちを兼ねた狂言方に「女は手に入りましたか」と聞かれると「半日では手に入らぬ、一日付いて居ねば色になるまい」と答えた。あとで聞くと「月囲(つきかこ)い」で妾になる女だったので、著者は「その女に高料の茶代を費やすなど、高名の人、どこか滑稽あり」とまとめている。

江戸座の俳諧に遊んだ五瓶は亡くなる前の年、文化四年（一八〇七）に『誹諧通言(はいかいつうげん)』を出版した。内容は誹諧（俳諧）の書ではなく、遊里の通言を集めた字引であった。にもかかわらず「誹諧」と名付けた、その理由は「誹諧諸流の巨匠たる者、ひとり買色を聞かざるは、無し」（五瓶の自序）。「買色」は「遊里」のこと。京江戸大坂、三都の遊里で遊ぶための手引き書でもあった。

本屋宗七の天国の剣

『作者店おろし』の「天国の剣」「蓮の葉」も、吉原にまつわる話であった。前者は増山金八門下の本屋宗七。前名は「豊島郡の大作者」の意で「豊島大作」と称し、みずから「日本一」と豪語した男であった。元は亀戸天神の祢宜で「天国の剣」もそのころの逸話であった。吉原通いの金に詰まり、宝蔵に忍び込んで「天国」を盗み出した。質屋に向かうその途中で雨が降り出し、雷が鳴った。「雷」なので天神様のお咎めか、と怖ろしくなり宝剣を宝蔵に戻した、という話であった。

篠田金治の蓮の葉

「蓮の葉」の主人公は本所割り下水の旗本、野々山大膳の次男坊、篠田金治である。盆の節季に払う、吉原の揚げ代に困り、隣屋敷の蓮の葉を盗み取ろうと忍び込んだ。鎌を銜えて塀を乗り越えたところを見つかって大騒ぎになり、頬被りを取ってみると隣屋敷の若殿様であった。勘当されて屋敷を立ち退くとき詠んだ狂歌は「忍ばんと思う今宵の月明かり、捕らえられたで人がより蓮」。本屋宗七と篠田金治、二つの話は、ほかならぬ本人が面白おかしく語ったのであろう、どちらも歌舞伎の台本を読むような面白さであった。

木村園次の奇矯

『作者店おろし』の木村園次の話は、吉原ではなく新宿である。還暦の「六十一の賀」に因み「紅粉助(べにすけ)」と改名、赤い羽織と着物を着て女郎買に行き、行き来の人に指を指して笑われた。この話を再録した写本『狂言作者概略』（国立国会図書館蔵）の補記には馴染みの女郎の名は福島屋のお勝、我を忘れて辻番に逃げ込むと、乱心者だと思われて駕籠で送り返された、とある。老妻に隠れて岡場所の女郎を買い、夫婦喧嘩になった「六十余」の南北とは、比べものにならない破天荒な老人であった。

福森久助の不風流

福森久助の実家は、本所の薪炭商(しんたんしょう)であった。勘当されて作者部屋に転がり込んだのは同じでも、他の作者と異なるのは、出世したのち勘当が許された。遺産として二百両を貰い、それを元手に小金を貸して庫まで建てた。三升屋二三治の『技芸諸人録』には「作者の建てたる庫は無しといえども、福森久助安宅(あたけ)へ庫を建て、家はこれも絶えたり。作者にて庫建てたるは南北、久助二人なり」と誌されていたという（『狂言作者概略』「二代目勝俵蔵」）。

本所の「安宅」というのは、福森の本宅である。浅草の別宅では、吉原の芸者を落籍、男の子も授かった。順風満帆のこの男を二三治は「詩歌連俳に心なし（中略）不風流なる男と察すべし」（『作者店おろし』）とこき下ろした。その理由は、自分の俳名を焼き印にして、銭湯の手桶や盥にまで押していたからであった。もうひとつ「石の手水鉢」（『作者年中行事』）も「不風流なる男」の逸話になるのであろう。格好の良い手水鉢を見つけた福森は、住み込みの狂言方に本宅まで担いでいけと命じた。「心なき人」だと思った男はその晩、夜逃げをしたのである。狂言方の名は勝浦周蔵。師匠は勝俵蔵こと南北であった。浦和の出なので「勝」の字を許し「勝浦」を名乗らせた。古巣に戻り立作者に出世した、勝井源八の若き日の挿話であった。

### 福森久助と篠田金治の喧嘩

文化六年の春のことであった。福森久助と篠田金治が森田座の楽屋で口論に及び絶交、戯作者の山東京伝が仲裁して仲直りをした、という話が国立国会図書館所蔵の写本『江戸歌舞妓年代記』にある（『未刊江戸歌舞伎年代記集成』）。きっかけとなったのは中村座の『八百屋お七物語』であった。角書きに「京伝子滑稽・馬琴子筆意」と戯作者の名を出したことに腹を立てたのは福森。「仲間の恥辱」のように言うのを聞いて「さな言い給うな（そう言いなさんな）」とたしなめたのは金治であった。「狂言の作者も稗史の作者も、いわばひとつ仲間」と聞くと福森はさらに激高、金治のことを罵った。「年代記」の著者は、金治は戯作者や文人とも朋友の交わりをし、戯作の筆にも手を染めた。福森は「十八才のときより戯場の作者となり（中略）己が活業一三昧にして、他を省みず」、喧嘩口論になったのも「理なるかな」とまとめた。福森は勘当された実家に戻り、庫まで建てて実家の寺に埋葬されたものの、のちに家は絶えた。二代目五瓶こと金治は、勘当されたままで亡くなっても、文人ら朋友が奉加帳を廻し、句碑が建立されたのである。

『江戸歌舞妓年代記』には改竄があって著者を特定することは難しいが、改訂後の「江戸　花笠翁編次」は戯作者の花笠文京であった。実父は侍医で儒者、実弟は官儒の東条琴台である。身を持ち崩して蜀山人の食客となったものの「小妻（妾）」を誘惑して追い出され、作者部屋に転がり込んだ。晩年は劇界を追放され、二人の娘を花柳に沈め、所々流浪の末に生涯を閉じた。門弟の仮名垣魯文が建立した碑文には「諧（滑稽）」にして「汗（濁り水）」。それでも「奇人」として愛された。このような男を作者部屋に迎え入れたのも南北であった。

花笠文京の奇人

## 四　鶴屋南北遺稿『吹よせ艸紙』

南北の随筆

随筆『吹よせ艸紙』（国立国会図書館蔵）が「鶴屋南北遺稿」として編纂されたのは天保十三年（一八四二）。没後、十三年目であった。編者は「烏有山人」こと浮世絵師、歌川国芳。刊本ではなく、貸本のための写本であった。伝本は「巻六」から「巻十」まで「下帙五巻」で、「さきに上帙五冊を出し」とあるものの、伝えられていない。序文に「天象あり地所あり、故人あり、あるいは古の事、今の事、雅となく俗となく、皆この巻中に吹よせつ」とあるのが書名の由来であろう。内容の一部は、のちに石塚豊芥子の『街談文々集要』に引用された。「街談」は「街の噂」、「文々」は「文化文政」。南北の随筆も「街談文々」であった。

一冊目（巻六）の冒頭「江戸町奉行目録」には歴代の町奉行の名が列挙、さらに与力の由緒とその俸禄に関する文書が写された。続く「町年寄先祖由緒書」「町地割役由緒書」、二冊目の「狂言座三座書上」までは行政文書の写しである。「街談文々」に入るのは、その後であった。「道心坊貞山の事」は文化十三年（一八一六）霜月の話。貞山という道心は、同じ長屋に住む五歳になる男の子が可愛くて貰い受けたものの育てられず、思い余って絞め殺した。自分も死のうと思ったが命が惜しくなり、忘れるために芝居を見物した、というのである。翌日もまた芝居を見に来たところを捕縛された。吟味すると意味不明なことを口走るので「乱心」ではないかと疑われた。道心坊が見た河原崎座の立作者は鶴屋南北であった。逮捕したのは町回り同心の「大竹源蔵殿」。その人から聞いた話であった。

南北が聞いた話

「鷲大明神の事」（巻九の二）は千住の鷲神社の神主から聞いた話である。「予、過ぎしころ」とある「予」は南北自身のことを指すのであろう。「運の神」と称される謂われなど社伝を問うたうえで『式帳社考』を見て考えたことを誌している。「大川橋身投げの事」（巻十の八）、「親に不孝なる子の事」（同九）の話し手は隅田川の渡し船の船頭であった。「いろいろの雑談せし折りふし」に聞き出したものである。二つとも身投げの話で、前者は借金、後者は実子の将来を儚(はかな)んでの自殺であった。親の死骸は干潟に流れ着き、鳥の餌食となって着物だけが残った。「アア、いかなる者が親となり子となりしが、仏説に云う過去の因果なるか」と嘆いたのは船頭ではなく、著者南北だったのであろう。

### 南北の実見譚

「盗賊辻切異変の事」（巻七の七）は文化三年の事件であった。非人や盲人を突き殺した男が捕まって獄門になった。その翌日にまた年を取った按摩ら二人が突き殺された。「予立ち寄り、見たり」とあるので、本所の現場まで駆け付けたのであろう。二人目の犯人は盗賊であった。按摩や宿なしの非人は夜働きの邪魔だから殺した、と白状した。異常なその供述に注目して「異変の事」と名付けたのである。たんに「暗夜突盲人」とする『街談文々集要』とは異なる南北の視点であった。この事件は『筆満加勢(ふでまかせ)』『我衣(わがころも)』など他の随筆にも見られるが、凶器の短刀が血で錆び、研ぎ屋に出したことから足が付いたとする記述は南北だけ。独自の情報源があったのであろう。

### 文宝亭との交流

『吹よせ艸紙』には「街談」だけではなく、文書の転写引用もある。「三勝半七相対死一件」（巻八の十二）もそのひとつ。「飯田町亀久主(ぬし)、写しおけり、乞いて記す」とある。

## 随筆の情報源

「亀久」は飯田町の茶商亀屋久右衛門こと文宝亭文宝。蜀山人門下の狂歌師であった。「亀久」の随筆『筆満加勢』には「この書は堺屋太兵衛が懇意なる人、旅行の節、大和にて写し来たりし由」。転写する際に南北は「懇意なる人」を見落として「神田大工町堺屋太兵衛といえる仁」となった。添え書きに「予」とあるのは『筆満加勢』の文宝亭文宝のことである。文宝が堺屋太兵衛に転写を勧められたのは五月七日、三勝半七の月命日であった。「因縁あることよと、例の筆にまかせぬ」と誌した、その部分を南北は削除している。因縁話などにしたくなかったのであろう。

「酒井家日記」（巻九の四）は、伊達騒動に関する下馬将軍酒井忠清の記録である。「刃傷（にんじょう）」のあとに下賜された人参や独参湯、そのときの御殿医の名も認（したた）められていた。元は酒井家の虫干しの際に見つかった文書で、南北の手元には「桂川様より来たる」とある。「桂川」は森島中良の実家であった。「慶安反賊人相書」は豆洲韮山（にらやま）の代官、江川太郎左衛門家に伝わる反古（ほご）の中にあった。幕末に「世直し江川大明神」と讃えられることになる江川太郎左衛門英龍（ひでたつ）の父、英毅（ひでたけ）であろうか。その写しも手に入れることができた。情報源は江戸だけに終わらず、京都や長崎にも及んだ。引用された書目を並べると『寛明日記』『一話一言』『史紀』『事物起源』『王代一覧』『一挙博覧』等々。まさに「古の事、今の事、雅となく俗となく」（序文）吹き寄せられた「鶴屋南北の遺稿」であった。

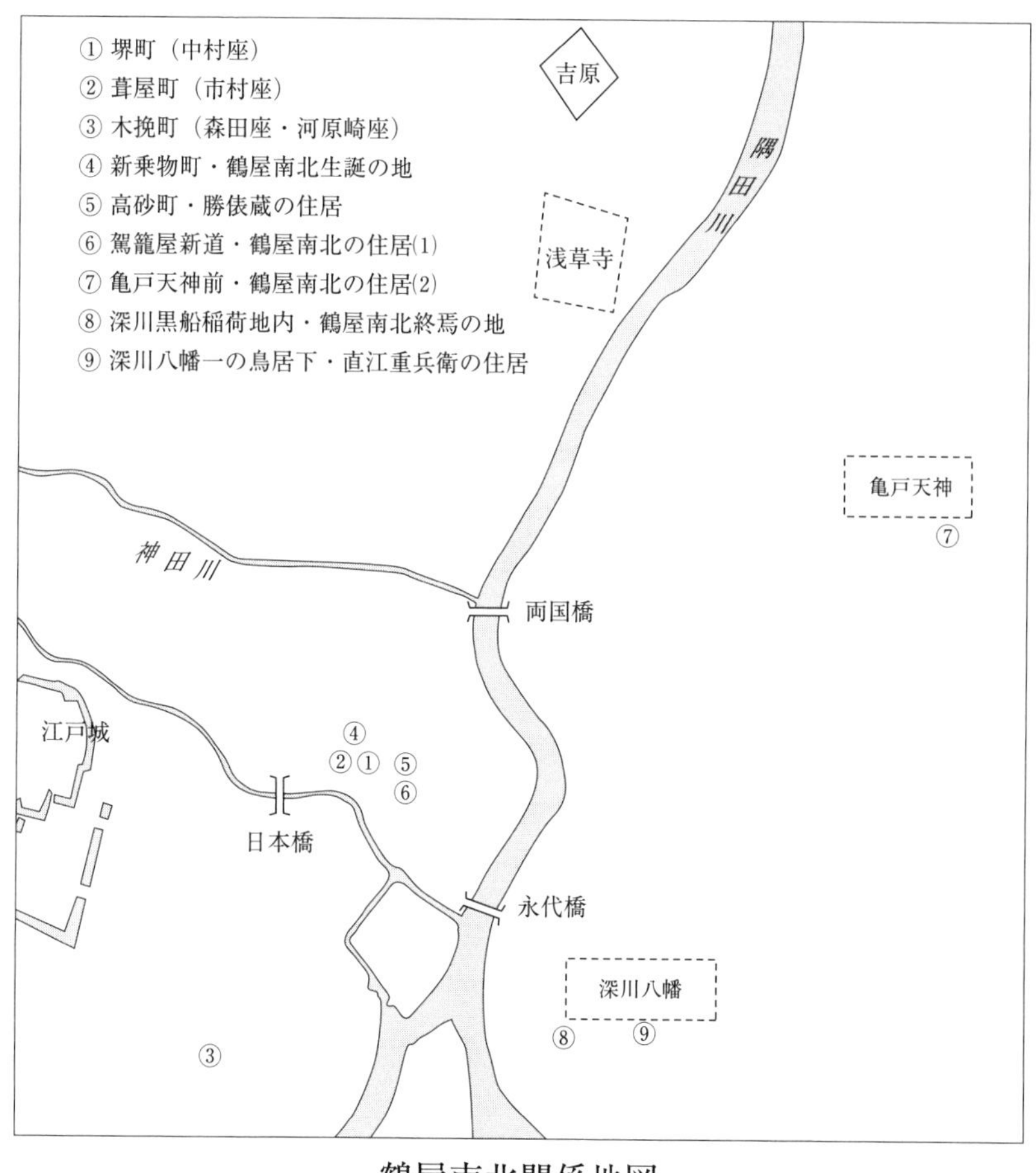
①堺町（中村座）
②葺屋町（市村座）
③木挽町（森田座・河原崎座）
④新乗物町・鶴屋南北生誕の地
⑤高砂町・勝俵蔵の住居
⑥駕籠屋新道・鶴屋南北の住居(1)
⑦亀戸天神前・鶴屋南北の住居(2)
⑧深川黒船稲荷地内・鶴屋南北終焉の地
⑨深川八幡一の鳥居下・直江重兵衛の住居
吉原
浅草寺
隅田川
亀戸天神
神田川
両国橋
江戸城
日本橋
永代橋
深川八幡

鶴屋南北関係地図

鶴屋南北（家紋「丸大」）・勝田家（家紋「丸に三引」）系図

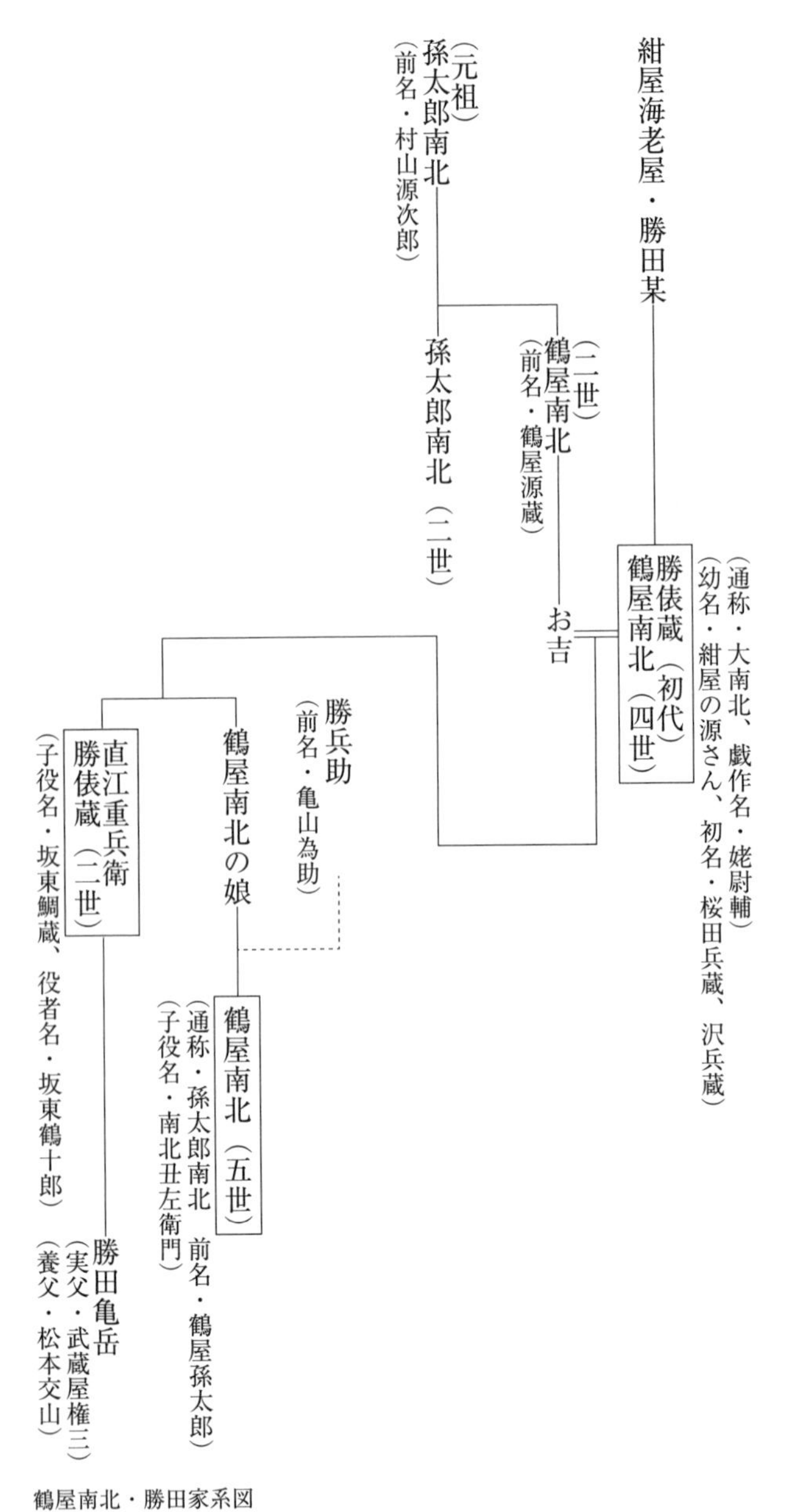

# 南北家の系図

＊「直江南北類属之墓」（深川照光院）に拠る

（上段）

元祖　秋誉浄光信士　貞享三□七月二日夭
　　　清月妙光信女　天和元□五月十六日夭

二世　月當浄光信士　天和元□八月十六日夭
　　　永嘉□善信女　天和二□十一月八日夭

三世　心誉□□信士　正徳六年□二月廿一日夭
　　　元誉法心信女　享保六□六月三日夭

四世　清□信士　享保十四□七月□日夭
　　　利真信女　享保□巳九月七日夭

（下段）

　　　宗圓院浄誉道生大徳　□□元辰九月九日夭　＊元祖孫太郎南北

五世　光貞院縁誉値三善女　正徳□□□月四日夭
　　　夏月涼本信女　元文□□□□□夭
　　　元□□法阿真如□□　□□□□　（＊二世孫太郎南北）

六世　法□□□□□□□　□□□□　＊二世鶴屋南北

七世　一心□□□□□□□　□□□□□□　＊四世鶴屋南北
　　　真女院□□□□□□　□□□　＊女房お吉

八世　実夢院楽□□□□□　天保元□□十二月十七日　＊直江重兵衛・二世勝俵蔵
　　　栄寿院□□妙蓮大姉　＊生前戒名

（類属）

知光洹信女　明和四亥五月二日夭
春岸如泰信女　天明八申正月二日夭
妙顔信女　天明六午十月四日夭
蓮西法師　天明二寅七月□日夭
浄光法師　天明五巳七月廿六日夭
秋輪□□童子　文化十四年丑八月十九日夭
清董童子　文政十一子十二月十四日夭

・女房お吉の法名・忌日（『夢跡集』より）
文化十四丁丑年六月十八日
真女院法誉徹笑信女

# 略年譜

| 年次 | 西暦 | 年齢 | 事蹟 | 参考事項 |
| --- | --- | --- | --- | --- |
| 正徳 四 | 一七一四 | | 南北孫太郎（元祖）、市村座の頭取になる<br>鶴屋源蔵（二世南北）宮地芝居から大芝居に進出、市村座で初舞台 | 二月八日、江島生島事件で山村座断絶、江戸三座になる |
| 享保 一 | 一七一六 | | | 八月、徳川吉宗将軍宣下 |
| 六 | 一七二一 | | 江戸紺屋仲間の結成 | 二代目市川團十郎、給金千両 |
| 元文 一 | 一七三六 | | 九月九日、南北孫太郎（元祖）没 | |
| 寛保 一 | 一七四一 | | この頃、鶴屋南北（二世）旅芝居の座元を兼ねる | |
| 延享 四 | 一七四七 | | 一一月中村座、三千両の顔見世（市川團十郎・沢村宗十郎・瀬川菊之丞） | 『義経千本桜』初演 |
| 寛延 一 | 一七四八 | | | 『仮名手本忠臣蔵』初演 |
| 宝暦 三 | 一七五三 | | | 『京鹿子娘道成寺』初演 |
| 四 | 一七五四 | | 一一月中村座、四代目市川團十郎襲名、金井三笑初出勤 | |
| 五 | 一七五五 | 一 | 江戸日本橋乗物町の紺屋に生る（屋号は海老屋、本姓勝田） | |

| | | | | |
|---|---|---|---|---|
| 六 | 一七五六 | 二 | 正月、中村座・市村座焼失（はじめての火事） | 沢村宗十郎（訥子）没 |
| 八 | 一七五八 | 四 | | 二代目市川團十郎（栢莚）没 |
| 一一 | 一七六一 | 七 | | 『助六所縁江戸桜』初演 |
| 一三 | 一七六三 | 九 | | 金井三笑『蛇柳』 |
| 明和一 | 一七六四 | 一〇 | 正月、二世南北の後継の子役、坂東うね次初出勤、秋頃、西川流の「お浚い会」に出演<br>「紺屋の源さん」（四世南北）が「人を笑わすことをわざとす」（墓碑）とされたのは、この頃か | |
| 二 | 一七六五 | 一一 | | 金井三笑「三つ組曽我」 |
| 七 | 一七七〇 | 一六 | | 春章文調『絵本舞台扇』刊 |
| 安永二 | 一七七三 | 一九 | | 桜田治助『御摂勧進帳』初演 |
| 四 | 一七七五 | 二一 | 「はじめて堺町（中村座）に出勤」（墓碑）<br>金井三笑、中村座復帰、顔見世狂言『花相撲源氏張膽』の「首なし死体」のサスペンス劇は、のちに『四谷怪談』に応用 | 金井三笑『鴛鴦』初演 |
| 五 | 一七七六 | 二二 | 五月、中村座騒動、市川海老蔵（四世團十郎）ほか退座、金井三笑も中村座を追われ、天明六年まで雌伏<br>五月、桜田治助の門弟となる | 一一月、平賀源内エレキテルを完成 |
| 六 | 一七七七 | 二三 | 五月、市村座で狂言方の見習となり、一一月中村座『将門冠初雪』で桜田兵蔵を名乗り、はじめて | |

| 年号 | 西暦 | 年齢 | 事項 | 関連事項 |
|---|---|---|---|---|
| 安永 七 | 一七七八 | 二四 | 番付に載る（劇代集）<br>この頃、鶴屋南北（二世）の忘れ形見、お吉を娶る○六月、平賀源内・烏亭焉馬と「牛の華鬘」の見世物を興行 | 四代目市川團十郎没○閏七月、中村座騒動○平賀源内『飛んだ噂の評』 |
| 九 | 一七八〇 | 二六 | 五月、沢兵蔵と改姓、市村座に再出勤 | 五月、市村座騒動○三蝶（金井三笑）『神代相眛論』 |
| 天明 一 | 一七八一 | 二七 | 長男（直江重兵衛）生る○四月市村座、桜田治助『瀬川の仇浪』空前の大当り○五月市村座「曽我祭」の摺り物に発句、俳名「蚊子」○この頃、『寿大社』（序開き）を書く | 肥前座『おはん長右衛門』（森羅万象こと森島中良脚色） |
| 二 | 一七八二 | 二八 | 四月、勝俵蔵と改名、森田座出勤○七月、甲府の亀谷座出勤 | 鳥居清長「出語り図」 |
| 三 | 一七八三 | 二九 |  | 天明の飢饉はじまる○尾上菊五郎没 |
| 四 | 一七八四 | 三〇 | 一一月、葺屋町市村座退転、桐座の仮芝居になる |  |
| 六 | 一七八六 | 三二 | この頃、「鯨のだんまり」（二立目）執筆、注目される<br>一一月中村座『雲井花芳野壮士』（女夫狐）、金井三笑の復帰、俵蔵は「三枚目格」となる | 八月、老中田沼意次罷免○林子平『海国兵談』成る |
| 七 | 一七八七 | 三三 | 四月中村座『けいせい井出蒲』の「駄三つ」で「お浚い会」の長唄を「よそ事」に使う | 森島中良『紅毛雑話』成るか○四月、徳川家斉将軍宣下○五月、江戸「打ち壊し」○七月以降、幕府が寛政の |

| 年号 | 西暦 | 年齢 | 事項 | 参考事項 |
| --- | --- | --- | --- | --- |
| 寛政一 | 一七八九 | 三四 | 六月市村座、長男坂東鯛蔵（九歳）初舞台○八月『姿伊達契情容儀』「三立目」徳川家治の子供相撲上覧の当て込み | 改革に着手<br>松平定信登城の際「高麗屋」の声が掛かる（『よしの冊子』） |
| 二 | 一七九〇 | 三五 | 正月市村座、金井三笑『うれしく存曽我』を書き、引退 | |
| 四 | 一七九二 | 三八 | | 一一月、「三日月おせん」初演 |
| 五 | 一七九三 | 三九 | 一一月、中村座退転、都座の仮芝居（四年間）、「おかしみの狂言」が注目される | 七月、老中松平定信罷免<br>この頃、喜多川歌麿「物思恋」描く |
| 六 | 一七九四 | 四〇 | 一〇月、「三芝居狂言座取締方議定証文」締結<br>一一月都座『閏訥子名家誉』三立目「あざらし入道」執筆、評判記ではじめて褒められる○閏一一月同座、並木五瓶の御土産狂言『花都廓縄張』「湯屋の幕」も評判になった | 東洲斎写楽「大首絵」、歌川豊国「役者舞台之姿絵」描く○桂川甫周『北槎聞略』成る |
| 七 | 一七九五 | 四一 | 正月都座、並木五瓶『五大力恋緘』、「廻り舞台（ぶん廻し）」のはじめ○長唄正本「五大力」刊、三下り唄の「メリヤス」流行 | |
| 八 | 一七九六 | 四二 | 正月都座『振分髪青柳曽我』三立目、大谷徳次の「行き倒れ（廿四輩）棺桶より蘇生」 | 並木五瓶「月雪花」の句碑、浅草寺境内に建立 |
| 九 | 一七九七 | 四三 | 一一月、堺町の中村座復興、三代目坂東彦三郎の「付き作者」になり、『会稽櫓錦木』「四立目」を | |

| 年号 | 西暦 | 年齢 | 事項 | 参考事項 |
| --- | --- | --- | --- | --- |
| | | | 改訂、「大詰」に補筆 | |
| 寛政一〇 | 一七九八 | 四四 | 一一月森田座、立作者格の二枚目に出世、『太平記御貢船諷』の大詰「碇引」を執筆 | |
| 一一 | 一七九九 | 四五 | 一一月市村座『婧曜雪世界』で彦三郎「暫のつらね」執筆 | |
| 享和一 | 一八〇一 | 四七 | 三月河原崎座『江の島奉納見台』、娘義太夫芝桝小伝ら出演○一一月中村座、立作者になる、二代目瀬川如皐と二人、「立て別れ」の立作者、『伊達鎊対鶴』で「奴暫のつらね」執筆 | 三月二九日、三代目沢村宗十郎没 |
| 二 | 一八〇二 | 四八 | 正月河原崎座『誧競艶仲町』（南方与兵衛）<br>一一月市村座、子役南北丑左衛門（孫）初舞台 | 六月二七日、四代目松本幸四郎没 |
| 三 | 一八〇三 | 四九 | 板東彦三郎上坂、「付き作者」六年間の提携終わる | 篁竹里『絵本戯場年中鑑』刊○七月二九日、延命院日道、死罪 |
| 文化一 | 一八〇四 | 五〇 | 七月河原崎座『天竺徳兵衛韓噺』、尾上松助夏芝居のはじめ○一一月河原崎座『四天王楓江戸隈』、狂歌師烏亭焉馬を招く | 山東京伝『近世奇跡考』刊 |
| 二 | 一八〇五 | 五一 | | 六月二六日、鬼坊主（鬼薊）獄門 |
| 三 | 一八〇六 | 五二 | 三月中村座『舘結花行列』桜田治助の絶筆（勝俵蔵合作）○一一月市村座『壮平家物語』（幽霊屋清左衛門）、六年間市村座に重年、代表作を書く | 式亭三馬『雷太郎強悪物語』刊、合巻のはじめ<br>桜田治助没○五代目市川團十郎没 |
| 四 | 一八〇七 | 五三 | 六月市村座『三国妖婦伝』（玉藻の前）、読本の劇 | 山東京伝合巻『於六櫛木曽仇討』刊 |

| | | | 化の嚆矢 | ○山東京伝・曲亭馬琴、町名主より「お叱り」 |
|---|---|---|---|---|
| 五 | 一八〇八 | 五四 | 正月、姥尉輔の筆名で合巻『敵討乗合噺』刊○正月市村座『春商恋山崎』（引窓与兵衛）、七月『時桔梗出世請状』（馬盥の光秀）、九月『鳴響御未刻太鼓』（亀山の仇討）○六月市村座夏芝居『彩入御伽艸』（小幡小平次の怪談、原作は山東京伝読本『復讐奇談安積沼』） | 正月、山東京伝合巻『敵討天竺徳兵衛』刊<br>中村歌右衛門、中村座に下り、市村座の坂東三津五郎と人気を争う<br>並木五瓶没 |
| 六 | 一八〇九 | 五五 | 六月森田座夏芝居『阿国御前化粧鏡』（原作は山東京伝読本『浮牡丹全伝』）○一一月市村座『貞操花鳥羽恋塚』（遠藤武者盛遠と頼豪阿闍梨）、葛飾北斎「絵看板」画くも不評 | |
| 七 | 一八一〇 | 五六 | 正月市村座『心謎解色糸』（お祭り佐七）、三月『勝相撲浮名花触』（足駄の歯入れ権助）、五月『絵本合邦衢』、九月『當穐八幡祭』 | |
| 八 | 一八一一 | 五七 | 一一月市村座、鶴屋南北を襲名○歌川国貞画「（市村座顔見勢）大入あたり振舞」（「楽屋之図」シリーズのはじめ） | 正月、『近江源氏湖月照』刊、役者名前の合巻の嚆矢○八月、彫り物（刺青）の禁令 |
| 九 | 一八一二 | 五八 | 三月市村座『姿花江戸伊達染』（市川團十郎の勝元、講談「虎の威を借る狐」を増補） | |
| 一〇 | 一八一三 | 五九 | 三月森田座『お染久松色読販』（お染の七役）、坂 | |

| 年号 | 西暦 | 年齢 | 事項 | 参考事項 |
| --- | --- | --- | --- | --- |
| | | | 東鶴十郎の手柄はじめ、八月市村座夏芝居『累渕扨其後』では「鎌◎ぬ（かまわぬ）」の模様を考案○一一月市村座『戻橋背御摂』（市川團十郎の初座頭）、森田座『御贔屓繋馬』の立作者を兼ねる、狂言作者二座兼帯のはじめ | |
| 文化一一 | 一八一四 | 六〇 | 正月森田座、長唄『正札付根元草摺』（「草摺引」の復活）○三月市村座『隅田川花御所染』（女清玄） | 市川團十郎、尾上松助（菊五郎）名前の合巻、はじめて出版<br>清元節創流 |
| 一二 | 一八一五 | 六一 | 還暦○五月河原崎座『杜若艶色紫』（お六と願哲）、七月夏芝居『慙紅葉汗顔見勢』（伊達の十役）<br>九月、鶴十郎、役者を廃業（三五歳） | 柳亭種彦・歌川国貞『正本製』初編刊 |
| 一三 | 一八一六 | 六二 | 秋ごろ亀戸に転宅、「亀戸の師匠」と呼ばれる<br>一一月河原崎座『清盛栄花台』、不忍池弁天社境内の料理茶屋で「遠足（打ち合わせ）」（『伝奇作書』） | 山東京伝没 |
| 一四 | 一八一七 | 六三 | 三月河原崎座『桜姫東文章』（岩井半四郎の桜姫）、市川團十郎（釣鐘権助）の「幽霊」の「落とし話」（夜出るのは怖い）<br>六月一八日、女房お吉没、法名「真女院法誉徹笑信女」（『夢跡集』）<br>一一月都座復興『恵咲梅判官贔屓』（尾上菊五郎 | 歌川豊国『役者似顔早稽古』描く |

| 年号 | 西暦 | 年齢 | 事項 | 参考事項 |
|---|---|---|---|---|
| | | | の初座頭） | |
| 文政一 | 一八一八 | 六四 | 二月都座『曽我梅菊念力弦』（新藤徳次郎）、「都座に過ぎたるものが二つあり、延寿太夫に鶴屋南北」と評判○一一月、葺屋町の都座退転、あらたに玉川座の仮櫓になる | 福森久助没 |
| 二 | 一八一九 | 六五 | 正月玉川座『恵方曽我万吉原』（『源氏物語』の神道講釈） | 二世並木五瓶没 |
| 四 | 一八二一 | 六七 | 正月河原崎座『三賀荘曽我島台』、五月『敵討櫓太鼓』、九月『菊宴月白浪』（暁星五郎）○五月河原崎座、狂言方鶴峯千助（孫太郎南北）初出勤 | |
| 五 | 一八二二 | 六八 | 正月、鶴屋南北合巻『昔模様戯場雛形』（直江重兵衛代作）○正月市村座、二代目如皐『御摂曽我閏正月』二番目を南北直江親子が執筆○七月河原崎座『霊験亀山鉾』○一一月市村座『御贔屓竹馬友達』（市川團十郎と尾上菊五郎） | 平田篤胤『仙境異聞』（天狗小僧寅吉）成稿<br>烏亭焉馬没 |
| 六 | 一八二三 | 六九 | 三月市村座『浮世柄比翼稲妻』（鞘当）、六月森田座『法懸松成田利剣』（累）、市川團十郎と尾上菊五郎の共演 | |
| 七 | 一八二四 | 七〇 | 正月、姥尉輔合巻『敵討乗合噺』の改題再版『吉事正夢』○正月市村座『仮名曽我當蓬莱』（『裏表忠臣蔵』の原作）○五月中村座・市村座『絵本合 | |

| | | | | |
|---|---|---|---|---|
| 文政 八 | 一八二五 | 七一 | 邦衢』再演、両座の競演<br>正月中村座『御国入曽我中村』（権三権八）○七月中村座『東海道四谷怪談』（お岩の怪談）、翌春の評判記『役者珠玉尽』で楚満人（為永春水）が市川團十郎の伊右衛門を「色悪」と評価 | 歌川豊国没<br>二月、異国船打払令発布 |
| 九 | 一八二六 | 七二 | 合巻『四ッ家怪談』刊、新作の合巻化のはじめ | |
| 一〇 | 一八二七 | 七三 | 閏六月河原崎座『独道中五十三駅』（弥次喜多）○一〇月「於岩稲荷来由書上」（『四谷町方書上』）成稿○一一月市村座、金井三晄（直江重兵衛）初出勤 | 歌川国貞画『俳優素顔夏の富士』刊 |
| 一一 | 一八二八 | 七四 | 正月、合巻『裾模様沖津白浪』の口絵で亀戸の居宅を披露○正月、合巻『杜若紫再咲』（『杜若艶色紫』の合巻） | 三代目坂東彦三郎（楽善）没<br>勝井源八・勝兵助没 |
| 一二 | 一八二九 | 七五 | この頃、深川の黒船稲荷地中に移転<br>三月、己丑火事で江戸三座焼失、市川團十郎はじめ旅芝居<br>一一月中村座、鶴屋南北一世一代『金幣猿島郡』（忠文と清姫の「双面」）を書き納める<br>一一月二七日、鶴屋南北没、法名「一心院法念日遍」 | 柳亭種彦『偐紫田舎源氏』刊<br>二代目桜田治助没 |
| 天保 一 | 一八三〇 | | 正月一三日、春慶寺にて本葬、亀戸天神妙義社の | 春、「お陰参り」流行 |

| 年 | 西暦 | 事項 | 一般事項 |
| --- | --- | --- | --- |
| | | 二の卯の祀りに因み、会葬者に『寂光門松後万歳』を配る○閏三月、春慶寺に墓碑（六樹園の作文自筆）を建立○一一月、二代目勝俵蔵（直江重兵衛）、中村森田二座兼帯<br>一二月、直江重兵衛急逝（五〇歳）、法名「実夢院楽心日祐」 | |
| 二 | 一八三一 | 正月、鶴屋南北作合巻『小町紅牡丹隈取』刊○鶴屋南北三回忌・二代目勝俵蔵一周忌『極らくのつらね』 | 三代目坂東三津五郎没 |
| 三 | 一八三二 | 三月、市川海老蔵（七代目團十郎）「歌舞伎十八番」制定 | 為長春水『春色梅暦』初編刊<br>八月一九日、鼡小僧獄門 |
| 四 | 一八三三 | 正月、合巻『天竺徳兵衛韓噺』刊 | 天保の飢饉、はじまる |
| 五 | 一八三四 | | 大久保今助没 |
| 七 | 一八三六 | 正月、合巻『東海道五十三駅』初編刊 | |
| 八 | 一八三七 | 三月、孫太郎、鶴屋南北（五世）を名乗る | 二月、大坂で大塩平八郎の乱起こる |
| 九 | 一八三八 | 為永春水、人情本『祝井風呂時雨傘』で「鯨のだんまり」「寿大社」を紹介 | 五代目松本幸四郎没 |
| 一三 | 一八四二 | 天保の改革、江戸三座は浅草猿若町に移転、市川海老蔵（七代目團十郎）は江戸十里四方追放になる<br>鶴屋南北遺稿『吹よせ艸紙』（烏有山人こと歌川 | |

| | | | | |
|---|---|---|---|---|
| 天保一四 | 一八四三 | | 国芳編） | 『作者店おろし』成稿○『伝奇作書』初編成稿 |
| 弘化　四 | 一八四七 | | | 五代目岩井半四郎没 |
| 嘉永　二 | 一八四九 | | | 三代目尾上菊五郎没 |
| 五 | 一八五二 | | 正月二一日、五世南北（孫太郎）、深川二軒茶屋松本で客死、死因は結核、深川心行寺に葬る | |
| 六 | 一八五三 | | | 六月、ペリーが浦賀に来航 |
| 安政　六 | 一八五九 | | | 七代目市川團十郎没 |
| 文久　一 | 一八六一 | | 六月二二日、勝田亀岳「お岩稲荷御影」を書写○一一月二七日、「一心院三十三回忌に付き、照光院・春慶寺へ金五〇疋ずつ施入」（『七艸庵記』） | |
| 二 | 一八六二 | | 正月二七日、勝田亀岳没（四九歳） | |

# 参考文献


## 一　全集・翻刻

『大南北全集』一七巻　坪内逍遙・渥美清太郎　春陽堂　一九二五〜二八年
『鶴屋南北全集』一二巻　郡司正勝ほか　三一書房　一九七一〜七四年
『歌舞伎脚本傑作集』一二巻　坪内逍遙・渥美清太郎　春陽堂　一九二一〜二三年
『日本戯曲全集』五〇巻　渥美清太郎　春陽堂　一九二八〜三三年

## 二　注　釈

『東海道四谷怪談』（岩波文庫）　河竹繁俊　岩波書店　一九五六年
『お染久松色読販』（日本古典文学大系『歌舞伎脚本集』下）　松崎仁ほか　岩波書店　一九六一年
『東海道四谷怪談』（新潮日本古典集成）　郡司正勝　新潮社　一九八一年

## 三　伝記・評伝

坪内逍遙「四世鶴屋南北の伝」（『歌舞伎脚本傑作集』第一巻）　春陽堂　一九二一年

渥美清太郎『南北の研究』（日本文学講座）　新潮社　一九二七年
渥美清太郎『南北研究』（岩波講座日本文学）　岩波書店　一九三一年
郡司正勝『鶴屋南北』（中公新書）　中央公論社　一九九四年
（再刊　講談社学術文庫　二〇一六年）
諏訪春雄『鶴屋南北』（ミネルヴァ日本評伝選）　ミネルヴァ書房　二〇〇五年
古井戸秀夫『評伝　鶴屋南北』　白水社　二〇一八年

四　研究その他(一)

河竹繁俊『歌舞伎作者の研究』　東京堂　一九四〇年
河竹繁俊『黙阿弥と南北』　大河内書店　一九四八年
古劇研究会『世話狂言の研究』　天弦堂　一九一六年

五　研究その他(二)

井草利夫『鶴屋南北の研究』　桜楓社　一九九一年
鵜飼伴子『四代目鶴屋南北論』　風間書房　二〇〇五年
落合清彦『百鬼行の楽園―鶴屋南北の世界』　芸術生活社　一九七五年
（再刊　創元ライブラリ　一九九七年）

鶴屋南北研究会『鶴屋南北論集』　国書刊行会　一九九〇年
橋本　治『江戸にフランス革命を』　青土社　一九八九年
服部幸雄『さかさまの幽霊』　平凡社　一九八九年
片　龍雨『四世鶴屋南北研究』　若草書房　二〇一六年
古井戸秀夫『歌舞伎―問いかけの文学』　ぺりかん社　一九九八年
光延真哉『江戸歌舞伎作者の研究』　笠間書院　二〇一二年
森山重雄『鶴屋南北　綯交ぜの世界』　三一書房　一九九三年
横山泰子『江戸東京の怪談文化の成立と変遷』　風間書房　一九九七年

六　年譜・文献目録

浦山政雄「鶴屋南北作者年表」（『鶴屋南北全集』第一二巻）　三一書房　一九七四年
中山幹雄「増訂　鶴屋南北研究文献目録〈三訂版〉」（『増補　鶴屋南北序説』）　高文堂出版社　一九九五年

## 著者略歴

一九五一年　東京都に生まれる
一九七四年　早稲田大学文学部演劇科卒業
早稲田大学文学部教授、東京大学文学部教授を経て、
現　在　東京大学名誉教授

主要著書
『歌舞伎―問いかけの文学』（ぺりかん社、一九九八年）
『歌舞伎入門』（岩波ジュニア新書、二〇〇二年）
『歌舞伎登場人物事典』（編著、白水社、二〇〇六年）
『評伝　鶴屋南北』（白水社、二〇一八年、読売文学賞・芸術選奨・河竹賞・角川源義賞）

人物叢書　新装版

# 鶴屋南北

二〇二〇年（令和二）四月二十日　第一版第一刷発行

著　者　古井戸秀夫（ふるいどひでお）
編集者　日本歴史学会
代表者　藤田　覚
発行者　吉川道郎
発行所　株式会社　吉川弘文館
東京都文京区本郷七丁目二番八号
郵便番号一一三―〇〇三三
電話〇三―三八一三―九一五一〈代表〉
振替口座〇〇一〇〇―五―二四四
http://www.yoshikawa-k.co.jp/
印刷＝株式会社 平文社
製本＝ナショナル製本協同組合


ISBN978-4-642-05298-6

# 『人物叢書』(新装版)刊行のことば

人物叢書は、個人が埋没された歴史書が盛行した時代に、「歴史を動かすものは人間である。個人の伝記が明らかにされないで、歴史の叙述は完全であり得ない」という信念のもとに、専門学者に執筆を依頼し、日本歴史学会が編集し、吉川弘文館が刊行した一大伝記集である。

幸いに読書界の支持を得て、百冊刊行の折には菊池寛賞を授けられる栄誉に浴した。

しかし発行以来すでに四半世紀を経過し、長期品切れ本が増加し、読書界の要望にそい得ない状態にもなったので、この際既刊本の体裁を一新して再編成し、定期的に配本できるような方策をとることにした。既刊本は一八四冊であるが、まだ未刊である重要人物の伝記についても鋭意刊行を進める方針であり、その体裁も新形式をとることとした。

こうして刊行当初の精神に思いを致し、人物叢書を蘇らせようとするのが、今回の企図である。大方のご支援を得ることができれば幸せである。

昭和六十年五月

日本歴史学会

代表者 坂本太郎

明恵　田中久夫著
藤原定家　村山修一著
北条泰時　上横手雅敬著
道元　竹内道雄著
北条重時　森　幸夫著
親鸞　赤松俊秀著
北条時頼　高橋慎一朗著
日蓮　大野達之助著
阿仏尼　田渕句美子著
北条時宗　川添昭二著
一遍　大橋俊雄著
叡尊・忍性　和島芳男著
京極為兼　井上宗雄著
金沢貞顕　永井　晋著
菊池氏三代　杉本尚雄著
新田義貞　峰岸純夫著
花園天皇　岩橋小弥太著
赤松円心・満祐　高坂　好著
卜部兼好　冨倉徳次郎著
覚如　重松明久著
足利直冬　瀬野精一郎著
佐々木導誉　森　茂暁著
二条良基　小川剛生著
細川頼之　小川　信著
足利義満　臼井信義著
今川了俊　川添昭二著

足利義持　伊藤喜良著
世阿弥　今泉淑夫著
上杉憲実　田辺久子著
山名宗全　川岡　勉著
経覚　酒井紀美著
一条兼良　永島福太郎著
亀泉集証　今泉淑夫著
蓮如　笠原一男著
宗祇　奥田　勲著
万里集九　中川徳之助著
三条西実隆　芳賀幸四郎著
大内義隆　福尾猛市郎著
ザヴィエル　吉田小五郎著
三好長慶　長江正一著
今川義元　有光友學著
武田信玄　奥野高広著
朝倉義景　水藤　真著
浅井氏三代　宮島敬一著
織田信長　池上裕子著
明智光秀　高柳光寿著
大友宗麟　外山幹夫著
千利休　芳賀幸四郎著
松井友閑　竹本千鶴著
豊臣秀次　藤田恒春著
ルイス・フロイス　五野井隆史著
足利義昭　奥野高広著

前田利家　岩沢愿彦著
長宗我部元親　山本　大著
安国寺恵瓊　河合正治著
石田三成　今井林太郎著
真田昌幸　柴辻俊六著
最上義光　伊藤清郎著
前田利長　見瀬和雄著
高山右近　海老沢有道著
島井宗室　田中健夫著
淀君　桑田忠親著
片桐且元　曽根勇二著
徳川家康　藤井讓治著
藤原惺窩　太田青丘著
支倉常長　五野井隆史著
徳川秀忠　山本博文著
伊達政宗　小林清治著
天草時貞　岡田章雄著
立花宗茂　中野　等著
宮本武蔵　大倉隆二著
小堀遠州　森　蘊著
徳川家光　藤井讓治著
由比正雪　進士慶幹著
佐倉惣五郎　児玉幸多著
林羅山　堀　勇雄著
松平信綱　大野瑞男著
国姓爺　石原道博著

野中兼山　横川末吉著
保科正之　小池　進著
隠元　平久保章著
徳川和子　久保貴子著
酒井忠清　福田千鶴著
朱舜水　石原道博著
池田光政　谷口澄夫著
山鹿素行　堀　勇雄著
井原西鶴　森　銑三著
松尾芭蕉　阿部喜三男著
三井高利　中田易直著
河村瑞賢　古田良一著
徳川光圀　鈴木暎一著
契沖　久松潜一著
市川団十郎　西山松之助著
伊藤仁斎　石田一良著
徳川綱吉　塚本　学著
貝原益軒　井上　忠著
前田綱紀　若林喜三郎著
近松門左衛門　河竹繁俊著
鴻池善右衛門　宮本又次著
新井白石　宮崎道生著
石田梅岩　柴田　実著
太宰春台　武部善人著
徳川吉宗　辻　達也著
大岡忠相　大石　学著

賀茂真淵　三枝康高著
平賀源内　城福　勇著
与謝蕪村　田中善信著
三浦梅園　田口正治著
毛利重就　小川國治著
本居宣長　城福　勇著
山村才助　鮎沢信太郎著
木内石亭　斎藤　忠著
小石元俊　山本四郎著
山東京伝　小池藤五郎著
杉田玄白　片桐一男著
塙保己一　太田善麿著
上杉鷹山　横山昭男著
大田南畝　浜田義一郎著
只野真葛　関　民子著
小林一茶　小林計一郎著
大黒屋光太夫　亀井高孝著
松平定信　高澤憲治著
菅江真澄　菊池勇夫著
鶴屋南北　古井戸秀夫著
島津重豪　芳　即正著
狩谷棭斎　梅谷文夫著
最上徳内　島谷良吉著
渡辺崋山　佐藤昌介著
柳亭種彦　伊狩　章著
香川景樹　兼清正徳著

平田篤胤　田原嗣郎著
間宮林蔵　洞　富雄著
滝沢馬琴　麻生磯次著
調所広郷　芳　即正著
橘守部　鈴木暎一著
黒住宗忠　原　敬吾著
水野忠邦　北島正元著
帆足万里　帆足図南次著
江川坦庵　仲田正之著
藤田東湖　鈴木暎一著
二宮尊徳　大藤　修著
広瀬淡窓　井上義巳著
大原幽学　中井信彦著
島津斉彬　芳　即正著
月照　友松圓諦著
橋本左内　山口宗之著
井伊直弼　吉田常吉著
吉田東洋　平尾道雄著
緒方洪庵　梅溪　昇著
佐久間象山　大平喜間多著
真木和泉　山口宗之著
高島秋帆　有馬成甫著
シーボルト　板沢武雄著
高杉晋作　梅溪　昇著
川路聖謨　川田貞夫著
横井小楠　圭室諦成著